L'ORDRE DU SERPENT

Du même auteur

Le Mystère du Manoir Woodville

Les secrets du Couvent Maudit

La bible de Lucifer T1

Les secrets du Surnaturel T1

Ronnie Bilsgnac

L'ORDRE DU SERPENT

« Tous droits de reproduction, d'adaptation et de traduction, intégrale ou partielle réservés pour tous pays. L'auteur ou l'éditeur est seul propriétaire des droits et responsable du contenu de ce livre. Le Code de la propriété intellectuelle interdit les copies ou reproductions destinées à une utilisation collective. Toute représentation ou reproduction intégrale ou partielle faite par quelque procédé que ce soit, sans le consentement de l'auteur ou de ses ayants droit ou ayants cause, est illicite et constitue une contrefaçon, aux termes des articles L.335-2 et suivants du Code de la propriété intellectuelle. »

Dépôt légal : Février 2026

Texte : Ronnie Bilsgnac

© 2026 Ronnie Bilsgnac
Édition : BoD · Books on Demand, 31 avenue Saint-Rémy, 57600 Forbach, bod@bod.fr
Impression : Libri Plureos GmbH, Friedensallee 273, 22763 Hambourg (Allemagne)
ISBN : 978-2-3225-7439-1

Table des matières

Epitaphe : 11

Préface : 13

Prologue : 15

Chapitre 1 : Le Berceau du Savoir 19

Chapitre 2 : Théo 23

Chapitre 3 : Les Fondements d'un héritage 27

Chapitre 4 : Callixte 31

Chapitre 5 : L'éveil d'une souveraine 37

Chapitre 6 : Lysandra 43

Chapitre 7 : Les Jardins de la Reine 49

Chapitre 8 : La Fille du Nil 55

Chapitre 9 : L'influence des Astres 61

Chapitre 10 : Les Sables du Destin 67

Chapitre 11 : Sous le signe du Serpent 71

Chapitre 12 : L'exilé des Sables 77

Chapitre 13 : L'Alliance de Feu 81

Chapitre 14 : L'heure des Choix 85

Chapitre 15 : Une Rencontre Royale 89

Chapitre 16 : L'alliance des sages 93

Chapitre 17 : Eveil d'une nouvelle ère 99

Chapitre 18 : Le déclin d'une étoile 105

Chapitre 19 : Le souffle du Chaos 111

Chapitre 20 : L'obscurité de la trahison 117

Chapitre 21 : L'Exécution de Malek 123

Chapitre 22 : La malédiction du Traître 127

Chapitre 23 : Les épreuves du désert 133

Chapitre 24 : La caravane des connaissances 139

Chapitre 25 : Ascension vers l'inconnu 143

Chapitre 26 : Le sanctuaire du savoir 147

Chapitre 27 : Le pèlerinage de la connaissance 151

Chapitre 28 : Le phare du savoir 155

Chapitre 29 : Les gardiens de l'ordre 161

Chapitre 30 : La quête de l'Alchimie 165

Chapitre 31 : L'éveil d'une passion 171

Chapitre 32 : Au cœur de la sorbonne 175

Chapitre 33 : Les Ombres de la Peur 179

Chapitre 34 : L'Énigme des Orgues Perdus 185

Chapitre 35 : Enquête au Cœur des Ténèbres 189

Chapitre 36 : La vérité à tout prix 193

Chapitre 37 : L'appel de l'immortalité 197

Chapitre 38 : L'ombre du piège 201

Chapitre 39 : Le seuil du néant 207

Chapitre 40 : Le prix de l'éternité 213

Chapitre 41 : La frontière de l'indicible 219

Chapitre 42 : L'ombre de la révolte 225

Chapitre 43 : Le Poids du Secret 231

Chapitre 44 : Le Pacte de l'Ombre 235

Chapitre 45 : La Voie de l'Ordre 239

Chapitre 46 ; Le Sceau de l'Ordre 245

Chapitre 47 : L'Initiation 249

Le Manuel de l'ordre 255

1 : Les Fondements de l'Ordre 259

2 : Les Principes Sacrés 265

3 : Les Lois de l'Ordre 269

4 : Les Rituels Sacrés 275

5 : Les Enseignements Mystiques 279

6 : La Vie au Sein de l'Ordre 285

7 : Les connaissances détenues par l'ordre 291

8 : Les différents grades 321

9. Épreuves de Test...341
10. Le Serment Sacré de l'Initié 351
11. L'Attribution d'un Nom Initiatique........................353

Epitaphe :

Dans l'étreinte du serpent, l'éternité s'éveille.
Cycle sacré ou naissent et meurs les étoiles, ou l'ombre s'unit à la lumière.
Tantôt créateur, tantôt destructeur, dans un souffle il rappelle à chacun que la vie est un cycle éternel.

Préface :

Dans un monde où la lumière et les ténèbres s'affrontent à chaque instant, où le savoir ancien côtoie les mystères inexplorés, se dessine une histoire fascinante de quête, de pouvoir et de sagesse. « L'Ordre du Serpent » nous entraîne dans les méandres d'une confrérie d'érudits, les Gardiens de la Sagesse Éternelle, qui, à travers les âges, ont veillé sur les connaissances sacrées et les secrets du monde.

Au cœur de cette saga se trouve Jiacobi, un jeune homme au potentiel extraordinaire, dont l'ascension au sein de l'Ordre du Serpent l'amène à croiser le destin de personnages aussi intrigants que puissants. Ensemble, ils s'embarquent dans une quête épique pour retrouver des manuscrits perdus, protéger des artefacts magiques, et percer les mystères des vampires, des sorcières, et d'autres créatures légendaires.

À travers les pages de ce roman, vous découvrirez un univers riche en symbolisme et en histoire, où chaque chapitre dévoile des vérités cachées et des épreuves révélatrices. Jiacobi et ses alliés devront faire face à des dilemmes moraux, des trahisons inattendues, et des forces obscures qui menacent de bouleverser l'équilibre du monde. Leur courage et leur détermination seront mis à l'épreuve alors qu'ils s'efforcent de préserver la sagesse accumulée au fil des siècles.

« L'Ordre du Serpent » n'est pas seulement une aventure fantastique ; c'est une réflexion sur la nature humaine, sur notre soif de connaissance et sur les conséquences de nos choix. À l'heure où les incertitudes du monde moderne nous poussent à chercher des réponses, cette histoire nous rappelle que le véritable pouvoir réside dans la compréhension, la compassion et l'unité.

Je vous invite à plonger dans cet univers où le mystère et la magie se mêlent à la vérité, et à suivre Jiacobi dans son voyage captivant. Que cette lecture vous inspire à explorer les profondeurs de votre propre curiosité et à embrasser les mystères qui vous entourent.

Bienvenue dans « L'Ordre du Serpent ».

Prologue :

L'ordre du Serpent est une société secrète ancienne, dont les origines remontent à la nuit des temps. Ses membres appelés « Les érudits », sont les gardiens des connaissances occultes et des arcanes mystérieux de la nature et de l'esprit visible et invisible. Leur symbole, un serpent enroulé en forme d'Ouroboros, représente l'éternité, la renaissance et le cycle perpétuel de la vie et de la mort.

L'ordre aurait été fondé dans les temps anciens par un groupe de sages et de mystiques cherchant à comprendre et à maîtriser les forces invisibles qui régissent l'univers.

Selon la légende, ces sages avaient découvert des manuscrits et des tablettes cachés dans une caverne secrète dans les montagnes près de la mer morte. Écrits et sculptées par des êtres d'une civilisation antédiluvienne. Ces manuscrits contenaient des formules magiques, des rituels d'alchimie et des prophéties sur l'avenir de l'humanité. Des trésors d'érudition et de mysticisme, contenant une multitude de connaissances ésotériques et occultes. Ces écrits appelés les « Manuscrits ancestraux » sont considérés comme la source primaire de l'enseignement et des pratiques de l'ordre.

L'ordre est organisé en une hiérarchie stricte, avec plusieurs niveaux d'initiation. Chaque niveau, ou degré offre un accès à des connaissances et des pouvoirs de plus en plus profonds. Les membres de l'ordre doivent prouver leur dévouement et leur maîtrise des arts occultes pour avancer dans les rangs.

__ Les Néophytes : Les nouveaux initiés, qui commencent leur formation en apprenant les bases de la magie et de la divination.

__ Les Adeptes : Ceux qui ont réussi les premières épreuves et ont montré une compréhension plus profonde des arcanes occultes.

__ Les maîtres : Les membres hautement respectés qui dirigent les rituels et enseignent aux initiés.

__ Les Grands Maîtres : Les dirigeants de l'ordre, gardiens des plus grands secrets et responsables de la direction de l'ordre.

L'ordre du Serpent est connu pour ses rituels complexes et ses cérémonies secrètes, souvent tenus dans des lieux isolés ou cachés. Ces rituels incluent des invocations de forces élémentaires, des cérémonies de purification et des pratiques d'alchimie visant à transformer non seulement la matière, mais aussi l'esprit.

Les érudits utilisent également des talismans et des amulettes, généralement en forme de serpent, pour canaliser les énergies occultes et se protéger des influences néfastes. La méditation et la communion avec les esprits de la nature sont des pratiques courantes pour renforcer leur lien avec le monde invisible.

Les connaissances détenues par l'ordre sont vastes et variées. Elles incluent :

La divination : techniques pour prédire l'avenir à travers les runes, les cristaux et autres moyens.

L'alchimie : L'art de la transmutation des métaux, ainsi que la quête de l'élixir de vie et de la pierre philosophale.

La magie : Sortilèges et incantations pour invoquer des entités, manipuler les éléments et influencer les événements.

L'Hermétisme : Enseignements ésotériques basés sur les écrits d'Hermès Trismégiste, incluant :

Les principes de correspondance : Ce qui est en haut est comme ce qui est en bas, expliquant les connexions entre les différents niveaux de réalité.

Le principe de vibration : Tout est en mouvement et rien n'est immobile, décrivant les énergies vibratoires qui composent l'univers.

Le principe de polarité : Tout à son opposé, et ces opposés sont semblables en nature, mais différents en degré.

La Kabbale : La mystique juive qui explore la structure de l'univers et l'âme humaine à travers l'arbre de vie.

L'arbre de vie : Une représentation des dix séphiroth et des vingt-deux chemins qui symbolisent les différents aspects de l'existence et de l'âme.

La Gématria : Une méthode de numérologie kabbalistique pour trouver des significations cachées dans les textes sacrés.

L'Astrologie : Lecture des étoiles et des planètes pour comprendre les influences cosmiques sur les événements terrestres.

L'ordre du Serpent exerce une influence discrète, mais profonde sur le monde. Ses membres occupent souvent des positions de pouvoirs dans divers domaines, utilisant leur savoir pour guider et protéger l'humanité. Leur mission ultime est de préserver l'équilibre entre les forces de la lumière et des ténèbres, et d'assurer que les connaissances occultes ne tombent pas entre de mauvaises mains.

L'ordre du Serpent reste un mystère pour la majorité des gens, mais pour ceux qui sont invités à rejoindre ses rangs, il offre une exploration sans fin des plus grands secrets de l'univers.

Ses membres sont les gardiens de la sagesse, toujours en quête de comprendre et de maîtriser les forces qui échappent à l'œil humain.

C'est ici que commence la véritable histoire de l'origine de l'ordre du serpent.

Chapitre 1 : Le Berceau du Savoir

Au carrefour du monde méditerranéen, Alexandrie s'élevait comme un joyau scintillant, un phare de culture et de savoir dont le rayonnement transcendait les époques et les frontières. Fondée par Alexandre le Grand en 331 av. J.-C., cette cité majestueuse n'était pas qu'un simple centre urbain, mais un creuset d'idées, un carrefour où s'entrelaçaient les traditions helléniques et égyptiennes dans une alchimie unique. Elle était le symbole vivant d'un syncrétisme exceptionnel, une terre où les dieux de l'Orient et de l'Occident se côtoyaient, où les érudits forgeaient l'avenir sur les cendres du passé.

L'effervescence y était omniprésente. Dans ses rues pavées de marbre, se mêlaient marins et marchands, philosophes et architectes, chacun apportant avec lui un fragment du monde, une idée nouvelle, un savoir à partager. Mais derrière cette splendeur éclatante, des ombres grandissantes menaçaient la stabilité de la ville, car, si Alexandrie était un foyer de lumière, elle était aussi un champ de tensions politiques et de luttes intestines.

Au cœur de cette métropole mythique se dressait la légendaire Bibliothèque d'Alexandrie, sanctuaire du savoir et de la connaissance. Véritable prodige intellectuel, elle abritait des centaines de milliers de rouleaux, recelant les pensées des plus grands esprits de l'Antiquité. Euclide y avait posé les fondations de la géométrie, Archimède y avait exploré les mystères de la physique, et Hipparque y avait levé les yeux vers les cieux pour cartographier les étoiles. La Bibliothèque n'était pas qu'un lieu de conservation ; elle était un creuset où bouillonnaient les idées, où l'on débattait des secrets de l'univers, où se forgeaient les avancées qui façonneraient les générations futures.

Les érudits y conversaient en grec, en égyptien, en araméen, en perse, croisant les savoirs d'Orient et d'Occident pour repousser sans cesse les limites de la compréhension humaine. C'était un sanctuaire où la logique côtoyait la métaphysique, où les mathématiques et la médecine se mêlaient à la poésie et à la philosophie. Mais cette splendeur intellectuelle n'était pas à l'abri des vicissitudes du monde. Déjà, des murmures s'élevaient sur le déclin imminent de cet âge d'or, alors que l'ombre de l'instabilité s'étendait sur Alexandrie.

Non loin de là, sur l'île de Pharos, se dressait l'une des sept merveilles du monde antique : le Phare d'Alexandrie. Véritable prouesse architecturale, il veillait sur les flots, guidant les navires à travers les ténèbres et les tempêtes. À son sommet, un feu éternel alimenté par des miroirs de bronze projetait sa lumière à des dizaines de kilomètres, garantissant la sécurité des marins qui accostaient dans le port animé d'Alexandrie.

Ce port, le plus vaste de la Méditerranée, était un kaléidoscope de cultures et de richesses. De gigantesques entrepôts regorgeaient de marchandises précieuses : or de Nubie, épices d'Inde, soieries de Perse, papyrus des rives du Nil. Chaque jour, des navires en provenance de Carthage, de Rome, d'Athènes ou de Tyr déversaient leur cargaison, renforçant la prospérité d'une ville qui semblait intouchable, indestructible. Et pourtant, derrière ce tableau idyllique, les fondations du pouvoir tremblaient.

La dynastie des Ptolémées, héritière du glorieux conquérant macédonien, vacillait sous le poids des intrigues et des rivalités. À la cour, les ambitions s'entrechoquaient, les alliances se faisaient et se défaisaient au gré des complots. Loin du regard du peuple, les poisons se distillaient dans les coupes, les poignards s'enfonçaient dans les ombres, et les murmures des conspirateurs résonnaient dans les couloirs du palais royal.

Les rues d'Alexandrie, jadis animées par la ferveur du commerce et du savoir, étaient devenues le théâtre d'affrontements entre factions rivales. Les partisans des différents prétendants au trône se livraient une guerre silencieuse, appuyés tantôt par des nobles en quête de pouvoir, tantôt par des puissances étrangères cherchant à manipuler le destin de l'Égypte.

C'est dans ce tumulte qu'une enfant vint au monde : Cléopâtre VII, née en 69 av. J.-C. La petite princesse, encore fragile et innocente, ignorait tout du rôle crucial qu'elle jouerait dans l'histoire du monde. Héritière d'un royaume en péril, elle grandissait dans une cour où chaque regard pouvait dissimuler une trahison, où chaque sourire pouvait masquer un poignard.

Mais Cléopâtre n'était pas une enfant ordinaire. Dès son plus jeune âge, elle reçut une éducation digne des plus grands souverains. Formée aux sciences, à la rhétorique et à la politique, elle se démarqua par une intelligence vive et une curiosité insatiable. Contrairement à ses prédécesseurs, elle apprit la langue du peuple égyptien, affirmant ainsi son désir de comprendre et de gouverner non seulement en reine, mais en véritable pharaonne.

Loin des jeux insouciants de l'enfance, Cléopâtre observait, écoutait, apprenait. Les tensions qui secouaient Alexandrie, elle les assimilait. Les rivalités au sein de sa propre famille, elle les analysait. Elle comprenait déjà que son avenir ne serait pas dicté par la fatalité, mais forgé par sa propre volonté. Et, tandis que la ville sombrait peu à peu dans le chaos, que les luttes de pouvoir menaçaient de déchirer l'Égypte, elle se préparait, silencieusement, à affronter son destin.

L'histoire d'Alexandrie et celle de Cléopâtre étaient désormais liées, inséparables. Dans le tumulte de cette époque troublée, une flamme s'allumait, prête à embraser l'histoire et à marquer les siècles à venir d'un éclat impérissable.

Chapitre 2 : Théo

Théo naquit dans les premiers jours du printemps de l'année 85 av. J.-C., sous un ciel d'azur caressé par les brises marines de la Méditerranée. Alexandrie, joyau du monde antique, était alors en pleine effervescence. Ses rues animées résonnaient des débats enflammés des philosophes, des cris des marchands vantant leurs marchandises venues des quatre coins du monde, et des conversations murmurées dans les couloirs feutrés de la Bibliothèque.

Sa famille, modeste, mais respectée, appartenait à la caste des artisans. Son père, un potier dont les mains habiles modelaient l'argile en vases ornés de motifs raffinés, et sa mère, une tisseuse dont les doigts dansaient sur le métier à tisser pour créer des étoffes chatoyantes, inculquèrent à leur fils les valeurs du labeur et de la créativité.

Dès son plus jeune âge, Théo fit preuve d'une curiosité insatiable. Il passait des heures à observer les oiseaux tournoyer au-dessus du port, à s'interroger sur les mystères du ciel et de la mer. La nuit, allongé sur la terrasse de leur demeure, il contemplait les constellations qui parsemaient la voûte céleste et imaginait que chacune d'elles racontait une histoire oubliée. Sa mère, voyant cette fascination, lui offrit des rouleaux de papyrus sur lesquels il traça ses premiers hiéroglyphes et esquissa des représentations de ses rêves.

Lorsqu'il atteignit l'âge de sept ans, ses parents firent un sacrifice pour l'envoyer à l'école des scribes, un privilège rare pour les enfants d'artisans. Là, il se plongea dans l'apprentissage des mathématiques, de la lecture et de l'écriture. Il s'exerça avec ferveur à manier le calame, traçant avec minutie des symboles qui lui semblaient presque magiques. Au sein de cette institution, il se lia d'amitié avec Callixte, un jeune à l'esprit tout aussi curieux, passionné par l'astronomie. Ensemble, ils arpentaient les ruelles d'Alexandrie, découvrant avec émerveillement les étalages grouillants du marché, où épices, parchemins et objets d'art s'entassaient dans un foisonnement de couleurs et de senteurs.

Son éducation ne se limitait pas aux salles de classe. Les soirées chez sa grand-mère étaient tout aussi formatrices : cette femme sage lui racontait des mythes anciens sur les divinités et les héros, sur les cycles de la nature et le rôle des astres dans la vie des hommes. Ces récits fascinants lui inculquèrent une profonde admiration pour le savoir et l'héritage des civilisations passées.

Au fil des années, Théo devint un jeune homme avide de connaissance. Son intelligence et sa discipline le distinguèrent des autres élèves. À quinze ans, ses professeurs, impressionnés par son esprit analytique, lui recommandèrent d'approfondir son apprentissage à la bibliothèque d'Alexandrie. Lorsqu'il en franchit les portes pour la première fois, il fut saisi d'une rêverie exaltante. Les salles immenses, emplies de rouleaux anciens, exhalaient un parfum de papyrus et de savoir ancestral. Ici, les plus grands esprits de l'Antiquité avaient laissé leur empreinte : Euclide, Archimède, Hippocrate. Chaque texte était une fenêtre sur une réflexion millénaire.

Théo se passionna pour les écrits d'Héraclite et de Pythagore. Il s'interrogea sur l'ordre cosmique, sur l'harmonie des sphères, sur les relations entre l'homme et l'univers. Il comprit que les étoiles n'étaient pas de simples points lumineux dans le ciel, mais des entités régies par des lois mathématiques. Chaque soir, il montait sur les hauteurs de la ville pour observer le ciel, notant sur des tablettes de cire les mouvements des astres, tentant de déceler les mystères qu'ils recelaient.

Mais son apprentissage ne se bornait pas à l'étude solitaire. Il prenait part aux débats animés qui se tenaient dans l'enceinte de la bibliothèque. Philosophes, mathématiciens, médecins : tous y confrontaient leurs idées. Théo y affina sa pensée critique et apprit que la connaissance ne se limitait pas à l'accumulation de faits, mais exigeait un questionnement constant. Il apprit à douter, à remettre en question, à envisager plusieurs perspectives.

À mesure qu'il grandissait, Théo se forgeait une réputation parmi les intellectuels d'Alexandrie. On le reconnaissait comme un jeune esprit prometteur. Mais, alors qu'il était entouré de rouleaux de papyrus et d'esprits brillants, une frustration latente grandissait en lui. Il sentait qu'il lui manquait quelque chose. Une véritable expérience du monde, peut-être. L'application réelle du savoir, certainement.

C'est ainsi qu'à vingt ans, une idée germa dans son esprit. Quitter les murs de la bibliothèque et partir à la rencontre de ceux qui, loin des cercles académiques, appliquaient le savoir à leur quotidien. Les astronomes des temples, les médecins de campagne, les marins qui naviguaient en se fiant aux étoiles. Un monde plus vaste l'attendait, et il était prêt à s'y aventurer.

Ainsi commença la véritable quête de Théo : celle de la connaissance, non plus confinée aux murs silencieux de la bibliothèque, mais vivante, ancrée dans le monde.

Chapitre 3 : Les Fondements d'un héritage

Alexandrie, joyau du monde antique, était un véritable carrefour de savoir, de cultures et de mystères. Cette ville vibrante, où les philosophes et les scientifiques se disputaient les honneurs de la sagesse, débordait d'effervescence. Les places publiques résonnaient des débats enflammés, et les écoles de pensée rivalisaient d'ardeur pour démontrer la supériorité de leurs doctrines.

Les ombres des grands penseurs planaient encore sur ces lieux, inspirant une nouvelle génération d'érudits. Ici, Aristote, là, Euclide, dont les théories façonnaient toujours les esprits avides de compréhension. Le port, grouillant de marchands et de voyageurs venus des quatre coins du monde, transportait autant d'épices et de soieries que d'idées et de croyances nouvelles. Alexandrie était plus qu'une ville : c'était une flamme qui illuminait l'humanité.

Une idéologie novatrice émergeait, une vision révolutionnaire qui allait bientôt donner naissance à un ordre mystérieux, nommé l'Ordre du Serpent. Un cercle restreint d'initiés aspirait à percer les secrets du cosmos, cherchant des vérités cachées dans les écrits anciens et les étoiles scintillantes qui veillaient sur la cité.

L'histoire prend racine dans les profondeurs de la Bibliothèque d'Alexandrie, un édifice majestueux dont l'architecture captivante inspirait l'admiration et l'humilité. Immense sanctuaire du savoir, ses colonnes de marbre supportaient des plafonds où étaient gravées des constellations mythiques. Les murs, décorés de splendides fresques, retraçaient l'épopée des connaissances accumulées par l'humanité.

À l'intérieur, des milliers de rouleaux de papyrus chargés de sagesse attendaient d'être découverts. L'air était empli d'une fragrance envoûtante mêlant l'odeur du vieux parchemin, de l'encre et de l'encens brûlant dans de délicats brûle-parfums. Un silence presque religieux régnait en ces lieux, seulement troublé par le bruissement des rouleaux que l'on déroulait et les murmures respectueux des érudits.

Dans une salle reculée, faiblement éclairée par des lampes à huile, un jeune érudit nommé Théo tournait avec précaution les pages d'un manuscrit poussiéreux. Passionné par la philosophie et l'astrologie, il se laissait souvent emporter par ses réflexions, cherchant à percer les mystères du monde. Parmi les innombrables trésors de la bibliothèque, il découvrit un texte ancien et énigmatique, attribué à Hermès Trismégiste. Ce texte, connu sous le nom de « L'Émeraude », dévoilait des vérités profondes sur l'harmonie cosmique et le pouvoir caché qui résidait dans la nature.

Les mots semblaient vibrer sous ses yeux, résonnant en lui comme une mélodie familière. L'idée que l'univers était régi par des lois secrètes et que l'homme pouvait transcender sa condition par la connaissance l'obsédait. Chaque phrase lui ouvrait une porte sur un savoir oublié, un savoir qui lui paraissait étrangement familier, comme s'il l'avait toujours connu sans pouvoir l'exprimer.

Théo rêvait de créer une société secrète dédiée à l'exploration de ces vérités interdites, un cercle d'érudits et de penseurs déterminés à repousser les limites de la compréhension humaine. Il imaginait une confrérie où l'on unirait philosophie, science et mysticisme pour atteindre une sagesse absolue. Une société où chaque membre, élu avec soin, contribuerait à dévoiler les mystères de l'existence.

Cependant, Alexandrie était une cité en perpétuel tumulte. Les tensions politiques s'intensifiaient. Les rivalités pour le pouvoir au sein de la dynastie ptolémaïque menaçaient de déchirer l'équilibre fragile de la ville. Dans les ruelles sombres et les tavernes bruyantes, les rumeurs les plus inquiétantes se propageaient, alimentant les peurs et les dissensions.

Les factions s'opposaient ouvertement, et il suffisait d'un simple mot de travers pour attirer la suspicion. Théo savait que son projet devait être mené dans la plus grande discrétion. Les autorités voyaient d'un mauvais œil toute société secrète, craignant qu'elle ne se transforme en foyer de contestation.

Avec prudence, il commença à rassembler un groupe d'amis de confiance, chacun possédant un talent unique. Il y avait Callixte, l'astronome passionné, qui cartographiait le ciel avec une précision inégalée. Lysandra versée dans les mystères de la guérison et des potions alchimiques.

Ensemble, ils se réunissaient dans l'ombre de la bibliothèque, échangeant leurs connaissances et posant les bases de leur ordre naissant. Leur mission était claire : comprendre les forces invisibles qui régissaient le monde, transcender les limites de la simple érudition pour toucher du doigt l'essence même de l'existence.

Ainsi, dans une ville où le tumulte et l'intellect s'entrechoquaient, où les âmes étaient en quête de vérité dans un monde incertain, l'Ordre du Serpent commençait à prendre forme. Une lumière discrète, mais puissante, prête à briller dans les ténèbres grandissantes de la discorde.

Chapitre 4 : Callixte

Sous un ciel étoilé d'Alexandrie, une nuit d'été de l'an 86 avant Jésus-Christ, un enfant vit le jour. Callixte, fils d'un horloger de renom, naquit dans un foyer où le passage du temps et les mouvements célestes régissaient la quotidienneté. Alexandrie, métropole de savoir et de commerce, était un carrefour de cultures et de découvertes. Mais pour Callixte, ce n'était pas tant la ville qui comptait que le ciel qu'elle abritait. Dès sa plus tendre enfance, il avait été le témoin des merveilles de l'univers. Son père, un homme silencieux et minutieux, bâtisseur de mécanismes complexes, l'éleva dans un univers où la mécanique du monde semblait parfaitement ordonnée, et où chaque mouvement, chaque rouage, trouvait sa place dans un grand tout.

Dans la maison familiale, emplie d'odeurs d'huile de lin et de bois de rose, trônaient des instruments étonnants : des sphères armillaires, des astrolabes, des cadrans solaires de tailles variées, et des horloges finement sculptées. Ces objets étaient bien plus que des instruments de mesure ; ils étaient des fenêtres ouvertes sur l'univers. L'horloger, passionné par les mouvements de la terre et des cieux, fit de son fils son héritier dans cette quête sans fin de compréhension. Dès l'âge de six ans, Callixte savait déchiffrer les positions des astres, observer les cycles lunaires, et, plus important encore, comprendre la mécanique secrète qui régissait tout cela.

Il ne se contentait pas de jouer dans les rues animées d'Alexandrie, comme les autres enfants. Lui, préférait grimper sur le toit de la maison familiale, où il se laissait emporter par la contemplation des astres. La ville, pourtant vibrante de vie, se fondait dans l'obscurité sous ses yeux, et le vaste ciel, infini et silencieux, l'enveloppait d'une douce sérénité. Les étoiles n'étaient pas de simples points lumineux à ses yeux ; elles étaient des messages, des énigmes, des mystères à résoudre. Le père de Callixte, en lui racontant les mythes des constellations, avait éveillé en lui cette fascination. Les histoires d'Orion, du Scorpion, de la Grande Ourse, étaient devenues son pain quotidien. Mais Callixte ne se contentait pas de rêver de l'invisible. Il voulait comprendre. Il voulait savoir pourquoi ces astres dansaient de manière si parfaite dans le ciel.

À l'âge de neuf ans, un nouveau chapitre de sa vie s'ouvrit avec l'arrivée de Théo, un camarade de classe d'une intelligence brillante. Théo n'était pas comme les autres enfants. Son esprit curieux et sa soif insatiable de connaissance firent de lui un complice parfait pour Callixte. Ensemble, ils passaient des heures à déambuler dans les rues bordées de palais et de bibliothèques d'Alexandrie, discutant de tout, mais surtout de ce qui échappait à la compréhension des mortels : la philosophie, les mystères des astres, la mécanique des cieux. Théo, qui s'intéressait plus particulièrement à la philosophie d'Aristote, posait des questions auxquelles Callixte n'avait pas toujours de réponse. Mais, loin de le décourager, ces interrogations incitaient le jeune garçon à approfondir ses recherches, à étudier davantage les anciens textes, à observer plus attentivement les mouvements des planètes.

Leurs conversations ne se limitaient pas à des spéculations philosophiques. Les deux amis se plongeaient également dans les textes des anciens astronomes et philosophes grecs, tels que Ptolémée et Hipparque, dont les écrits sur l'astronomie avaient révolutionné la pensée de l'époque. Callixte, influencé par ces idées, se consacra entièrement à l'étude des étoiles et de leurs trajectoires. Il apprenait à créer des cartes stellaires avec une précision étonnante, à tracer les mouvements des planètes sur le ciel, et à interpréter les éclipses, qu'il considérait comme des phénomènes porteurs de messages.

Mais l'astronomie n'était pas la seule passion de Callixte. Il s'intéressait également à l'astrologie, un domaine où les sages antiques prétendaient que les positions des astres influençaient la vie des hommes. Aux côtés de Théo, il étudiait les horoscopes, cherchant à comprendre comment les configurations célestes pouvaient annoncer des événements terrestres. À mesure qu'il affinait ses compétences, Callixte se prenait à rêver qu'il deviendrait un jour un astronome de renom, capable de décrypter les lois de l'univers et de guider les hommes à travers les mystères du ciel.

Cependant, à Alexandrie, le rêve de Callixte se heurtait à une réalité plus terre-à-terre. La ville, autrefois phare de la connaissance, était en proie à des conflits politiques intenses. Les luttes de pouvoir entre les diverses factions, ainsi que l'instabilité croissante de l'Empire grec, commençaient à influencer le quotidien de ses habitants. Les préoccupations matérielles et les querelles sociales dominaient les esprits. Pour Callixte, ce contexte troublé commençait à peser sur ses pensées. Bien que passionné par l'astronomie et la philosophie, il ne pouvait ignorer les tensions sociales qui secouaient sa ville natale.

Son père, voyant que les rêves de son fils se tournaient vers des sphères immatérielles, craignait pour son avenir. L'horloger, pragmatique et ancré dans la réalité, conseillait souvent à Callixte de se détourner de ses rêveries célestes pour se concentrer sur des études plus « utiles » et « pratiques ». Il espérait que son fils, en se formant à des métiers plus concrets, pourrait assurer sa stabilité dans un monde de plus en plus incertain. Mais Callixte, fidèle à ses rêves, n'était pas prêt à renoncer. Il savait que son destin était tracé parmi les étoiles, et c'était là qu'il trouverait la vérité, loin des préoccupations mondaines.

Les années passèrent, et Callixte, mûrissant, continua de chercher des réponses parmi les astres. Malgré les pressions sociales, il restait convaincu que la connaissance des cieux détenait la clé pour comprendre les mystères de la vie. Alors que l'Empire grec s'effritait, Callixte persévérait dans son étude des étoiles, déterminé à percer les secrets qui avaient fasciné les plus grands esprits de l'Antiquité.

Il n'était pas seulement un rêveur. Callixte était un chercheur, un homme résolu à comprendre l'ordre du monde à travers l'observation et la science. Son esprit, guidé par la lumière des étoiles, traverserait les âges, et peut-être, un jour, ses découvertes éclaireraient l'avenir des hommes.

Chapitre 5 : L'éveil d'une souveraine

Cléopâtre, princesse d'Alexandrie, grandit dans un environnement tout à la fois faste et complexe, où la grandeur de son héritage se mêlait aux turbulences politiques qui agitaient l'Égypte. Née en l'an 69 av. J.-C., elle était bien plus qu'une simple héritière d'une lignée royale. Dès son plus jeune âge, elle faisait preuve d'une intelligence hors du commun et d'une curiosité insatiable pour le monde qui l'entourait. Loin de se limiter à la vie dorée d'une princesse, elle s'adonnait avec passion à l'étude des arts, des sciences, de la politique et des langues, forgeant ainsi les prémices de ce qui allait devenir l'une des carrières les plus marquantes de l'histoire.

Les palais d'Alexandrie, où Cléopâtre passait son enfance, étaient un lieu où se mêlaient le luxe égyptien et les influences grecques. Le royaume des Ptolémées, issu de la conquête d'Alexandre le Grand, avait adopté une culture hybride, marquée à la fois par des traditions égyptiennes millénaires et des pratiques grecques raffinées. Alexandrie, cœur du savoir et de l'innovation, était une ville bouillonnante de vie, un véritable carrefour de cultures. Les marchands, venus de toutes les régions du monde antique, criaient leurs marchandises aux coins des rues : soieries de Chine, épices d'Inde, et joyaux d'Afrique. Les échoppes et les ateliers d'artisans s'étendaient à perte de vue, façonnant des statues de dieux et des objets précieux. L'air, constamment empli des effluves des cuisines et du parfum des fleurs d'oranger, rendait l'atmosphère encore plus envoûtante.

Mais au-delà de cette splendeur extérieure, Cléopâtre se concentrait sur l'acquisition de savoirs essentiels. La bibliothèque d'Alexandrie, la plus grande du monde antique, regorgeait de rouleaux de papyrus, de cartes astronomiques et d'ouvrages philosophiques que les érudits du monde entier envoyaient. Cléopâtre, guidée par la sagesse des maîtres les plus renommés de l'époque, passait de longues heures, plongée dans l'étude. Elle dévorait les écrits des philosophes grecs, comme Aristote et Platon, tout en développant sa propre vision du monde. L'étendue de son érudition allait bien au-delà des attentes d'une princesse de son âge.

Sa maîtrise des langues était particulièrement impressionnante. Alors que ses ancêtres, les Ptolémées, s'étaient souvent montrés détachés de la culture égyptienne, Cléopâtre choisit d'apprendre et de parler couramment l'égyptien, une décision rare et symbolique. En le faisant, elle marquait sa volonté de se rapprocher du peuple égyptien et de comprendre ses coutumes et ses traditions. Cette attention particulière à la culture locale renforça son lien avec son royaume, dont la population, souvent méfiante vis-à-vis de la dynastie grecque, la considérait désormais comme une souveraine à part entière, en dépit de son statut royal héréditaire.

Les influences de la cour royale sur Cléopâtre étaient profondes, mais la réalité de son époque lui était aussi clairement apparue. Le royaume d'Égypte, sous le règne de son père, le roi Ptolémée XII, traversait une période difficile. En proie à des tensions internes et à des luttes de pouvoir incessantes, l'Égypte semblait de plus en plus sous la tutelle de Rome, une situation qui déplaisait profondément à Cléopâtre. Le royaume était aussi économiquement dévasté, et la classe dirigeante était minée par la corruption. La noblesse se disputait le pouvoir, et les murmures de révolte se faisaient de plus en plus insistants dans le peuple.

Loin de cette agitation, Cléopâtre observait son environnement avec acuité. Son esprit, déjà aiguisé par ses études et ses rencontres avec des érudits, analysait les dynamiques politiques et comprenait que son avenir ne se résumerait pas à la simple position de princesse. Elle savait que, tôt ou tard, elle devrait prendre les rênes du pouvoir dans un contexte qui serait tout sauf favorable. Son père, bien que roi, était un souverain faible, dépendant de Rome pour sa survie politique, ce qui le rendait vulnérable aux critiques de ses sujets. Cléopâtre, dès son plus jeune âge, percevait cette fragilité, et elle se préparait à la gérer.

Les jardins du palais étaient un refuge pour Cléopâtre. Sous l'ombre luxuriante des palmiers et des figuiers, elle pouvait méditer, échapper aux tensions de la cour et, parfois, observer la vie des simples citoyens qui venaient rendre hommage à la famille royale. Là, elle se permettait de rêver à un avenir grandiose. Ces jardins étaient plus qu'un lieu de répit : ils étaient un espace où elle réfléchissait profondément à ses aspirations. Elle comprenait que son destin ne résidait pas uniquement dans l'héritage de son père, mais dans ce qu'elle pourrait accomplir pour son peuple et son royaume.

Un jour, alors qu'elle se promenait parmi les haies parfumées et les fleurs chatoyantes, elle rencontra un astrologue respecté, dont la réputation s'étendait bien au-delà des frontières de l'Égypte. L'homme, qui semblait détaché des réalités mondaines, la salua respectueusement et lui dit, avec une étrange certitude : « Tu seras une reine, Cléopâtre. Mais ta royauté sera semée d'embûches et de tempêtes. L'ambition et la ruse devront être tes alliées, car ton destin te conduira là où seules la force et la sagesse pourront te guider. Sois aussi rusée que le serpent, et aussi forte que le lion. » Ces mots résonnèrent profondément en elle, comme un écho de son avenir incertain, mais prometteur.

Cléopâtre, bien que jeune, prit immédiatement conscience de la gravité de ces paroles. Elles étaient à la fois une prophétie et un défi. Ces prédictions furent un catalyseur qui l'incita à intensifier ses études, à se plonger encore plus profondément dans les livres de stratégie, de diplomatie et de politique. Elle s'intéressa à des personnages historiques comme Alexandre le Grand, qu'elle considérait comme un modèle de conquérant et de diplomate. Alexandre avait unifié des cultures, traversé des frontières et façonné un empire gigantesque, et Cléopâtre, observant les succès et les échecs de ses prédécesseurs, apprit des erreurs et des victoires des grands dirigeants de l'histoire.

Alexandrie, la ville où elle avait grandi, était un lieu magique. Le soleil se couchait chaque soir derrière la mer Méditerranée, peignant le ciel de teintes orange, violettes et roses, tandis que la ville s'illuminait de lanternes dans une atmosphère empreinte de mystère et de beauté. Les places étaient animées de discussions passionnées, de débats politiques, et de musiques joyeuses. Cléopâtre appréciait ces moments, les observait attentivement, et s'imprégnait de la réalité de son peuple. Elle savait que chaque sourire, chaque mot échangé portait en lui des enseignements importants pour son futur rôle de souveraine.

À cette époque, elle savait que son avenir serait difficile, que des défis colossaux l'attendaient. Cependant, elle possédait déjà une grande force intérieure. Elle n'était pas simplement une princesse héritière, elle se voyait déjà comme une reine, une dirigeante capable de surmonter les épreuves et de guider son royaume à travers les turbulences politiques de son époque. Chaque jour passé à Alexandrie était une étape de plus vers la réalisation de ce grand destin. Cléopâtre était prête à affronter la tempête, forte de ses connaissances et de sa sagesse, prête à marquer l'histoire.

Chapitre 6 : Lysandra

Lysandra naquit dans le quartier vibrant d'Alexandrie, en 77 av. J.-C., au matin d'un jour éclatant, où le ciel semblait allumer l'horizon d'une lueur dorée. Cette ville, célèbre par sa grandeur et son rayonnement intellectuel, était l'endroit idéal pour une âme curieuse et assoiffée de savoir. Fille d'un apothicaire respecté et d'une mère douce, mais imprégnée de sagesse, Lysandra grandit entourée de flacons colorés, d'herbes odorantes et de potions mystérieuses, un monde qui allait marquer son enfance et déterminer son futur.

Le père de Lysandra, un homme méthodique et passionné, possédait une officine bien établie, dont les rayonnages étaient remplis de flacons en verre de formes diverses, abritant des substances provenant des quatre coins du monde méditerranéen. Il enseigna à sa fille l'art de reconnaître les propriétés curatives des plantes et des racines, une compétence ancestrale transmise au fil des générations. Mais sa mère, douce et attentionnée, y ajouta une touche de tendresse et de sagesse. Elle initia Lysandra aux secrets les plus subtils de la nature, les remèdes qui ne reposaient pas seulement sur la connaissance des plantes, mais sur une écoute intime du monde vivant qui l'entourait. Les plantes semblaient répondre aux gestes de la jeune fille, chaque feuille, chaque racine révélant des secrets à ceux qui savaient écouter.

Lysandra grandit ainsi dans un monde d'équilibre et d'harmonie. Mais son esprit, déjà avide de savoir, ne se contentait pas des limites de ce qu'elle apprenait. Dès son plus jeune âge, elle montra une insatiable soif de connaissances et un esprit vif qui la poussait à explorer des horizons bien plus vastes que ceux de l'officine familiale. Elle passait des heures à lire, à observer les astres, à expérimenter avec des combinaisons d'ingrédients qu'elle puisait dans les grimoires anciens que sa mère gardait précieusement. Ses cahiers étaient remplis de notes enchevêtrées de formules alchimiques, de symboles mystérieux et de dessins représentant des plantes et des éléments naturels. Un désir de comprendre l'univers dans sa totalité, de transformer ce qui est impur en or, et de découvrir les secrets de la vie, semblait habiter son âme. La jeune Lysandra rêvait de devenir une alchimiste reconnue, mais aussi une philosophe capable de dépasser les frontières de la guérison pour atteindre la connaissance pure.

Un jour, alors qu'elle accompagnait sa mère au marché, Lysandra fit une rencontre déterminante. Sur les étals colorés, entre les produits exotiques, les marchandises diverses et les bruits incessants des marchands, un jeune homme, nommé Théo, attira son attention. Il semblait déconnecté du tumulte environnant, plongé dans l'étude d'un rouleau de papyrus. Sa curiosité le menait à explorer tout ce qu'il voyait, et, lorsqu'il aperçut le stand de l'apothicaire, son regard s'éclaira de curiosité. Théo s'approcha, posant des questions avec enthousiasme sur les propriétés médicinales des herbes. Ce fut là qu'une connexion immédiate se tissa entre eux. Lysandra, habituellement réservée et concentrée sur ses études, se retrouva captivée par la vivacité d'esprit de Théo, sa passion pour la connaissance, et sa soif d'expérimentation. Ensemble, ils commencèrent à discuter de la nature des plantes, des astres et de ce que ces éléments pouvaient révéler de plus profond. Leur échange marqua le début d'une amitié qui allait marquer la vie de Lysandra à jamais.

Intriguée par l'esprit curieux de Théo, Lysandra l'invita un jour dans la petite cour de leur maison, un jardin secret où sa mère cultivait un large éventail de plantes médicinales. C'était un lieu serein, plein de vie et d'énergie, un véritable temple dédié à la nature. Théo, fasciné, s'y rendit et passa des heures avec Lysandra, observant chaque plante, discutant de ses vertus et des propriétés curatives. Ensemble, ils firent leurs premières expériences avec des potions rudimentaires. Lysandra, guidée par son désir de comprendre, s'engagea dans une série d'expérimentations, testant des mélanges inattendus et imaginant des combinaisons nouvelles. Théo, un scientifique dans l'âme, encouragea ses idées et ses initiatives. Ils parlèrent de plus en plus de transformation, non seulement des éléments naturels, mais aussi de l'esprit humain, se plongeant dans des discussions métaphysiques sur le pouvoir de l'alchimie et de la magie.

Les années passèrent, et l'amitié entre Lysandra et Théo se renforça. Lysandra poursuivit ses études, approfondissant ses connaissances sur l'alchimie, non seulement sous l'angle pratique des remèdes et des potions, mais aussi sur la philosophie ancienne qui accompagnait ces sciences mystérieuses. Elle commença à fréquenter des sages et des praticiens qui la guidaient dans sa quête. Chaque conversation qu'elle avait avec eux élargissait son esprit, et elle commença à comprendre que l'alchimie ne se limitait pas à une simple manipulation de substances, mais qu'elle était aussi une quête spirituelle. Elle s'intéressait aux écrits des grands philosophes, de Pythagore à Platon, en passant par les mystères de l'Égypte ancienne, cherchant à unir la matière et l'esprit dans une compréhension plus profonde du cosmos.

Cependant, bien que ses compétences se développassent à un rythme impressionnant, Lysandra ressentait la pression des attentes familiales. Son père souhaitait qu'elle reprenne l'officine familiale, qu'elle devienne la nouvelle apothicaire de la ville et qu'elle suive une voie plus traditionnelle. Mais Lysandra, animée par des aspirations plus vastes, rêvait d'atteindre un but bien plus grand. Elle aspirait à aller au-delà des simples remèdes pour guérir les corps et les âmes, à percer les mystères de l'univers et à découvrir les lois profondes qui en gouvernaient le fonctionnement. Elle rêvait de créer un espace de partage et de savoir, un lieu où les plus grands esprits se réuniraient pour explorer les mystères de l'alchimie et de la transformation spirituelle.

Un jour, dans une librairie poussiéreuse d'Alexandrie, elle fit la découverte qui allait bouleverser sa vie. En feuilletant les rouleaux d'anciens manuscrits, elle tomba sur un ouvrage rare, un texte consacré aux enseignements d'Hermès Trismégiste, un des plus grands maîtres de l'alchimie. Ce livre traitait de l'alchimie comme une voie de transformation personnelle et spirituelle, une quête de sagesse au-delà des simples métamorphoses matérielles. Lysandra, fascinée, plongea dans sa lecture et en fut profondément marquée. Ce qu'elle avait toujours cherché à travers la guérison et l'expérimentation, ce n'était pas seulement des remèdes pour le corps, mais une voie pour la transformation intérieure. Elle comprit alors que l'alchimie pouvait être une méthode pour transformer l'âme, pour atteindre un état supérieur de conscience. Cette découverte fut un tournant pour elle.

Réalisant qu'elle ne pouvait pas avancer seule sur ce chemin, Lysandra chercha Théo, l'âme sœur intellectuelle qui partageait ses aspirations. Elle le retrouva dans un jardin public, absorbé dans ses lectures, un rouleau de papyrus à la main. Dès qu'ils se croisèrent, un éclat de lumière sembla traverser l'espace entre eux. Ils échangèrent un regard et, sans un mot, comprirent que leurs destins étaient désormais liés. Elle lui parla de sa découverte, des enseignements d'Hermès Trismégiste et de la nécessité de dépasser les limites physiques de l'alchimie pour atteindre une transformation spirituelle. Théo, tout aussi passionné qu'elle, comprit immédiatement que leur rêve commun était à portée de main. Ensemble, ils pouvaient fonder un lieu où des esprits curieux se réuniraient pour explorer ces mystères, un véritable sanctuaire de savoir et d'initiation.

Ainsi, Lysandra et Théo commencèrent à élaborer des plans pour créer cette société secrète d'alchimistes et de philosophes. Leur ambition n'était pas seulement d'être reconnus en tant que scientifiques, mais de guider l'humanité vers une nouvelle compréhension de l'univers, une exploration des mystères de l'existence et des lois cachées de la nature. Lysandra, de la jeune fille fascinée par les plantes et les potions, était devenue une alchimiste en quête de vérité universelle, prête à embrasser son destin. Avec Théo à ses côtés, elle savait que leur quête ne faisait que commencer.

Chapitre 7 : Les Jardins de la Reine

Le soleil se levait lentement sur Alexandrie, baignant la ville d'une lumière dorée, douce et chaleureuse, qui se répandait à travers le ciel dégagé. Les premiers rayons, timides, mais insistant, dansaient sur les flots scintillants de la Méditerranée, offrant un spectacle somptueux où la mer semblait s'embraser d'un éclat d'or pur. Dans le palais royal, un parfum enivrant d'encens montait des salles ornées, se mêlant aux senteurs fraîches et délicates des fleurs qui éclosent avec le matin, donnant l'impression que tout l'univers se réveillait pour saluer le jour.

À l'intérieur de ce havre de paix et de puissance, Cléopâtre, reine d'Égypte et maîtresse des intrigues de la cour, se tenait sur le balcon de sa chambre. La vue qui s'offrait à elle était à couper le souffle : un jardin majestueux s'étendait devant ses yeux, comme une toile vivante où se mêlaient la beauté de la nature et l'art humain. Les lotus, avec leurs pétales d'un bleu éclatant, flottaient doucement sur les bassins, et le parfum enivrant des jasmins s'élevait, créant une atmosphère aussi douce que le rêve. Les roses, éclatantes de couleurs, semblaient s'incliner sous la caresse du vent, tandis que les hibiscus, flamboyants et audacieux, apportaient une touche de chaleur et de couleur au tableau.

Dans ce jardin, l'harmonie régnait. Les serviteurs, habiles et dévoués, se déplaçaient silencieusement parmi les plantes, veillant à ce que chaque arbuste, chaque fleur, soit entretenu avec soin. Ils arrosaient doucement les plantes, leurs mains rugueuses et pleines de travail effleurant les feuilles vertes et luisantes des plantes. Un murmure léger, comme une douce mélodie, flottait dans l'air, se mêlant au chant des oiseaux, qui, eux aussi, semblaient se réveiller dans l'allégresse du matin. Les oiseaux, multicolores et joyeux, ajoutaient leurs trilles au concert paisible de la nature. Les murmures des serviteurs se confondaient avec la douceur du vent, apportant une sensation d'apaisement et de beauté.

Cléopâtre contemplait ce paysage avec un mélange d'orgueil et de mélancolie. Ces jardins étaient le reflet de son règne : majestueux, impressionnants et en même temps vulnérables. Dans son cœur de souveraine, elle savait que cette splendeur, cette harmonie fragile, pouvait s'effondrer sous le poids des intrigues et des complots. La reine observait les changements imperceptibles de la nature autour d'elle, la manière dont les saisons se succédaient, et, dans son esprit, un parallèle se tissait entre la beauté de ces jardins et la complexité de sa propre vie, pleine de contrastes, de splendeurs et de dangers.

Chaque matin, Cléopâtre se réveillait au doux chant des oiseaux. La lumière dorée du jour filtrait à travers les rideaux de soie, se posant délicatement sur son visage. Elle prenait un instant pour savourer le calme avant que les affaires de l'État ne réclament son attention. Son rituel matinal était toujours le même : une promenade dans les jardins, ses pieds nus effleurant le sol recouvert de pétales, une sensation douce et agréable qui la reliait à la terre. Ses sandales de soie, légères comme des plumes, étaient laissées de côté, et elle marchait librement, presque comme une enfant. Elle s'arrêtait souvent près des fontaines, là où l'eau cristalline jaillissait avec un murmure apaisant, un doux bruit qui, à chaque matin, effaçait pour un instant les tracas du monde extérieur. Elle se penchait alors pour observer les petites grenouilles qui, joyeusement, sautaient d'un rocher à l'autre, se jouant de l'eau. C'était dans ces moments de tranquillité que Cléopâtre se sentait la plus connectée à la nature, à elle-même, loin des complots et des décisions politiques qui l'assaillaient.

Les serviteurs, fidèles et dévoués à leur reine, avaient appris à anticiper ses désirs. Lors de sa promenade, des plateaux d'argent étaient déjà prêts, garnis de fruits frais : des figues d'une douceur exquise, des dattes juteuses, des grappes de raisins éclatantes de lumière. Ces fruits, porteurs de la richesse de l'Égypte, étaient toujours soigneusement disposés avec une attention particulière. Cléopâtre se laissait parfois aller à savourer ces instants de simplicité, un sourire tranquille flottant sur ses lèvres. Ces moments de solitude étaient précieux pour la reine, car ils lui permettaient d'échapper à la pression constante des responsabilités. Elle s'asseyait sous un palmier, un livre de poésie à la main, et se perdait dans les vers d'auteurs lointains, plongée dans des mondes imaginaires. Ces vers, imprégnés de passions anciennes et de l'essence même de l'âme humaine, lui offraient un refuge. Elle se laissait envoûter par les mots, oubliant un instant la lourdeur de la couronne qui pesait sur son front.

    Lorsque le jour avançait, les jardins prenaient vie, tout comme le palais qui semblait se réveiller à son tour. Les courtisans, diplomates et alliés affluaient, attirés par la beauté de l'endroit et, plus encore, par la grâce irrésistible de la reine. Cléopâtre, vêtue de robes légères, aux couleurs éclatantes, accueillait ses invités avec un sourire enchanteur, sa voix douce résonnant dans l'air, semblant chanter autant qu'elle parlait. Chaque geste qu'elle faisait était mesuré, précis, d'une grande noblesse. Les discussions allaient bon train, mais, derrière chaque échange se dissimulaient des intentions subtiles, des manœuvres politiques et des alliances soigneusement tissées. Les secrets se murmuraient dans les recoins ombragés, dissimulés sous des sourires polis et des regards pleins de sous-entendus.

    Les courtisans, fascinés par la beauté de la reine et la magnificence de son palais, étaient aussi captivés par l'intelligence aiguisée de Cléopâtre, sa capacité à naviguer dans un monde d'intrigues. Elle écoutait, analysait et répondait toujours avec une aisance impressionnante, jonglant entre les affaires de l'État, les questions diplomatiques et les exigences de ses invités. Chaque conversation, chaque sourire, chaque geste de Cléopâtre était calculé avec soin, car elle savait que chaque mot pouvait avoir une importance capitale. Mais derrière ce masque de souveraine inébranlable, un tourbillon de pensées occupait son esprit. Elle savait qu'elle devait constamment garder une longueur d'avance, anticiper les mouvements de ses ennemis tout en consolidant ses alliances.

Les soirées au palais de Cléopâtre étaient tout aussi envoûtantes que ses journées. Lorsque le soleil se couchait, peignant le ciel de teintes pourpres et dorées, des lanternes étaient allumées dans les jardins, et des centaines de petites flammes dansaient dans la brise douce. Les allées étaient baignées de lumière, créant une atmosphère magique et sereine. Les parfums des fleurs se mêlaient à ceux des mets raffinés préparés pour les banquets, et la reine, entourée de ses amis et de ses alliés, se laissait emporter par la magie de ces instants. Le rire et les conversations animées des invités se mêlaient à la musique légère des instruments, créant une ambiance de convivialité où les soucis du monde extérieur semblaient oubliés, même si ce n'était que pour quelques heures.

Cependant, Cléopâtre savait mieux que quiconque que cette atmosphère idyllique n'était qu'un masque, une façade qui dissimulait les complexités et les tensions de la cour. Derrière les sourires et les belles paroles, une tension palpable existait. Les regards furtifs échangés, les chuchotements dans les coins sombres, tout cela trahissait un monde de calculs et de jeux de pouvoir. Cléopâtre, malgré sa beauté éclatante et son charisme inégalé, savait que son trône était constamment menacé. Elle avait dû naviguer, au cours de son règne, à travers des tempêtes d'ambition, de trahisons et de défis. Son esprit vif et sa capacité à manœuvrer dans cet univers impitoyable étaient ses meilleurs atouts. Mais dans la solitude de son balcon, entre les fleurs et les fontaines, la reine était consciente que même le plus grand des royaumes pouvait se fragiliser. Les jardins du palais, tout comme son règne, étaient à la fois une source de splendeur et de vulnérabilité.

Ainsi se déroulait la vie dans le palais de Cléopâtre, un lieu où la beauté de la nature et la complexité des relations humaines s'entrelaçaient, créant un ballet délicat et envoûtant. Les jardins, avec leur éclat et leur parfum, étaient le cœur vibrant de ce monde royal, un espace où la reine, ne serait-ce qu'un instant, pouvait échapper aux défis de son rôle et se perdre dans la magie de son royaume. Mais même dans ces moments de sérénité, la reine savait que la beauté et la fragilité de son empire étaient inextricablement liées, et que chaque sourire, chaque geste avait son prix.

Chapitre 8 : La Fille du Nil

Au fil des années, Cléopâtre devint une figure emblématique, non seulement par sa beauté envoûtante, mais aussi grâce à une intelligence acérée qui, peu à peu, redéfinissait la manière dont on percevait les souverains de son époque. Elle n'était pas seulement une héritière royale ; elle devenait une reine dotée d'une grande capacité à naviguer dans les eaux tumultueuses de la politique antique. Le somptueux palais d'Alexandrie, cœur palpitant de son royaume, devenait le théâtre de ses premières manœuvres diplomatiques et stratégiques, où les alliances et les complots se tissaient comme un voile invisible qui enveloppait tout ce qu'elle entreprenait.

L'Égypte, vaste et puissante, mais aussi vulnérable, était en pleine mutation. Cléopâtre savait qu'il lui faudrait plus que de la noblesse pour préserver son pouvoir. Le monde antique était impitoyable, et le trône d'Égypte, bien qu'il fût un symbole de grandeur, n'en restait pas moins convoité par de nombreux rivaux. Elle comprenait qu'elle devait s'imposer non seulement par sa lignée royale, mais aussi par sa capacité à motiver, à convaincre, à guider les âmes et à charmer les puissants.

À peine son père, Ptolémée XII, avait-il rendu son dernier souffle en 51 av. J.-C. qu'elle monta sur le trône d'Égypte, aux côtés de son jeune frère, Ptolémée XIII. Leur co-régence semblait une alliance naturelle, mais, dans le cœur du palais, la méfiance régnait. Tandis qu'elle régnait en tant que reine légitime, son frère, manipulé par ses conseillers avides de pouvoir, commençait déjà à chercher des moyens de réduire son influence. Cléopâtre, cependant, n'était pas du genre à se laisser submerger. Elle savait que la co-régence était un équilibre précaire, un accord temporaire qu'il lui faudrait déjouer pour garantir sa position et la stabilité du royaume. En parfaite stratège, elle observait, attendait, manœuvrait dans les coulisses, tel un serpent prêt à frapper au moment propice.

Les complots qui bouillonnaient au sein de la cour étaient aussi invisibles que les vagues qui caressaient les rives d'Alexandrie. Cléopâtre, fascinée par la complexité de son environnement, se plongeait dans l'étude des rapports, des désirs des courtisans, des alliances secrètes qui se formaient à l'ombre des colonnes et des statues de marbre du palais. Chaque sourire, chaque regard échangé entre les puissants de la cour, devenait pour elle une pièce du puzzle qu'elle assemblait patiemment, avec une finesse de stratège qui la rendait redoutable.

Les années passaient, et la jeune reine, silencieuse, mais déterminée, réussit à se débarrasser de ses rivaux, utilisant à la fois sa séduction et son esprit pour tordre le destin en sa faveur. Elle comprit que le véritable pouvoir ne résidait pas seulement dans l'héritage de son père, mais dans sa capacité à manipuler la situation, à saisir les opportunités, à séduire et à utiliser les hommes et les femmes qui l'entouraient. Cléopâtre devint une maîtresse des alliances, tissant des liens subtils et durables avec des puissances étrangères, tout en maintenant un contrôle absolu sur les affaires internes de son royaume.

C'est ainsi qu'elle comprit rapidement que, pour assurer la survie de l'Égypte, il lui faudrait s'allier à la Rome naissante, cette superpuissance qui allait redéfinir le destin du monde antique. Le destin de Cléopâtre, et celui de son royaume, étaient désormais étroitement liés à celui de Rome. Mais elle n'était pas dupe. Cléopâtre savait que les relations avec Rome ne seraient jamais simples. La ville éternelle, en pleine expansion, cherchait à étendre son influence sur tout le bassin méditerranéen. La reine égyptienne savait que l'Égypte serait l'une des clés de cette expansion, mais à quel prix ? Les calculs de Rome étaient impitoyables, et Cléopâtre devait préparer son royaume à naviguer entre les ambitions de César et les siens.

Les nuits, baignées par la lumière douce des étoiles, étaient un moment précieux pour Cléopâtre. Ces moments de solitude, loin des préoccupations quotidiennes, étaient des instants où elle pouvait s'évader et réfléchir à l'avenir. Elle se tenait souvent près de la fontaine du palais, les doigts effleurant l'eau cristalline, tandis que ses pensées se perdaient dans les vastes étendues du destin. Les odeurs suaves des jasmins, et les parfums entêtants des huiles essentielles qui flottaient dans l'air, masquaient à peine l'odeur des intrigues qui se tramaient autour d'elle. Les courtisans, les conseillers, les soldats, tous semblaient avoir leurs propres ambitions et leurs propres jeux. Cléopâtre, en revanche, n'était pas une spectatrice. Elle était l'architecte de son propre avenir.

Le tournant de sa vie arriva en 48 av. J.-C., lors d'un événement qui marqua un changement radical dans son destin. En pleine guerre civile, alors qu'elle se battait pour conserver son trône face à son frère, Cléopâtre prit une décision audacieuse. Enroulée dans un tapis, elle se faufila dans le palais d'Alexandrie pour rencontrer Jules César, le grand général romain qui venait de débarquer en Égypte. Ce geste audacieux, téméraire même, fut le début d'une alliance décisive pour son avenir. Cléopâtre, consciente du pouvoir de César, savait que cet homme pouvait être la clé de sa victoire. Lorsqu'il la rencontra, César fut immédiatement captivé par son esprit vif, son intelligence aiguisée et sa beauté envoûtante. Ce fut le début d'une alliance stratégique qui allait changer non seulement le cours de son règne, mais aussi celui de l'Égypte et de Rome.

Les discussions qui eurent lieu dans les couloirs du palais d'Alexandrie étaient d'une rare intensité. Les deux souverains, en pleine négociation, mêlaient stratégie militaire et promesses d'un avenir commun. Les chandelles, allumées pour éclairer la pièce, vacillaient sous les brises fraîches qui entraient par les fenêtres ouvertes. Les ombres dansaient sur les murs de marbre, tandis que l'air se chargeait du parfum des huiles essentielles et de la cire chaude des bougies. Cléopâtre savait que cet instant serait décisif. Elle n'était pas là uniquement pour sa propre survie, mais pour garantir l'avenir de son peuple. Son pouvoir serait désormais intimement lié à Rome, mais elle était déterminée à ne pas être l'outil d'une domination étrangère. Non, elle manœuvrerait, elle jouerait avec habileté pour maintenir la souveraineté de l'Égypte tout en tirant profit de l'alliance.

Grâce à l'appui de César, Cléopâtre réussit à éliminer ses rivaux et à rétablir son autorité sur le trône d'Égypte. Le palais se transforma en un centre névralgique où se mêlaient diplomatie, stratégie militaire et réformes économiques. Sous son règne, l'Égypte retrouva sa grandeur. Les marchés d'Alexandrie, jadis en déclin, redevinrent des lieux florissants, attirant les marchands de toutes parts, et la ville reprit sa place parmi les plus grandes cités du monde antique, un centre de savoir et de culture où se mêlaient intellectuels, artistes et scientifiques.

Cléopâtre s'entoura des plus grands esprits de son temps, attirant à sa cour les talents venus de toutes parts, aussi bien de la Grèce que de Rome. Les érudits, les philosophes, les poètes étaient invités à discuter, à débattre et à enrichir la culture d'Égypte. Elle savait que la richesse d'un empire ne se mesurait pas seulement à sa puissance militaire ou à sa richesse économique, mais aussi à sa capacité à nourrir l'esprit et à promouvoir la connaissance.

Mais, malgré ses réussites sur le plan intérieur, la menace qui pesait sur l'Égypte restait omniprésente. Rome, en particulier, devenait de plus en plus pressante. Cléopâtre, consciente de la fragilité de sa position, travailla sans relâche pour maintenir un équilibre délicat entre les intérêts de son royaume et ceux de la République romaine. Les rivalités au sein de Rome étaient tout aussi complexes et impitoyables que celles qui existaient à la cour d'Alexandrie. Chaque décision, chaque mouvement qu'elle faisait, avait des répercussions sur son avenir et celui de l'Égypte.

Les nuits à Alexandrie, éclairées par la lumière pâle des étoiles, étaient remplies de promesses et d'incertitudes. Sur son balcon, Cléopâtre contemplait la mer Méditerranée, dont les eaux scintillaient sous la lueur de la lune. Le bruit des vagues se mêlait au doux murmure du vent, tandis qu'elle réfléchissait à son avenir. Elle savait que son destin et celui de l'Égypte étaient désormais liés à Rome, mais elle n'avait pas l'intention de se laisser submerger. Elle lutterait, manœuvrerait, et utiliserait chaque alliance, chaque opportunité pour assurer sa survie, car la reine de l'Égypte était prête à affronter le monde, avec tout le charme et la sagesse qui étaient les siens.

Chapitre 9 : L'influence des Astres

Lorsque Théo, Lysandra et Callixte décidèrent de fonder un ordre dédié à la sagesse et au savoir, leur amitié, bâtie au fil des années de curiosité partagée, allait devenir le fondement de cette organisation naissante. Ils se comprenaient sans paroles, leurs esprits se nourrissant de la même soif de connaissances. Ensemble, ils avaient traversé des épreuves et des questionnements, cherchant sans relâche des réponses aux mystères du monde qui les entourait. Ils avaient, à travers les discussions interminables, les nuits étoilées et les livres anciens, façonné une vision du monde qu'ils souhaitaient transmettre à ceux qui, comme eux, cherchaient la vérité.

Callixte, en particulier, était un homme dont l'esprit vif était constamment attiré par les mystères de l'univers. Son amour pour les étoiles, sa passion pour l'astronomie, le poussait à observer sans relâche le ciel nocturne. Il croyait profondément que l'univers, avec sa vaste étendue d'astres, de planètes et de constellations, détenait des secrets d'une importance capitale pour ceux qui savaient écouter les murmures du cosmos. À ses yeux, les étoiles n'étaient pas de simples points lumineux dans le ciel, mais des guides célestes qui, depuis des éons, observaient et influençaient les affaires des hommes. Leurs mouvements, leurs alignements, et même leurs éclats étaient des signes à déchiffrer, des messages envoyés par un ordre supérieur.

Lorsque Théo, avec sa sagesse innée et son amour du savoir universel, se tourna vers lui pour fonder cet ordre, Callixte y trouva une opportunité unique. Ensemble, ils allieraient la philosophie, la spiritualité et la science, créant un espace de partage où les mystères de l'univers seraient explorés dans leur totalité. Callixte proposa une idée ambitieuse : que les étoiles deviennent le fil conducteur de leurs cérémonies et de leurs enseignements. Chaque mouvement des astres, chaque phase lunaire, chaque constellation devait être intégré dans leurs rituels, non seulement comme un élément symbolique, mais aussi comme une source de compréhension plus profonde du monde et de soi. Pour Callixte, les étoiles étaient des instruments divins, des portes ouvertes vers des vérités cachées que l'humanité devait apprendre à explorer.

Les rencontres nocturnes de l'Ordre, qui avaient initialement pris la forme de simples discussions entre érudits, commencèrent à prendre une dimension nouvelle. Callixte, dans sa magnificence, installa de grandes cartes célestes dans leur sanctuaire, et, chaque nuit, il expliquait comment les mouvements des constellations pouvaient influencer le monde terrestre. Il parlait des mystères du ciel avec une telle passion qu'il parvenait à captiver l'auditoire, faisant naître en chaque membre de l'Ordre une admiration sans bornes pour l'astronomie et l'astrologie. Ses cartes du ciel, dessinées avec une précision incroyable, étaient des chefs-d'œuvre de connaissance et d'art, empreints d'une beauté fascinante.

À chaque cérémonie, les membres de l'Ordre se rassemblaient sous la lueur des chandelles, unis par un même désir de compréhension. Ils s'asseyaient en cercle autour de Callixte, qui, tel un sage ancien, leur révélait des secrets sur les étoiles et leur relation intime avec l'humanité. Les rituels, imprégnés d'une nouvelle énergie, se déroulaient au rythme des astres, et chaque mouvement du ciel semblait guider l'Ordre dans sa quête de sagesse. L'Ordre devint rapidement un lieu sacré où se mêlaient la science, la philosophie, la spiritualité et l'art, une fusion parfaite des connaissances humaines et célestes. Et chaque membre ressentait cette communion profonde, ce lien mystérieux qui unissait l'humanité aux étoiles.

Pourtant, au milieu de cette splendeur de découvertes et d'enseignements, Callixte, malgré son brillant esprit et son rôle central au sein de l'Ordre, était tourmenté par un doute croissant. Il se demandait si la mission qu'ils s'étaient donnée était viable, s'il était possible de poursuivre ce chemin dans une époque marquée par l'incertitude et les tensions politiques croissantes. Alexandrie, autrefois un phare de lumière et de savoir, était désormais en proie aux complots, aux conflits internes et aux jeux de pouvoir. La sécurité de l'Ordre, ainsi que celle de ses membres, devenait de plus en plus précaire. Des rumeurs circulaient sur les activités secrètes de l'Ordre, et Callixte commença à craindre que leur quête de vérité ne les expose à des dangers qu'ils n'avaient pas anticipés.

Un soir, alors que l'Ordre se trouvait réuni dans une grotte discrète, cachée loin des regards, Callixte, le visage marqué par l'inquiétude, se tourna vers son ami et co-fondateur, Théo. Son esprit tourmenté ne trouvait pas de repos, et il décida de confier ses craintes à celui en qui il avait une confiance absolue.

__ Théo, dit-il, la voix empreinte d'une mélancolie douce, es-tu certain que nous devrions continuer ? Le monde autour de nous devient de plus en plus hostile, et des bruits courent. Je crains que notre quête de vérité nous conduise à notre perte. Que se passera-t-il si les autorités découvrent notre existence, si ceux qui détestent l'Ordre nous accablent de leurs accusations ?

Théo, comme toujours, répondit avec calme, mais aussi avec une conviction tranquille qui réconfortait son ami. Il avait cette sagesse innée qui semblait briller à chaque mot, cette capacité à voir au-delà des défis immédiats et à comprendre l'essence des choses.

__ Callixte, dit-il en posant une main amicale sur son épaule, notre quête est plus grande que nous. Le savoir, la vérité que nous cherchons à transmettre, sont des biens précieux. Si nous cédons à la peur, nous trahissons notre propre mission. Le monde, dans sa confusion et son ignorance, a besoin de lumière. Et nous devons être cette lumière. Il faut persévérer, échanger, étudier, transmettre. La vérité doit prévaloir, même dans l'adversité.

Les mots de Théo frappèrent le cœur de Callixte avec la force d'un éclair. Le doute, qui l'avait envahi depuis des jours, se dissipa lentement, remplacé par une détermination nouvelle. Théo avait raison. Leur mission était sacrée, et ils étaient les gardiens d'un savoir qui dépassait leur propre existence. Ils ne pouvaient pas reculer maintenant, pas après avoir consacré tant d'années à cette recherche de vérité. Callixte comprit que les astres eux-mêmes ne souffraient pas des aléas de la politique humaine, que les étoiles restaient là, immuables et sages, et que leur rôle, à lui et à Théo, était d'être les observateurs et les transmetteurs de cette sagesse éternelle.

À partir de ce moment, Callixte redoubla d'efforts. Il se mit à dessiner des cartes stellaires encore plus précises, cherchant à comprendre comment les mouvements des étoiles pouvaient prédire des événements futurs, influencés par les actions humaines, mais aussi par les forces cosmiques. Il approfondit ses recherches, scrutant les cieux avec une intensité renouvelée, et chaque nouvelle découverte semblait nourrir sa passion pour l'astronomie et son engagement envers l'Ordre.

Dans ce contexte, l'Ordre, sous la direction éclairée de Théo et Callixte, devint bien plus qu'une simple société de savoir. C'était un phare d'espoir dans une époque incertaine, un sanctuaire de sagesse et de vérité au milieu du tumulte. Et bien que des menaces externes pesaient constamment sur eux, l'Ordre persévérait, fidèle à sa mission.

Callixte, l'astronome des cieux, savait que chaque étoile était un guide, chaque constellation un chemin. Il était prêt à suivre la voie lumineuse qu'il avait tracée avec Théo, en dépit des épreuves. Dans l'obscurité croissante d'un monde parfois incertain, il croyait que l'intensité de la lumière de la connaissance était le seul rempart contre l'obscurité, et il continuerait à la transmettre, envers et contre tout.

Chapitre 10 : Les Sables du Destin

Au cœur d'un paysage aride et impitoyable se tenait un village pittoresque, une oasis de vie au milieu de l'immensité sableuse. Ses habitations, édifiées en argile, présentaient des murs chaleureux, même après avoir subi les assauts du temps. Les toits plats, agrémentés de poteries en terre cuite et de verdure abondante, formaient une protection bienvenue contre les rayons brûlants du soleil. Les palmiers dattiers, véritables sentinelles végétales, veillaient sur cette petite communauté avec sollicitude.

Malek naquit dans une tribu nomade du désert égyptien, dans les premières lueurs de l'aube, lorsque le soleil émergeait de l'horizon, teintant le ciel de nuances dorées. Fils du chaman de la tribu, il grandit au sein d'un monde où la magie et les mystères de la nature se mêlaient à la vie quotidienne. Le désert, avec ses dunes infinies et ses mirages troublants, était à la fois un terrain de jeu et un maître redouté.

L'atmosphère du village était empreinte d'une chaleur tangible, renforcée par le soleil brillant qui inondait chaque recoin de lumière ambrée. Les rires des enfants résonnaient dans les ruelles pavées, tandis que les femmes s'affairaient autour des puits, remplissant des jarres d'eau pour les besoins quotidiens. L'air était imprégné des effluves épicés des cuisines où mijotaient des plats traditionnels.

Dès son jeune âge, Malek montra des aptitudes particulières. Il possédait un don d'observation exceptionnel, capable de déchiffrer les messages laissés par le vent et les étoiles. Les sages de la tribu le prirent sous leur aile, partageant avec lui des récits légendaires et des rituels ancestraux. Malek apprit à communiquer avec les esprits de la nature, à puiser dans les énergies du désert, et à utiliser les herbes et les minéraux pour concocter des potions puissantes.

Depuis son plus jeune âge, Malek, le jeune sorcier, avait baigné dans un univers enchanté, imprégné des récits captivants que les anciens partageaient autour des flammes crépitantes. Les légendes sur les esprits du désert et les forces mystérieuses qui gouvernaient le monde résonnaient en lui, tout comme les coutumes de son peuple. Ses dons surnaturels étaient initialement perçus comme une source de bénédiction. L'enfant curieux, au regard pétillant et à l'imagination débordante, passait des heures à explorer les dunes et à chercher des signes du divin dans les étoiles.

Au fil des ans, la force de Malek grandit. À l'âge de quinze ans, il fut initié aux arts anciens, devenant l'apprenti de son père. Ensemble, ils explorèrent le désert, collectant des ingrédients rares et pratiquant des rituels sacrés. Malek se démarquait par sa capacité à maîtriser les énergies élémentaires : il pouvait invoquer des tempêtes de sable et apaiser les cieux. Grâce à son charisme et à son intelligence, il gagna le respect de sa tribu et devint rapidement un jeune sorcier respecté.

Cependant, cette puissance attira les convoitises. Les rivalités entre tribus étaient fréquentes, et Malek se retrouva bientôt au cœur d'un conflit. Un groupe rivalisant, envieux de ses aptitudes, s'unifia pour l'éliminer. Lors d'un rituel au cours duquel il devait prouver sa valeur, une embuscade fut tendue. Les assaillants, armés de flèches empoisonnées, attaquèrent pendant qu'il invoquait les esprits. Malek parvint à se défendre, mais le combat fut impitoyable et il perdit un ami d'enfance cher à son cœur dans la bataille.

Ce moment charnière dans la vie de Malek fut marqué par un choc émotionnel profond. L'affliction causée par la disparition de son ami le submergea, faisant place à une rage dévorante. Il chercha à augmenter sa puissance, à maîtriser des arts plus sombres pour venger son ami. Son appétit de domination l'amena à s'aventurer sur des terrains tabous, foulant aux pieds des domaines que seuls les sorciers les plus expérimentés osaient aborder. Sa communauté, qui avait jadis tiré fierté de ses prouesses, commença à le redouter. Les aînés, préoccupés par sa mutation, essayèrent de le dissuader, mais Malek était devenu insensible à leurs mises en garde.

Son déclin fut fulgurant. Pendant un rite particulièrement risqué, il invoqua des forces qu'il ne parvint pas à maîtriser. Une tempête dévastatrice balaya le désert, causant des dégâts dans sa propre communauté. Incapable de contenir sa magie, il fut finalement exilé, condamné à errer dans le désert, loin des siens, en proie à la honte et à la solitude.

    Malek erra pendant des mois, cherchant à comprendre ce qui lui était arrivé. Le désert, qui avait été son allié, se transforma en adversaire. La chaleur étouffante du jour et le froid mordant de la nuit lui rappelaient sa défaite et son échec. Il se réfugia dans des grottes, subsistant grâce aux racines et aux herbes sauvages, tout en continuant à s'entraîner, mais sans la présence rassurante de son père. Désormais seul face à lui-même, il devait trouver un moyen de se racheter, ou sombrer pour toujours dans les ombres de sa propre puissance incontrôlée.

Chapitre 11 : Sous le signe du Serpent

C'est alors que Théo se remémora ses conversations avec Lysandra et Callixte. L'idée de fonder un ordre pour explorer les mystères du monde commença à germer dans son esprit.

Sa vision s'éclaircit lorsque, dans les couloirs de la Bibliothèque, il tomba sur un ancien rouleau, « L'Émeraude », attribué à Hermès Trismégiste. Les mots qui s'y trouvaient résonnaient avec une force nouvelle. L'idée que la connaissance pouvait être un chemin vers la transformation personnelle et collective l'enflamma. Théo comprit qu'il devait partager cette découverte avec d'autres esprits éclairés, que l'union de leurs connaissances pourrait révéler des vérités encore plus profondes.

Ainsi, de sa naissance dans une famille égyptienne modeste à son éveil en tant qu'érudit passionné, le parcours de Théo était marqué par une quête incessante de savoir. Sa jeunesse, alimentée par l'amour de ses parents et l'inspiration de ses mentors, l'avait préparé à fonder un ordre puissant. Ce voyage allait l'emmener bien au-delà des limites d'Alexandrie, vers les mystères de l'univers et la sagesse intemporelle. Un nom lui est venu à l'esprit : l'Ordre du Serpent. Le serpent se mordant la queue, symbole positif du cycle éternel.

Fort de cette nouvelle, Théo entreprit de rassembler ses amis les plus proches, Lysandra et Callixte, ainsi que d'autres esprits brillants qu'il avait rencontrés au fil de ses études. Ils se donnèrent rendez-vous dans une grotte près du port d'Alexandrie, un lieu empreint de mystère et d'inspiration, où les vagues de la mer s'entrelaçaient avec le souffle du vent. C'était un endroit parfait pour discuter des idées novatrices qui germaient dans l'esprit de Théo.

Cette réunion marqua le début de l'Ordre du Serpent. Avec passion, Théo exposa sa vision.

__ Nous devons créer un espace où ceux qui cherchent la vérité peuvent se rassembler, partager leurs découvertes et s'élever ensemble. La connaissance est une lumière qui éclaire le chemin, mais elle ne brille pleinement que lorsqu'elle est partagée. Lysandra, toujours pragmatique, ajouta que leur société devrait également incorporer des éléments de protection, car le monde extérieur était imprévisible et souvent hostile à ce qui était considéré comme « différent ».

Les échanges devinrent plus animés, chaque membre contribuant par ses connaissances spécialisées. Callixte, avec son savoir en astronomie, proposa d'utiliser les constellations comme guide pour leurs rituels. Lysandra, avec sa maîtrise de l'alchimie, suggéra d'expérimenter avec des éléments naturels pour découvrir des vérités cachées. Ensemble, ils élaborèrent un plan pour les rituels initiatiques, des cérémonies qui marqueraient l'entrée dans l'Ordre et la transmission de la sagesse.

Les mois qui suivirent furent marqués par une frénésie créative. Les membres de l'Ordre se réunissaient régulièrement, élaborant des enseignements basés sur l'étude des anciens textes, l'observation des corps célestes et les pratiques alchimiques. Ils créèrent des symboles, des métaphores et des mythes qui enrichiraient leur philosophie, et le serpent devint leur emblème, un symbole de transformation et de sagesse.

Cependant, au fur et à mesure que leur ordre grandissait, les ombres de la suspicion commençaient à s'étendre sur leur groupe. Les tensions politiques à Alexandrie se faisaient de plus en plus présentes. Les autorités, inquiètes des rassemblements secrets, renforcèrent leur surveillance sur les intellectuels et les opposants. Théo et ses amis réalisèrent qu'ils devaient être prudents. Ils décidèrent d'utiliser des codes et des symboles dans leurs écrits pour communiquer, afin que leurs idées ne tombent pas entre de mauvaises mains.

À cette époque, Théo commença à écrire ses pensées et ses découvertes. Ce livre, qu'il appelait « Le Serpent de Sagesse », contenait non seulement ses réflexions personnelles, mais aussi des enseignements sur la nature de l'univers, des méditations sur l'âme humaine et des rituels qu'ils avaient élaborés ensemble. Théo savait que ce texte pourrait un jour servir de guide pour les futurs membres de l'Ordre, une lumière dans l'obscurité.

Les rituels initiatiques prirent forme, mêlant éléments de théâtre, musique et méditation. Lors de chaque cérémonie, le serpent était invoqué, symbolisant la renaissance et l'éveil de la connaissance. Les nouveaux initiés, enveloppés dans des voiles blancs, passaient par des épreuves symboliques qui les amenaient à confronter leurs peurs et à embrasser leur potentiel. Théo assistait à chaque cérémonie, le cœur rempli d'enthousiasme et de fierté en regardant ses amis et ses disciples s'élever.

Cependant, malgré leur prudence, des échos de leur existence parvinrent aux oreilles des autorités. Un soir, alors que Théo et ses amis se réunissaient pour une cérémonie sous la lumière argentée de la lune, une ombre furtive se glissa dans la grotte. Un informateur, habillé en citoyen d'Alexandrie, observait leurs rituels avec une attention redoutable. À la fin de la cérémonie, il s'éclipsa, laissant derrière lui un sentiment de malaise.

Le lendemain, Théo se réveilla avec une inquiétude persistante. Des rumeurs circulaient dans la ville concernant un groupe énigmatique de savants. Malgré la prise de conscience croissante du danger, les membres de l'Ordre restaient déterminés à explorer les profondeurs du savoir. Théo, fort de sa conviction, les encouragea :

__ La peur ne doit pas nous paralyser. Au contraire, elle doit nous inciter à être plus sages et plus prudents. La connaissance est notre bouclier, et nous ne devons jamais abandonner notre quête.

Les mois suivants, ils s'organisèrent pour se disperser en petits groupes, chacun continuant à enseigner les principes de l'Ordre tout en restant en dehors des radars des autorités. Théo, quant à lui, prit la décision audacieuse de se rendre seul à la bibliothèque d'Alexandrie pour étudier les écrits anciens. Il savait que le savoir contenu dans ces rouleaux pourrait non seulement renforcer son propre esprit, mais aussi offrir des solutions aux défis auxquels ils faisaient face.

À la Bibliothèque, Théo se plongea dans une mer de connaissances. Il déchiffra des textes sur l'astrologie, l'alchimie et la philosophie, découvrant des idées qui lui semblaient à la fois familières et nouvelles. Les jours s'étirèrent en semaines, et Théo, absorbé par sa soif de connaissance, oublia le concept du temps. Sa passion pour la connaissance était telle qu'il négligea même ses besoins les plus fondamentaux. L'odeur des vieux papyrus, l'écho des pages tournées et la lumière dorée filtrant à travers les fenêtres en verre coloré créaient une atmosphère presque envoûtante, propice à l'étude.

Un soir, alors qu'il feuilletait un ancien rouleau, il tomba sur une inscription qui attira son attention. Elle parlait d'un ancien sage qui avait découvert le « feu secret », une métaphore pour la connaissance ultime. Théo réalisa que l'objectif de l'Ordre n'était pas seulement d'accumuler des savoirs, mais d'initier une expérience transformatrice capable de réveiller les esprits. Cette révélation lui donna une direction claire : il devait retourner vers ses amis et les guider vers cette nouvelle compréhension.

Cependant, alors qu'il s'apprêtait à quitter la bibliothèque, un groupe de gardes, vêtus de l'uniforme des gardes du corps de Cléopâtre, envahit le bâtiment. La rumeur était parvenue au palais, et les gardes avaient été envoyés pour mener l'enquête sur les agissements suspects qui se déroulaient dans l'ombre de la ville.

Chapitre 12 : L'exilé des Sables

Dans les dunes brûlantes du désert égyptien, un homme solitaire marchait sous le soleil implacable. Son nom était Malek, un sorcier autrefois vénéré, désormais traqué. Ses pairs, jadis admiratifs de son savoir mystique, le considéraient désormais comme un paria. Accusé d'avoir manipulé des forces interdites et d'avoir pactisé avec des entités obscures, il était condamné à l'errance. Son village natal, autrefois un sanctuaire, était devenu un lieu hostile, et il avait dû fuir avant que la colère de ses semblables ne le consume.

Après des semaines de marche harassante à travers les dunes et les oasis clairsemées, Malek atteignit enfin Alexandrie. La ville se dressait devant lui, imposante et majestueuse, comme un mirage tangible au bord de la Méditerranée. Ses murailles immenses et ses phares illuminés par la lumière du crépuscule semblaient l'accueillir avec un silence bienveillant. Pour Malek, c'était une chance inespérée : Alexandrie, ville de lumières et de savoir, était un carrefour de cultures et de connaissances. Mais il savait que sa réputation pouvait le précéder, et qu'il devait se faire discret.

Se fondant dans la foule hétéroclite du port, Malek observa les marchands héler les marins, les scribes deviser sur les derniers textes ramenés de terres lointaines, et les philosophes débattre avec passion sous les colonnades. Il marcha longuement dans les ruelles animées, ses vêtements usés et son air fatigué le rendant presque invisible aux yeux des passants. Pourtant, son esprit tourmenté cherchait un refuge, un lieu où il pourrait exercer son art sans crainte.

C'est dans une taverne bruyante, non loin du port, qu'il entendit parler d'un jeune érudit du nom de Théo. Il était réputé pour son intelligence acérée et sa curiosité insatiable. Certains disaient qu'il passait ses journées entières à la grande bibliothèque d'Alexandrie, absorbé dans l'étude des textes anciens. Intrigué, Malek décida de le rencontrer.

Un soir, alors que le vent marin soufflait doucement sur la cité, il se rendit à la bibliothèque. L'immensité du lieu le frappa d'admiration. Sous la lumière des lampes à huile, les colonnes sculptées et les rangées infinies de rouleaux de papyrus formaient un sanctuaire du savoir. Chaque pas résonnait sur les dalles de marbre poli, et l'odeur des vieux parchemins emplissait l'air d'une solennité mystique.

Dans un coin reculé, un jeune homme était assis à une table, absorbé par ses lectures. Ses cheveux noirs tombaient en désordre sur son front, et ses yeux luisaient d'intelligence. Malek s'approcha lentement.

— Pardon, érudit, murmura-t-il.

Théo leva les yeux, intrigué par l'homme à l'air fatigué qui se tenait devant lui. Son visage buriné par le soleil et ses vêtements poussiéreux racontaient une histoire de voyage et de souffrance.

__ Que cherches-tu, étranger ? demanda-t-il avec curiosité.

__ Je suis un homme en fuite, un sorcier exilé, répondit Malek. On me traque pour mon savoir. Je cherche un abri, un lieu où je pourrais partager mes connaissances sans crainte.

Un silence pesant s'installa. Théo savait que la magie était une science redoutée et souvent condamnée. Pourtant, il était avide de savoir, et l'opportunité d'apprendre des arcanes occultes était trop fascinante pour être ignorée.

__ Viens, parlons en privé, dit-il en se levant.

Ils se dirigèrent vers une alcôve éloignée, à l'abri des regards indiscrets. Durant cette nuit-là, une conversation passionnée s'engagea entre eux. Malek parla des étoiles et de leurs influences mystérieuses, des incantations secrètes et des forces cachées qui régissaient le monde. Théo, en retour, lui expliqua les fondements de la philosophie, les récentes découvertes scientifiques et les courants de pensée qui animaient Alexandrie.

Les jours suivants, ils se retrouvèrent régulièrement. Malek partagea avec Théo les subtilités de l'alchimie, les rituels de protection, et la manière d'entrer en communication avec les énergies subtiles de l'univers. En échange, Théo lui enseigna les écrits d'Aristote et de Pythagore, ainsi que les avancées en mathématiques et en astronomie. Une amitié improbable se forgea entre eux, fondée sur la soif de savoir et un respect mutuel.

Mais l'ombre de la menace planait toujours sur Malek. Un soir, alors qu'ils étaient plongés dans une discussion sur la nature de l'âme, un messager entra dans la bibliothèque, cherchant un homme correspondant à la description de Malek. Des rumeurs avaient circulé, et ses poursuivants l'avaient retrouvé.

_ Tu dois partir, murmura Théo, le regard grave.

_ Pas encore. Il reste tant à apprendre, tant à transmettre, répondit Malek.

Mais le destin ne leur laisserait pas le choix. Alors qu'ils se préparaient à fuir, la nuit déroulait son voile sur Alexandrie, annonçant les événements à venir.

Chapitre 13 : L'Alliance de Feu

L'Égypte semblait renaître sous le règne éclairé de Cléopâtre. Cette jeune reine, brillante et séduisante, avait su transformer Alexandrie en un foyer culturel prospère, où les arts et les sciences s'épanouissaient sous son impulsion. Les ruelles de la ville résonnaient des échos de discussions philosophiques, des chants des poètes et des découvertes des savants.

Dans le grand phare dominant le port, les navires chargés de soieries, d'épices et de papyrus arrivaient de toutes les régions du monde connu, témoignant de la richesse du royaume. La Bibliothèque d'Alexandrie, véritable joyau de la connaissance, attirait les esprits les plus érudits de l'époque, venus des confins de la Grèce et de l'Orient pour enrichir ses collections. Cléopâtre, elle-même, passionnée par les sciences, la médecine et l'astronomie, passait de longues heures en compagnie des sages, discutant de mathématiques avec Euclide ou d'étoiles avec les astronomes.

Mais si Alexandrie brillait d'une splendeur nouvelle, le pouvoir de Cléopâtre reposait sur un équilibre fragile. Consciente de la précarité de sa position, elle avait renforcé son autorité en tissant des liens diplomatiques avec Rome, la puissance montante dont les ambitions menaçaient de bouleverser l'ordre du monde. Les échos des débats passionnés à Rome lui parvenaient par ses informateurs, et elle comprenait que les rivalités entre les grands chefs romains pouvaient avoir des conséquences dramatiques pour l'Égypte.

Lorsque Jules César, dont l'ambition et le charisme avaient captivé le monde, fut assassiné, ce fut un coup de tonnerre dans le monde méditerranéen. Aux Ides de mars, alors qu'il pénétrait dans le Sénat, il fut accueilli par des visages familiers, mais aussi par des regards trahissant une détermination meurtrière. Un à un, les sénateurs, menés par Brutus et Cassius, dégainèrent leurs dagues. Dans un moment tragique, César fut poignardé à plusieurs reprises, son corps tombant au sol, marqué par la trahison. Les cris de choc et d'horreur résonnèrent sous les voûtes du Sénat, et Rome plongea dans une ère de chaos.

Cléopâtre suivait ces événements avec une attention aiguë. Elle savait que la disparition de son puissant allié rendait l'avenir de l'Égypte encore plus incertain. Rapidement, une guerre de succession opposa les partisans de César dont Marc Antoine et Octavien à ceux qui avaient organisé son assassinat. Cléopâtre devait choisir son camp avec soin.

Son alliance avec Marc Antoine, l'un des triumvirs romains, devint alors le pivot de sa stratégie politique. Leur relation, à la fois passionnelle et stratégique, fut le ciment d'une ambition commune : celle de créer un empire unissant l'Orient et l'Occident. Ensemble, ils consolidèrent leur pouvoir, tandis qu'Octavien, neveu adoptif de César, accumulait de plus en plus d'influence à Rome.

Le couple régna en maître sur la région, partageant leur temps entre Alexandrie, où ils organisaient des festivals somptueux, et les campagnes militaires de Marc Antoine. Les jardins du palais royal étaient le théâtre de banquets fastueux, où s'entremêlaient musique, danse et discussions politiques. Cléopâtre, grâce à sa vivacité d'esprit et à son charisme, jouait un rôle actif dans les décisions stratégiques.

Lors de ces réunions, elle captait l'attention des généraux et des diplomates romains par son intelligence perçante et son aisance dans plusieurs langues, une rareté parmi les souverains. Elle utilisait chaque détail à son avantage : un simple regard, un mot bien placé, une référence savante pouvaient renverser une négociation en sa faveur.

Cependant, leur hégémonie était menacée par la montée en puissance d'Octavien, le futur empereur Auguste. Ce dernier voyait en Marc Antoine son principal rival et trouvait en Cléopâtre un prétexte idéal pour discréditer son adversaire. Avec une habileté redoutable, il utilisa la propagande pour dépeindre Cléopâtre comme une séductrice manipulatrice, envoûtant Marc Antoine pour mieux asservir Rome à l'Égypte.

Les rumeurs se répandirent dans les rues de Rome, alimentées par des pamphlets et des discours incendiaires. Les orateurs d'Octavien l'accusaient d'avoir perverti Marc Antoine, de l'avoir transformé en un être débauché, asservi à ses caprices. Dans les fresques et les caricatures, elle était représentée sous les traits d'une enchanteresse, tentant de corrompre les vertus romaines par le luxe et la luxure.

Ce conflit de propagande annonçait un affrontement bien plus direct. Tandis qu'Octavien rassemblait ses forces, Cléopâtre et Marc Antoine préparaient la guerre décisive qui allait déterminer non seulement leur destin, mais aussi celui de l'Égypte tout entière.

Dans la splendeur de son palais, sous les fresques dorées représentant les exploits de ses ancêtres, Cléopâtre savait que l'heure était venue de défendre son trône. Elle n'était pas seulement une souveraine, mais une stratège, une visionnaire, une femme dont le nom était désormais inscrit dans la grande Histoire du monde.

Chapitre 14 : L'heure des Choix

Théo, caché derrière un pilier de marbre, observait la scène avec le souffle court et le cœur battant à tout rompre. L'immense bibliothèque, jadis un havre de paix et de savoir, était envahie par des gardes en armure. Leurs voix, dures et impérieuses, résonnaient contre les étagères chargées de manuscrits anciens. Ils interrogeaient les érudits avec insistance, exigeant des réponses sur leurs activités clandestines.

Théo savait qu'il ne pouvait pas rester caché plus longtemps. Chaque seconde passée à observer l'horreur qui se déroulait sous ses yeux était une seconde perdue pour prévenir ses amis. Il se glissa silencieusement hors de la bibliothèque, son ombre se faufilant entre les colonnes antiques.

Une fois dehors, il se mit à courir dans les ruelles sombres, se fondant dans l'obscurité comme un spectre. L'air nocturne était frais et portait avec lui l'odeur de la mer toute proche. Son esprit bourdonnait de questions et d'inquiétudes. Avait-il été repéré ? Les érudits réussiraient-ils à tenir tête aux interrogateurs ?

Arrivé à la grotte qui leur servait de refuge, il fut accueilli par le silence. Un silence oppressant, anormal. Il eut juste le temps de percevoir un éclat de métal avant de comprendre : des gardes étaient déjà là. Leur formation était impeccable, leur présence imposante. Ils étaient venus en nombre, prêts à empêcher toute évasion.

Théo sentit une poussée d'adrénaline l'envahir. Il devait réagir rapidement. Ses amis étaient pris au piège, et il n'était plus question de fuir. L'heure était à la résistance.

__ Nous ne pouvons pas nous laisser capturer, murmura une voix tremblante derrière lui.

Théo se retourna et vit Aïsha, les yeux brillants d'anxiété. Elle était une des plus ferventes défenseuses de leur cause, et pourtant, il pouvait voir la peur dans ses traits.

__ Nous devons nous battre pour nos convictions, répondit-il d'une voix assurée. La connaissance est notre héritage, et nous ne pouvons pas laisser la peur nous priver de notre droit à l'apprendre et à la partager.

Ses mots résonnèrent dans la grotte comme une détonation. Les autres érudits, jusque-là figés dans l'indécision, se redressèrent. Un feu nouveau s'alluma dans leurs regards.

__ Très bien, dit Malek en s'approchant. Si nous devons nous battre, utilisons notre savoir. Rappelons-nous des rituels et des enseignements que nous avons appris. La magie peut être notre alliée.

D'un geste, il invita les autres à se regrouper. Théo ferma les yeux un instant, repensant aux leçons qu'ils avaient apprises ensemble. Il existait un rituel de protection, une incantation ancienne qui pouvait créer une barrière énergétique. Il leva les bras et commença à murmurer les paroles sacrées. Les autres suivirent, leurs voix s'unissant en un chant envoûtant.

Une lueur douce émana du groupe, enveloppant la grotte d'une aura protectrice. Les gardes, surpris par cette manifestation, ralentirent leur avancée, incertains de la marche à suivre.

C'est alors qu'une voix impérieuse s'éleva au-dessus du tumulte.

— Arrêtez !

Le chef des gardes un homme imposant au regard perçant s'avança d'un pas mesuré. Il dégageait une autorité naturelle qui forçait l'attention.

— Nous ne sommes pas là pour vous nuire, annonça-t-il. Notre reine souhaite vous rencontrer.

Les murmures d'incrédulité parcoururent le groupe d'érudits. Théo abaissa lentement les bras, interrompant le rituel.

— Pourquoi voudrait-elle nous voir ? demanda-t-il avec prudence.

Le chef des gardes croisa les bras.

— La reine Cléopâtre a entendu parler de vos activités. Elle est curieuse de connaître vos intentions. Elle ne souhaite pas la violence, mais un dialogue.

Un silence pesant s'installa. Les visages des érudits reflétaient à la fois l'hésitation et l'espoir.

— Nous n'avons rien à cacher, finit par dire Malek. Mais pourquoi devrions-nous lui faire confiance ?

Le chef des gardes le fixa intensément.

__ Parce qu'une rencontre pourrait vous offrir une chance de protéger votre savoir. La reine valorise la connaissance. Si vous lui prouvez que vos intentions sont pures, vous pourriez trouver en elle une alliée.

Les érudits se regardèrent, cherchant une réponse dans les expressions de leurs compagnons. Théo comprit que c'était un moment décisif.

__ Si nous acceptons, dit-il lentement, nous irons armés de notre savoir et de nos convictions. Nous ne nous soumettrons pas, mais nous chercherons à établir un dialogue.

Le chef des gardes acquiesça.

__ Très bien. Suivez-nous.

Ainsi, alors que la nuit étendait son manteau étoilé, Théo et ses amis se préparaient à affronter un avenir incertain. Ce qui aurait pu être un combat devenait une rencontre décisive, une opportunité de faire entendre leur voix. L'avenir du savoir en dépendait. Et ils étaient prêts à le défendre, quel qu'en soit le prix.

Chapitre 15 : Une Rencontre Royale

Théo et ses amis, escortés par le chef des gardes, quittèrent la grotte et s'engagèrent sur un chemin sinueux qui les mena à travers les ruelles étroites d'Alexandrie. La ville, vibrante et animée, était en pleine effervescence, les marchands criant leurs offres, les enfants jouant au coin des rues, et les odeurs d'épices et de pain frais remplissant l'air. Cependant, l'inquiétude prédominait dans le cœur de Théo.

Après une marche qui leur sembla interminable, ils arrivèrent enfin au palais de Cléopâtre, un chef-d'œuvre architectural qui dominait la ville. De majestueuses colonnes en marbre, ornées de reliefs complexes, soutenaient un toit en bois précieux, dont les teintes s'illuminaient sous le soleil couchant. Le palais était entouré de jardins luxuriants, où des fleurs exotiques et des arbres fruitiers offraient une palette de couleurs éclatantes, tandis que des fontaines murmuraient doucement, ajoutant une mélodie apaisante à l'environnement.

Les portes du palais s'ouvrirent sur un hall vaste somptueux. Les murs étaient décorés de fresques racontant l'histoire des dieux égyptiens et des pharaons, tandis que des tapisseries richement tissées drapaient les espaces, créant une atmosphère de grandeur et d'opulence. Les rayons du soleil filtraient à travers de grandes fenêtres ornées de vitraux colorés, projetant des motifs lumineux sur le sol en mosaïque.

Les membres de l'Ordre avancèrent lentement dans le hall, leurs cœurs battant à l'unisson, mêlant excitation et nervosité. Une escouade de domestiques, habillés avec grâce, les conduisit à travers cet édifice majestueux. Chaque pièce qu'ils traversèrent était plus impressionnante que la précédente : des salons ornés de meubles sculptés, des bibliothèques remplies de rouleaux de papyrus, et des salles de banquet où des festins étaient préparés.

L'atmosphère était vibrante, comme si le palais lui-même respirait la magie de l'histoire. Les conversations enjouées des courtisans résonnaient, entrecoupées de rires et de murmures. La richesse du palais se faisait sentir, avec ses ornements dorés et argentés qui brillaient aux murs, alors que des statues de divinités égyptiennes veillaient sur les invités.

Finalement, ils arrivèrent dans la vaste salle du trône, où Cléopâtre les attendait. Vêtue d'une robe immaculée et couronnée d'un diadème étincelant, la reine se tenait avec majesté, exsudant une force sereine. Ses yeux perçants balayaient les invités avec curiosité, tandis que des conseillers et des courtisans les entouraient, mêlant intérêt et méfiance.

__ Bienvenue, érudits, dit Cléopâtre, sa voix douce, mais ferme. J'ai entendu parler de votre quête. Vous êtes des explorateurs de la connaissance, et je suis là pour prêter l'oreille à vos récits.

Théo, bien que nerveux, s'avança, le regard fixé sur la reine.

— Votre Majesté, nous cherchons à préserver la connaissance et à partager notre savoir. Nous croyons que la sagesse doit être accessible à tous, et nous ne voulons que la paix.

La reine acquiesça, le regard brillant d'intelligence.

— La connaissance est un trésor inestimable, et ceux qui la détiennent ont la responsabilité de la protéger et de l'utiliser judicieusement. J'aimerais connaitre les enseignements que vous souhaitez nous transmettre.

Les membres de l'ordre, animés par l'aura protectrice du palais, se sentirent encouragés à échanger leurs idées. Théo évoqua les mystérieux écrits qu'ils avaient exhumés, les cérémonies de préservation et le rôle crucial de la connaissance dans un univers en constante évolution. Au fur et à mesure qu'ils partageaient leur vision, l'atmosphère de la pièce évolua, passant de la suspicion à l'intérêt.

Cléopâtre fixait attentivement les orateurs, oscillant entre réflexion et approbation. Elle comprenait la valeur de leurs connaissances, et savait que, dans un monde où la politique et la magie se confondaient, chaque allié pouvait faire une différence. Cette rencontre allait bien au-delà d'une simple audience, marquant le début d'une potentielle alliance.

Pendant que la discussion continuait, Théo examina attentivement les moindres recoins du palais, percevant l'écho des siècles passés. Chaque mur, chaque peinture, chaque objet révélait un pan de l'histoire, et il prit conscience de la connexion entre leur recherche de savoir et cet héritage. Ils ne se contentaient pas d'être des chercheurs, mais représentaient les gardiens d'une sagesse ancestrale, porteurs d'une étincelle vouée à illuminer à nouveau le monde.

Au terme de leur entretien, Cléopâtre se leva, arborant un sourire mystérieux.

__ Je vous remercie pour votre sagesse et votre courage. Je vous propose de travailler ensemble. Les connaissances que vous possédez sont inestimables, et j'aimerais que vous vous sentiez chez vous dans mes appartements. Ensemble, nous pouvons bâtir un avenir où la sagesse et la magie coexisteront en harmonie.

Les membres de l'Ordre, remplis de gratitude et d'émerveillement, échangèrent des regards remplis de stupéfaction et de satisfaction. Leur quête prenait un tournant inattendu, et ils sentaient la promesse d'un nouveau chapitre s'ouvrir devant eux. Au cœur du majestueux palais de Cléopâtre, guidés par sa grâce royale, ils se tenaient sur le point de protéger leurs connaissances sacrées, tout en contribuant à un plan audacieux susceptible de façonner le destin.

Chapitre 16 : L'alliance des sages

La proposition de Cléopâtre flottait dans l'air comme une douce mélodie, résonnant avec l'espoir et la possibilité d'un avenir meilleur. Théo et ses compagnons, encore sous le choc de cette offre inattendue, échangèrent des regards d'incrédulité et d'enthousiasme. Leurs cœurs battaient à l'unisson, pulsant avec une énergie nouvelle, une promesse de collaboration qui pourrait transformer leur quête en quelque chose d'encore plus grand.

__ Votre Majesté, commença Théo, prenant une profonde inspiration pour rassembler son courage. Nous sommes honorés par votre offre. Nous n'avons pas seulement cherché la connaissance pour nous-mêmes, mais pour l'ensemble de l'humanité. Être ici, dans ce palais, est un rêve devenu réalité.

Cléopâtre, un sourire sur les lèvres, fit un geste de la main, invitant Théo et ses amis à s'approcher davantage.

__ Alors, commençons par un échange. Je souhaite connaître vos idées, vos projets, et comment nous pourrions utiliser ce savoir pour le bien de notre peuple.

Les membres de l'Ordre se regroupèrent, leur excitation palpable, pendant que Théo commençait à exposer sa vision. Il évoqua le potentiel illimité du savoir, les antiques écrits qu'ils avaient décryptés, les cérémonies protectrices qu'ils avaient exécutées, et leur aspiration profonde à diffuser ces connaissances auprès de ceux qui souhaitaient percer les mystères de l'univers. L'atmosphère dans la pièce changea, chaque mot prononcé par Théo résonnant comme une promesse d'espoir et de renouveau.

Cléopâtre fixait la scène avec un regard captivé, ses yeux étincelants d'intérêt.

_ La sagesse et la magie doivent être des alliées. Je suis convaincue que nous pouvons unir nos forces. Le monde est en proie à des tensions et des incertitudes, et la connaissance est la clé qui peut ouvrir les portes d'un avenir meilleur.

Alors qu'ils poursuivaient leur conversation, Malek observa les détails du palais, s'imprégnant de l'ambiance majestueuse qui les entourait. Les murs de la salle du trône étaient recouverts de fresques vibrantes, représentant des scènes de la mythologie égyptienne, où les dieux et les déesses se mêlaient à la vie quotidienne des mortels. Les couleurs, vives et éclatantes, racontaient des histoires de grandeur, de puissance et de sagesse.

Les colonnes en marbre qui soutenaient le plafond étaient sculptées avec une précision incroyable, ornées de motifs floraux et de symboles sacrés, tandis que des chandeliers en or scintillaient, projetant une lumière chaude et accueillante. Le son apaisant des fontaines, qui murmuraient dans le jardin adjacent, créait une atmosphère propice à la réflexion et à la créativité.

_ Je vous propose une alliance, continua Cléopâtre, sa voix résonnant avec une autorité naturelle. Ensemble, nous établirons un centre de connaissance ici, dans ce palais. Ce sera un endroit où les esprits les plus brillants pourront se réunir, partager leurs réflexions et explorer les profondeurs de l'univers. Vous serez les custodes de cette tradition.

Les membres de l'Ordre, touchés par cette nouvelle tâche, se regardèrent, conscients de l'importance de leur mission. Théo, le cœur battant, sentit le poids de l'histoire se poser sur ses épaules.

__ Nous acceptons cette responsabilité avec honneur, dit-il, sa voix empreinte d'émotion. Nous nous engageons à faire de cet endroit un sanctuaire de savoir.

Cléopâtre sourit, satisfaite.

__ Parfait. Je vais mobiliser mes ressources pour que cela devienne une réalité. Nous allons créer des bibliothèques, des espaces d'étude et des laboratoires où la magie et la science pourront se rencontrer. Vous aurez la liberté d'explorer, d'apprendre et d'enseigner.

Alors qu'ils discutaient des détails, Cléopâtre invita Théo et ses amis à visiter les différentes sections du palais. Ils se dirigèrent vers les jardins, où des allées bordées de fleurs parfumées invitaient à la flânerie. Les arbres fruitiers, chargés de fruits mûrs, offraient un répit bienvenu sous leur ombre, et des bancs en pierre étaient disposés ici et là, parfaits pour la contemplation ou la discussion.

__ Ce jardin a été conçu pour inspirer, expliqua Cléopâtre. La nature est une source inépuisable de sagesse et de beauté.

J'espère que vous y trouverez la sérénité nécessaire pour vos réflexions.

Théo se sentit apaisé par cette ambiance tranquille, et il imagina déjà ses amis se réunissant ici pour échanger des idées. Ils continuèrent leur exploration, découvrant des pièces ornées d'œuvres d'art, de statues de pharaons et de divinités, chaque objet racontant une histoire du passé prestigieux de l'Égypte.

Lorsqu'ils pénétrèrent dans la bibliothèque du palais, Théo fut frappé par la quantité de rouleaux de papyrus qui les entouraient. Les étagères, hautes jusqu'au plafond, étaient remplies de textes anciens, de traités sur la médecine, l'astronomie et la philosophie. L'air était chargé de l'odeur des vieux livres, et Théo sentit un frisson d'excitation parcourir son échine.

— Ici, vous pourrez étudier tout ce que vous désirez, dit Cléopâtre en souriant. La connaissance n'a de valeur que si elle est partagée. Je souhaite que ce lieu devienne un phare pour ceux qui cherchent à comprendre le monde.

Les jours qui suivirent furent consacrés à la création de cette nouvelle alliance. Théo et ses amis travaillèrent sans relâche, organisant des sessions d'étude et réunissant des érudits d'Alexandrie et des régions environnantes. Le palais, autrefois un symbole de puissance, se transformait en un lieu sacré de savoir, où la magie et la science se mêlaient pour éclairer l'esprit humain.

Cléopâtre, toujours présente, encourageait chacun à explorer les profondeurs de leur curiosité, créant un environnement où la créativité et l'innovation pouvaient fleurir. Les discussions passionnantes résonnaient dans les couloirs, et les rituels magiques étaient pratiqués dans les jardins, créant une ambiance de renaissance et d'espoir.

À mesure que le temps passait, l'Ordre du Serpent gagnait en influence et en respect. Théo, Malek et leurs amis étaient devenus des figures centrales de ce mouvement, et leur quête pour préserver la connaissance prenait une nouvelle dimension. Ils savaient que, sous la protection de Cléopâtre, ils pouvaient s'épanouir et apporter un changement significatif à leur monde.

Dans le palais, entourés de sagesse et d'opulence, ils avaient trouvé une nouvelle maison, un lieu où ils pouvaient non seulement apprendre, mais aussi enseigner et inspirer les générations futures. Leurs rêves, autrefois fragiles, prenaient forme, et ils se sentaient prêts à faire face à tous les défis qui se présenteraient à eux. Dans ce sanctuaire de savoir, une ère nouvelle s'annonçait, pleine de promesses et d'opportunités, illuminée par la lumière de la connaissance et de la magie.

Chapitre 17 : Éveil d'une nouvelle ère

La vie de Théo, Malek, Callixte et Lysandra au palais de Cléopâtre était une aventure exaltante, marquée par la quête de connaissance et la découverte de mystères anciens. Les études passionnantes et les explorations intellectuelles rythmaient leurs journées, tandis que la majesté du palais servait de toile de fond à leurs recherches.

Chaque matin, le soleil naissant éclairait les jardins verdoyants du palais, et les quatre compères se donnaient rendez-vous dans l'un des recoins paisibles du jardin, entourés de fleurs exotiques et de la douce mélodie des fontaines. Ce cadre enchanteur était leur sanctuaire, un endroit où ils pouvaient discuter librement de leurs idées tout en prenant un petit-déjeuner léger composé de fruits frais et de pains dorés.

Callixte était souvent le premier arrivé. Il passait des heures à observer le ciel, à tracer des cartes des constellations et à scruter les étoiles avec son astrolabe, qu'il avait fabriqué lui-même. Sa fascination pour les mouvements célestes était contagieuse, et il partageait avec ses amis ses réflexions sur l'influence des astres sur la vie humaine.

__ Regardez cette constellation, disait-il en pointant le ciel. Les étoiles s'adressent à ceux qui savent les écouter.

Lysandra, quant à elle, était la spécialiste en alchimie de l'équipe. Elle passait ses journées dans les laboratoires du palais, entourée de fioles et de récipients en verre, mélangeant poudres et extraits, cherchant à percer les secrets de la transformation.

__ L'alchimie est bien plus qu'une simple science, expliqua-t-elle à ses amis. C'est une quête spirituelle. Chaque élément a une âme, et notre tâche consiste à les combiner pour créer quelque chose de nouveau.

Malek, le plus pragmatique du groupe, était fasciné par la physique et l'application pratique des connaissances. Il voyait l'alchimie et l'astrologie comme deux facettes d'une même réalité.

__ Pensez à cela, disait-il souvent. Si nous comprenons comment les éléments interagissent, nous pouvons créer des potions qui influencent le bien-être des gens. Et si nous comprenons comment les astres influencent notre comportement, nous pourrons mieux planifier nos actions.

Théo, quant à lui, représentait la voix de la sagesse intuitive. Il avait un don pour relier les connaissances et percevoir les vérités cachées. Il adorait se plonger dans les anciens textes, cherchant des réponses dans les écrits des sages.

__ La connaissance est un chemin sinueux, disait-il. Il faut suivre son instinct, mais sans jamais renier les données. Les anciens possédaient une grande quantité de savoir que nous avons malheureusement oublié.

Fréquemment, leurs investigations les conduisaient à la bibliothèque du palais, où des rouleaux de papyrus précieusement conservés attendaient d'être découverts. Ils consacraient des heures à déchiffrer des écrits traitant d'astrologie, d'alchimie et de philosophie, échangeant des commentaires sur le sens des symboles et des concepts. Callixte trouvait souvent des passages sur les influences planétaires et leurs effets sur le comportement humain. Lysandra, quant à elle, s'intéressait aux anciens traités d'alchimie, découvrant des recettes de potions et des méthodes de transformation.

Un jour, pendant leur étude assidue d'un parchemin antique, Théo découvrit une référence à une potion mystique, l'élixir de vie, censée prolonger la durée de vie et accroître la sagesse.

__ Cela pourrait changer notre compréhension de l'alchimie et de la médecine ! s'exclama-t-il, les yeux brillants d'excitation.

Lysandra esquissa un sourire en coin.

__ Nous devons essayer de le reproduire, mais cela nécessitera des ingrédients rares et des connaissances approfondies.

Lysandra, attentive, nota les ingrédients énumérés dans le texte.

__ On y mentionne que l'un des principaux composants est la racine d'un arbre ancien, le Lignum Vitae. Nous devrons la trouver et accomplir les rites appropriés.

Callixte poursuivit :

__ Nous devons être prudents. Si ce que nous cherchons est effectivement puissant, il pourrait attirer l'attention de personnes malveillantes.

Les jours suivants furent consacrés à la recherche des ingrédients nécessaires à la préparation de l'élixir. Le groupe parcourut les jardins du palais, interrogeant des botanistes et des herboristes, explorant chaque recoin à la recherche de la racine précieuse. Ils échangèrent des connaissances avec d'autres érudits, élargissant leur cercle et forgeant des alliances.

Une fois tous les ingrédients réunis, ils se rendirent au laboratoire de Lysandra, un endroit imprégné de l'odeur des herbes et des résines. Les murs étaient tapissés de diagrammes alchimiques et d'instructions anciennes. Avec une concentration intense, ils commencèrent à préparer l'élixir, mélangeant soigneusement les ingrédients dans un grand récipient.

__ Il faut que cela soit parfait, murmura Lysandra, en ajoutant une pincée de poudre d'or à la mixture. L'or symbolise le divin, et c'est ce qui doit élever notre élixir au-delà du matériel.

Théo, observant attentivement, nota chaque étape, conscient de l'importance de leur travail. Malek chantait doucement des incantations tirées des anciens textes, sa voix ajoutant une dimension spirituelle à leur processus. Callixte, quant à lui, mesurait avec précision, veillant à ce que chaque élément soit en parfait équilibre.

Après des heures de travail acharné, l'élixir commença à prendre forme, émettant une lueur dorée et une fragrance envoûtante. Une tension palpable régnait dans l'air, comme si l'équipe se tenait au bord d'une découverte majeure.

— C'est le moment, déclara Théo, la voix tremblante d'excitation. Il est temps de procéder à des tests, mais avec prudence.

Chacun d'eux prit une petite goutte de l'élixir sur le bout de leur doigt, l'appliquant sur leur langue. L'effet fut immédiat : une chaleur douce et réconfortante se propagea à travers leurs corps, et ils sentirent une clarté d'esprit accrue, comme si des voiles s'étaient levés.

— Cela fonctionne ! s'exclama Lysandra, les yeux brillants. Nous avons réussi à créer quelque chose de véritablement puissant.

Cependant, alors que la joie les envahissait, Théo se souvint des paroles de Callixte sur les dangers.

— Nous devons être prudents, dit-il, la voix sérieuse. Nous avons ouvert une porte, et il se peut que d'autres veuillent entrer à travers elle.

Les jours suivants, ils continuèrent à étudier les effets de l'élixir, prenant des notes et ajustant leur approche. Leur renommée s'étendit, attirant progressivement d'autres experts vers le palais, désireux d'en savoir plus sur leurs trouvailles. La salle principale se transforma en un véritable centre d'échanges intellectuels, où l'alchimie et l'astrologie se mêlaient aux traditions anciennes, créant une atmosphère de renaissance.

Théo, Malek, Callixte et Lysandra étaient devenus des personnages influents au cœur du palais, servant de phares pour ceux qui cherchaient des réponses. Leur amitié ne cessait de se consolider grâce à leurs découvertes, et ils se sentaient liés par un objectif partagé. Leurs recherches, empreintes de passion et d'intuition, avaient ouvert la voie à une nouvelle ère de sagesse et d'apprentissage, et ils savaient que leur parcours ne faisait que commencer.

Dans les couloirs du palais, à la lueur des chandeliers, les rires et les discussions résonnaient, témoignant d'un esprit de curiosité et d'innovation qui ne faiblirait jamais. Théo, Malek, Callixte et Lysandra avaient découvert plus qu'une demeure : un véritable sanctuaire pour leur passion pour la connaissance, un lieu où la magie et la science pouvaient prospérer en harmonie.

Chapitre 18 : Le déclin d'une étoile

En l'an 31 avant notre ère, la rivalité entre les deux camps atteignit son apogée. Des bourrasques de guerre s'abattaient sur la Méditerranée, et le ciel, d'un gris menaçant, laissait présager des orages imminents.

Octavien l'héritier de César déclara la guerre à Cléopâtre et Marc Antoine, les accusant de trahison envers Rome. Ce geste inaugural allait sceller le sort de deux empires, modifiant irrémédiablement l'histoire de l'Égypte et celle de Rome.

La bataille décisive eut lieu à Actium, sur la côte occidentale de la Grèce. Cet endroit, baigné par les eaux turquoise de la mer Ionienne, était parsemé de petites îles et de criques isolées. Le site offrait un cadre à la fois magnifique et stratégique pour un affrontement naval. Les collines environnantes, tapissées d'oliviers et de vignes, dominaient le théâtre de l'affrontement.

Cléopâtre, déterminée à défendre son royaume, mobilisa sa flotte pour soutenir Marc Antoine. Les galères, ornées de voiles blanches et de drapeaux colorés, s'alignaient sur la mer, prêtes à se battre pour leur souveraine. Les matelots, entrainés, s'affairaient sur le pont, préparant les catapultes et les flèches.

La reine vêtue d'une robe somptueuse, observait la préparation de sa flotte depuis le rivage. Une ombre d'inquiétude passait sur son visage alors qu'elle contemplait l'horizon. Les rapports de ses espions lui parvenaient, et elle savait qu'il ne fallait pas sous-estimer l'ennemi.

La bataille se déroula le 2 septembre 31 av. J.-C. Elle fut un désastre pour Cléopâtre et Marc Antoine. Leurs troupes furent anéanties par la flotte d'Octavien. L'odeur de la mer mêlée à celle du sang flottait dans l'air alors que les navires d'Octavien, plus agiles et mieux armés, prenaient le dessus. Les cris désespérés des soldats et le fracas des épaves se mêlaient au cliquetis des armures. Les voiles des galères se déchiraient sous les assauts ennemis. L'issue fut prompte et décisive, et Cléopâtre, impuissante face à la débâcle de ses troupes, s'enfuit en Égypte, le cœur rempli de chagrin.

Ce revers marqua le début de la fin pour la dynastie des Ptolémées. Cléopâtre, consciente de son échec, se résolut à protéger Alexandrie, ultime bastion de son royaume. La ville, avec ses magnifiques palais, ses jardins luxuriants, les rues teintées d'un sentiment de peur.

Les habitants, conscients des menaces qui pesaient sur leur souveraine, se regroupaient, cherchant refuge et conseil dans les temples et les places publiques.

Dans les mois qui suivirent, Cléopâtre fit tout son possible pour renforcer les défenses d'Alexandrie. Elle négocia avec des alliés potentiels et chercha à rallier ses partisans. Mais l'étau se resserrait inexorablement. Les émissaires envoyés vers les royaumes voisins revenaient avec des nouvelles alarmantes.

Octavien, déterminé à annexer l'Égypte à l'Empire romain, avançait inéluctablement vers Alexandrie. Les rumeurs de trahison et de désespoir circulaient dans la ville, et la peur s'installait dans le cœur de ses habitants.

Chaque matin, pendant que le soleil se levait lentement et inondait la ville d'une lumière dorée, Cléopâtre se tenait sur les remparts de la cité, scrutant l'horizon à la recherche de signes d'une avancée ennemie. Le soleil se levait lentement, inondant la ville, mais cette beauté ne pouvait dissiper l'angoisse qui planait sur Alexandrie. Les murs de la ville, autrefois un symbole de force, semblaient désormais fragiles face à l'énorme puissance d'Octavien.

En août de l'an 30 av. J.-C., alors que l'atmosphère était lourde et que l'air était imprégné de l'odeur salée de la mer, Octavien pénétra enfin dans la ville d'Alexandrie. La cité, symbole de la grandeur égyptienne, était désormais un champ de bataille. Les rues, résonnaient du bruit des soldats en marche, des cris de guerre et des cliquetis des armures.

Alors qu'Octavien et ses troupes progressaient dans la ville, Cléopâtre se réfugia dans son palais.

Après la défaite Actium, Marc Antoine avait tenté de rassembler ses forces, mais les nouvelles de la chute d'Alexandrie, et la mort de Cléopâtre eut un effet dévastateur sur lui, submergé par le chagrin, il se poignarda dans le ventre, espérant mourir avec dignité. Cependant, le destin semblait avoir d'autres plans. Il fut retrouvé par ses serviteurs et transporté dans les appartements de Cléopâtre, où il mourut dans ses bras.

Consciente de l'inéluctabilité de la défaite, Cléopâtre prit une décision qui allait sceller sa légende. Refusant de devenir un trophée de guerre pour Octavien, elle choisit de mettre fin à ses jours, un acte de défi ultime face à l'empire conquérant.

Elle se fit apporter des serpents, symbole de sagesse et de mort, et elle se prépara à leur contact fatal. Dans ses derniers instants, elle revêtit une robe d'apparat, ornée de joyaux scintillants, pour affronter la mort avec la dignité d'une reine. Elle s'allongea sur un lit recouvert de soie, entourée d'une odeur d'encens et la douce lueur des lampes à huile. Le panier contenant les serpents était à ses pieds. Un fut placé sur sa poitrine, la morsure fut rapide, un instant de douleur suivi d'une vague de paix. Le venin se diffusa dans ses veines, et elle se sentit flotter, libérée des chaînes de son royaume en déclin.

Au moment de quitter ce monde, elle songea à Marc Antoine, à leur amour ardent et à leur rêve d'un empire commun. Elle s'imagina à ses côtés, dans un monde où ils n'auraient jamais connu la trahison. Les souvenirs de leurs rires, de leurs étreintes l'accompagnèrent dans son voyage dans l'au-delà.

Sa mort marqua la fin de la dynastie ptolémaïque et l'intégration de l'Égypte dans l'Empire romain. Mais l'héritage de Cléopâtre perdura, symbole d'une reine qui avait défié les conventions, lutté pour son peuple et laissé une empreinte indélébile dans l'histoire.

Lorsque les gardes d'Octavien pénétrèrent dans le palais, il était trop tard. Cléopâtre était morte, et la beauté de son corps reposait paisiblement, entourée de fleurs.

Ainsi, le crépuscule des Ptolémées ne fut pas seulement une fin, mais le début d'une légende qui inspirerait les générations futures. Cléopâtre, par son intelligence, sa beauté et son courage, demeurait une figure emblématique, incarnant la complexité et la grandeur d'une époque révolue. L'Égypte, bien que sous domination romaine, continuait de rayonner, riche de son histoire et de ses mystères, une terre où la magie et le savoir se rejoignaient dans un éternel ballet.

Chapitre 19 : Le souffle du Chaos

Après la mort de Cléopâtre, l'Ordre du Serpent se trouva plongé dans une tourmente qui menaçait de balayer tout ce qu'ils avaient construit au palais. La fin de la dynastie des Ptolémées signifiait non seulement un échec personnel, mais aussi la perte de tout ce que l'Ordre avait construit au Palais. Théo, Malek, Callixte et Lysandra, autrefois protégés par l'aura de la reine, se retrouvèrent désormais dans une position précaire, alors qu'Alexandrie était assiégée par les forces d'Octavien.

Les jours qui suivirent la mort de Cléopâtre étaient marqués par une intensité palpable. Le palais, autrefois un sanctuaire de savoir et de créativité, s'était transformé en un lieu d'inquiétude et de méfiance. Les rumeurs circulaient comme une traînée de poudre : des émissaires d'Octavien se glissaient dans les ruelles, et le murmure de la trahison résonnait à chaque coin de rue. Autrefois unis par leur soif de connaissance, les membres de l'Ordre se retrouvaient maintenant divisés entre ceux qui voulaient s'enfuir et ceux qui désiraient protéger leur héritage.

Théo, se tenant dans la bibliothèque du palais, observait le désespoir grandissant parmi ses amis. Les livres, les rouleaux et les papyrus, qui avaient été des sources de lumière et d'inspiration, semblaient maintenant pesants, témoins d'un savoir en péril.

__ Nous ne pouvons pas abandonner ce que nous avons construit, déclara-t-il, bien que sa voix tremblât légèrement. L'héritage de Cléopâtre est également le nôtre. Il faut se battre pour préserver toutes ces connaissances, ajouta-t-il, tandis qu'il scrutait chacun des rouleaux de papyrus.

Malek hocha la tête en signe d'approbation, mais son visage exprimait une profonde inquiétude.

__ Il est vrai que nous possédons des connaissances précieuses, mais la situation devient de plus en plus dangereuse. Les troupes d'Octavien sont sur le point de nous encercler, nous laissant sans échappatoire.

Lysandra, installée à une table recouverte de parchemins, leva les yeux vers Callixte.

__ Nous devons rassembler nos partisans. Il y a encore des gens qui soutiennent notre cause, désireux de perpétuer l'héritage de Cléopâtre. Il faut les rallier et élaborer un plan.

Callixte, toujours aussi pragmatique, conclut :

__ Mais nous devons être prudents. Si nous sommes découverts, nous risquons d'être arrêtés ou pire. Octavien ne montrera aucune clémence.

Tandis que l'anxiété gagnait le palais, la cité d'Alexandrie était dans un état de fermentation. Les artères animées autrefois par le commerce et la culture étaient maintenant emplies de crainte et de désarroi. Les bruits de la défaite de Cléopâtre à Actium avaient suscité un tumulte, et beaucoup s'enfuyaient vers le sud, cherchant à échapper à l'étreinte de l'armée romaine.

Les partisans de Cléopâtre, qui étaient restés fidèles à la reine, formaient des groupes clandestins, s'organisant dans l'ombre pour résister à l'invasion imminente. Dans les tavernes et les ruelles, des discussions enflammées avaient lieu, certains appelant à la révolte, tandis que d'autres prônaient la soumission. Les voix s'élevaient, se mêlant dans un tumulte qui reflétait la désespérance d'un peuple pris au piège entre deux empires.

Théo, Malek, Callixte et Lysandra décidèrent d'organiser une réunion secrète avec leurs alliés restants. Ils se retrouvèrent dans la cave du palais, l'air lourd de tension. Leurs visages reflétaient l'angoisse, mais l'espoir continuait de briller dans le regard de ceux qui croyaient en une résistance.

__ Nous avons besoin d'un plan solide, affirma Théo, prenant la parole avec conviction. Notre savoir peut être notre meilleur atout. Nous pourrions utiliser des rituels pour renforcer nos défenses et semer le doute parmi les troupes d'Octavien.

Lysandra, inspirée, ajouta :

__ Nous devons également réveiller le peuple. Leur montrer que nous ne sommes pas simplement des érudits, mais des protecteurs de l'héritage égyptien. Si nous parvenons à rallier les citoyens, nous disposerons d'une force accrue.

Malek, après avoir réfléchi, eut une audacieuse idée.

__ Nous pourrions concocter une potion d'illusion, une sorte de brouillard magique qui rendrait difficile l'identification de nos forces. Cela pourrait créer la confusion parmi les rangs d'Octavien.

Callixte, bien qu'hésitant, se laissa convaincre.

__ Très bien, mais nous devons agir rapidement. Les légions romaines ne tarderont pas.

Pendant que les membres du groupe élaboraient leur plan, des sons de bataille se faisaient entendre à l'horizon. Les tambours de guerre retentissaient et les cris des soldats résonnaient dans l'air, annonçant un affrontement imminent. Les murs du palais, autrefois imprégnés de sagesse, étaient devenus des témoins muets d'un conflit qui allait décider du destin d'Alexandrie.

Les jours suivants furent marqués par une frénésie d'activité. Théo et Malek passaient des nuits entières dans le laboratoire, concoctant des potions et des élixirs, tandis que Callixte et Lysandra mobilisaient les partisans restants. Chaque rencontre était une lutte contre le désespoir, mais chaque petite victoire, chaque allié recruté, alimentait leur détermination.

Le 30 août de l'an 30 avant notre ère, Octavien pénétrait dans Alexandrie. Le groupe était déterminé à protéger ce qu'il restait de son héritage. Les rues étaient désertes, et une tension palpable flottait dans l'air. Les habitants, partagés entre la crainte et la fidélité envers Cléopâtre, regardaient en silence, espérant que les événements prendraient un tour favorable.

Théo, Malek, Callixte et Lysandra attendaient dans l'ombre, prêts à passer à l'action. Leurs cœurs battaient à l'unisson, un mélange d'angoisse et de courage. Ils savaient que l'avenir de l'Ordre du Serpent était en jeu, et ils étaient déterminés à défendre leur cause jusqu'au bout.

Dans ce moment crucial, alors que les forces d'Octavien avançaient, l'Ordre s'apprêtait à entrer dans l'histoire, non seulement comme des érudits, mais comme des protecteurs d'un héritage qui, même face à la défaite, ne serait jamais oublié.

Chapitre 20 : L'obscurité de la trahison

Malek, leur ami, avait trahi leur cause en s'alliant aux forces d'Octavien et en révélant ainsi leurs secrets. Cette trahison, plus dévastatrice que toute attaque physique, plongea Théo, Callixte et Lysandra dans un désespoir profond. Mais l'abattement ne pouvait durer : ils n'avaient pas le luxe de s'attarder sur leur chagrin. L'urgence de la situation exigeait qu'ils agissent, et vite. Face à la menace imminente, ils décidèrent de quitter le palais, emportant avec eux leurs recherches et les précieux parchemins contenant des connaissances essentielles à l'Ordre. L'avenir de leur mission dépendait de leur capacité à protéger ces écrits ancestraux.

La nuit où Malek révéla leur cachette, Théo, Callixte et Lysandra mirent leur plan à exécution. Le ciel, d'un noir d'encre, semblait peser sur Alexandrie, comme s'il annonçait le chaos imminent. Aucun astre ne venait éclairer leur chemin, leur laissant l'impression d'être seuls au monde dans cette nuit oppressante. Le vent portait avec lui des échos lointains de l'agitation romaine, le bruissement métallique des armes et les pas lourds des soldats qui se déployaient dans la ville.

À l'intérieur du palais, l'air était saturé d'un silence pesant, le calme avant la tempête. Chaque ombre semblait animée d'une menace sourde, chaque recoin recelait un danger potentiel. Discrets comme des spectres, Théo, Callixte et Lysandra se faufilèrent hors de la bibliothèque où ils avaient passé tant de nuits à étudier les anciens textes. Ils savaient que leur seule chance de survie résidait dans leur rapidité et leur prudence. Chaque pas était calculé, chaque souffle contenu.

Les couloirs du palais s'étendaient devant eux, labyrinthiques et menaçants. Ils connaissaient ces passages mieux que quiconque, mais la présence grandissante des soldats romains rendait leur fuite incertaine. Leurs cœurs battaient à l'unisson, portés par une adrénaline qui les poussait à aller de l'avant. Ils avancèrent dans l'ombre, évitant les zones éclairées par les torches vacillantes.

Enfin, ils atteignirent la salle des archives, un lieu sacré où reposaient les témoignages du passé et les secrets de leur ordre. L'obscurité y régnait en maître, seulement troublée par la lueur tremblotante d'une bougie. Dans cette lumière fragile, ils se mirent fébrilement à rassembler les rouleaux les plus précieux. Ces fragments de savoir étaient leur ultime espoir, les vestiges d'une civilisation qui risquait de s'éteindre sous la domination romaine.

Callixte, le plus méthodique du trio, parcourut rapidement les étagères, ses doigts agiles sélectionnant avec précision les documents essentiels. Lysandra, elle, lisait à toute vitesse les inscriptions pour vérifier qu'ils ne laissaient derrière eux aucune information capitale. Théo, quant à lui, se tenait à l'entrée, son regard perçant guettant le moindre mouvement suspect.

Le temps leur était compté. Lorsqu'un premier cri d'alerte retentit au loin, suivi d'un son métallique qui résonna dans les couloirs, ils comprirent que les Romains s'étaient rapprochés. Il fallait partir. Sans un mot, ils chargèrent les rouleaux dans une besace de cuir et se préparèrent à fuir.

Théo prit la tête du groupe, empruntant un passage secret dissimulé derrière une étagère. Ce couloir étroit, à peine assez large pour les laisser passer, les conduisit à l'arrière du palais. L'air y était plus frais, chargé de l'odeur des vignes et du sable humide. Ils progressaient rapidement, le silence seulement troublé par leurs respirations courtes et les battements frénétiques de leurs cœurs.

Alors qu'ils approchaient de la sortie, un bruit les figea. Un garde romain se tenait non loin, une torche à la main, scrutant les environs. Ils retinrent leur souffle, se fondant dans les ombres du passage. Une tension insoutenable les étreignit. Si le garde les voyait, tout était perdu. Après une éternité, l'homme tourna les talons et s'éloigna. Soulagés, ils se glissèrent sous un rideau de vignes qui masquait une issue secrète.

L'air nocturne les enveloppa lorsqu'ils émergèrent à l'extérieur. La ville s'étendait devant eux, silencieuse, mais troublée par l'ombre menaçante des légions romaines qui patrouillaient ses rues. Une dernière fois, ils se retournèrent vers le palais, leur ancien sanctuaire, un lieu qui avait abrité leurs espoirs et leurs rêves. Désormais, ce n'était plus qu'un vestige d'un passé brisé.

Ils n'avaient pas le temps de s'attarder sur leurs regrets. Ils prirent la direction du désert où ils trouveraient refuge. La route était longue, semée d'embûches, mais ils avancèrent sans faiblir. Chaque pas les éloignait du danger immédiat, mais les rapprochait aussi de leur nouvelle mission.

Les jours suivants furent intenses. Dans la quiétude relative de leur refuge, ils se consacrèrent à la tâche de préserver le savoir qu'ils avaient sauvé. Les rouleaux furent minutieusement étudiés, copiés, et protégés. Théo, Callixte et Lysandra savaient que ces parchemins étaient plus qu'un simple héritage : ils étaient la clé de la renaissance de l'Ordre.

Une nuit, alors que la lueur vacillante d'une lampe à huile illuminait la petite pièce où ils travaillaient, Lysandra posa sa plume et leva les yeux vers ses compagnons. Son regard brillait d'une détermination farouche.

— Nous devons continuer à défendre l'héritage de Cléopâtre, dit-elle d'une voix vibrante. Même si nous avons perdu beaucoup, ce savoir ne doit pas disparaître.

Théo hocha la tête.

— Ensemble, nous ferons renaître l'Ordre. Nous reconstruirons et protégerons ce qui reste, pour notre génération et pour celles à venir.

Un silence empli de promesses s'installa. Chacun d'eux savait que leur combat ne faisait que commencer. La trahison de Malek, la chute d'Alexandrie, la menace d'Octavien... Tout cela n'était que les prémices d'une lutte plus vaste. Mais tant qu'ils seraient en vie, tant qu'ils porteraient en eux la flamme du savoir, l'Ordre survivrait.

    Et dans cette nuit calme, alors que l'ombre de l'Empire s'étendait sur l'Égypte, trois âmes résolues s'apprêtaient à écrire un nouveau chapitre de l'Histoire.

Chapitre 21 : L'Exécution de Malek

La lumière du jour s'éteignait lentement sur le palais d'Alexandrie, enveloppant la ville d'un crépuscule empreint de tension. Les ruelles, autrefois animées par le bruit joyeux des marchands et des citoyens, étaient désormais silencieuses, comme si la ville elle-même retenait son souffle. Les événements de la dernière semaine avaient laissé des marques indélébiles sur les cœurs et les âmes des habitants, et l'ombre d'Octavien s'étendait comme une nuit sans fin sur ce qui restait de leur fierté.

Au cœur du palais, dans la cour centrale, un tumulte de voix résonnait. Les soldats romains, armés et déterminés, avaient fouillé chaque recoin de l'édifice, mais n'avaient pas réussi à mettre la main sur les Érudits, qui restaient introuvables. Théo, Callixte et Lysandra avaient réussi à s'échapper, emportant avec eux les précieux savoirs de l'Ordre. Pendant ce temps, Malek se tenait seul au milieu du tumulte, faisant face à la rage d'Octavien.

Le visage de Malek, jadis imprégné de sérénité et de sagesse, exprimait maintenant la crainte et l'appréhension. Il avait trahi ses amis, sacrifiant leur confiance pour un espoir d'ascension sous le nouveau régime. Mais ce qu'il avait cru être une stratégie habile s'était muée en piège, le laissant à la merci de ceux qu'il avait servis. L'Ordre, son héritage, tout cela l'avait abandonné.

  Octavien, avec son regard perçant et son autorité indiscutée, s'avança vers lui, entouré de ses généraux.

  _ Traître ! s'écria-t-il, la voix résonnant dans l'air comme le tonnerre. Tu as brisé la confiance de ceux qui t'ont accueilli parmi eux. Tu es la cause de la chute de Cléopâtre et de l'Ordre. Pour cela, tu paieras.

  Les soldats se rassemblèrent, formant un cercle autour de Malek. Des murmures couraient parmi eux, mêlant la curiosité à l'horreur. Malek, bien que terrifié, se redressa, son regard défiant celui d'Octavien.

  _ Je ne suis pas un traître, déclara-t-il d'une voix tremblante, mais ferme. J'ai agi pour préserver le savoir, pour garantir un avenir à notre héritage.

  _ Ton héritage ? Octavien ricana, un sourire cruel se dessinant sur ses lèvres. Tu as trahi tes alliés pour ton propre intérêt. C'est la fin de ton chemin, sorcier. Mais avant que je ne te fasse payer, dis-moi, quelles magies obscures as-tu encore dissimulées ?

  Malek, réalisant que ses paroles étaient vaines, commença à prier pour obtenir une dernière chance de rédemption. Sa seule issue était de lancer la malédiction, un ultime acte de bravoure. Dans un murmure, il commença à prononcer des mots anciens, des formules magiques qui résonnaient comme un écho de sagesse oubliée. Les gardes, pris de court, échangèrent des regards inquiets.

— Que fais-tu ? s'écria l'un des généraux, s'avançant vers lui, mais il était trop tard. Les paroles de Malek s'élevaient, emportées par le vent, et une aura sombre commença à envelopper la cour. Des silhouettes tourbillonnèrent autour de lui, comme si la nuit elle-même répondait à son appel.

— Par les ancêtres et les forces de l'univers, je lance ma malédiction ! Que ceux qui m'ont trahi soient marqués par la peur et l'angoisse ! Que leur règne soit assiégé par l'ombre de leur propre défaite !

La puissance de ses mots résonna dans l'air, et les soldats reculèrent, effrayés par l'énergie qui se dégageait de lui. Octavien, bien que furieux, ne pouvait ignorer l'aura menaçante qui se déversait de Malek.

— Peu importe tes sortilèges, rugit-il, ton destin est scellé !

Alors que les soldats s'apprêtaient à l'exécuter, un frisson parcourut l'assemblée. Les ombres, éveillées par la malédiction, semblaient danser autour de Malek, rendant l'atmosphère palpable. Les visages des soldats, jusqu'alors confiants, trahissaient une peur soudaine.

Octavien, réalisant que la situation lui échappait, ordonna d'un geste de la main.

— Tuez-le !

Les lames se levèrent, mais au moment où elles s'abattirent sur Malek, un éclair de lumière jaillit, illuminant la cour d'une lueur surnaturelle. Les soldats, frappés par la force de la magie, se figèrent. Dans un ultime éclat, Malek s'éleva légèrement, comme s'il était porté par des ailes invisibles.

__ Que ma malédiction survive à ma mort ! s'écria-t-il, la voix résonnant comme un appel désespéré au destin. Puis, dans un souffle de vent et une lumière éclatante, il disparut dans l'obscurité, emporté par les forces qu'il avait invoquées.

Les soldats, abasourdis, se regardèrent, leurs lames suspendues dans l'air. Octavien, furieux et humilié, se tourna vers ses généraux.

__ Trouvez-le ! Ne le laissez pas s'échapper !

Mais il était trop tard. La magie de Malek avait laissé une empreinte indélébile, et l'Ordre du Serpent, bien que brisé, portait encore en lui les vestiges d'un savoir ancien et d'une volonté indomptable. Les murmures de la malédiction résonnaient, promettant que même dans la mort, Malek continuerait à hanter ceux qui avaient trahi.

L'exécution de Malek ne fut pas seulement un acte de justice pour Octavien, mais un tournant, une promesse d'un conflit à venir. La lumière du jour s'éteignait complètement, laissant place à une nuit chargée de présages sombres. Les ombres dansaient. L'héritage de l'Ordre du Serpent, bien qu'affaibli, n'était pas près d'être oublié.

Chapitre 22 : La malédiction du Traître

Après avoir quitté Alexandrie aux côtés de Lysandra et Callixte, Théo s'engagea dans un périple qui allait transformer sa vie de manière imprévue. Le désert, avec ses étendues infinies de sable et ses cieux étoilés, devint son nouveau foyer. Ce voyage, bien plus qu'un simple déplacement, était une initiation, une métamorphose silencieuse de son être intérieur. Il se forgeait un esprit, s'appropriait une sagesse qu'aucun livre ne saurait entièrement contenir.

Lors de leurs premières nuits sous la voûte céleste, Callixte partagea avec Théo des histoires anciennes, des récits de civilisations perdues et de magies oubliées. Les flammes du feu de camp dansaient au rythme des légendes qu'il contait, projetant sur le sable des ombres mystérieuses. Théo, avide de connaissances, buvait chaque parole, conscient que ces enseignements étaient rares et précieux. Il comprenait désormais que l'histoire du monde ne se trouvait pas seulement dans les bibliothèques d'Alexandrie, mais aussi dans le murmure du vent et les grains de sable qui défilaient sous ses pas.

Grâce à Malek, Théo apprit à écouter le vent, à lire les signes dans le sable et à comprendre les murmures de la nature. Il observait la danse du vent dans les dunes, interprétait les motifs du sable soufflé et déchiffrait les mouvements des étoiles. Chaque nuit, il s'abandonnait à la contemplation du firmament, y cherchant des réponses aux questions que même les plus grands philosophes n'avaient su résoudre.

Un jour, alors qu'ils traversaient une vallée cachée, les trois compagnons tombèrent sur un village isolé, habité par une communauté de nomades. Ces derniers les accueillirent chaleureusement, voyant en eux des voyageurs porteurs d'histoires et de savoirs. Théo se lia d'amitié avec les jeunes du village, partageant avec eux ses connaissances en astronomie et en philosophie. En retour, ils lui enseignèrent les secrets de leur mode de vie, comment survivre dans le désert, comment reconnaître l'eau cachée sous terre et comment lire les constellations avec une précision qui dépassait tout ce qu'il avait appris jusqu'alors.

Pendant son séjour, Théo fit la rencontre de Zara, une jeune femme au regard perçant et à l'âme libre. Curieuse et intrépide, elle était fascinée par les étoiles et les mystères du ciel. Ensemble, ils passèrent de longues nuits à contempler les constellations, partageant des récits et des rêves. Il lui parlait des anciens astronomes grecs, des théories de Pythagore et des mythes liés aux astres. En retour, elle lui apprenait à ressentir le ciel plutôt qu'à le lire, à deviner les changements climatiques par la simple observation de la lueur des étoiles. Peu à peu, une complicité profonde s'installa entre eux, un lien tissé de murmures nocturnes et de promesses silencieuses.

Leur tranquillité fut toutefois troublée par l'arrivée d'un messager, porteur de nouvelles inquiétantes. Une tribu ennemie, avide de conquêtes et de pillages, approchait, menaçant de s'emparer des ressources du village. La communauté, bien que résiliente, n'avait jamais eu à affronter un tel danger. Les cœurs se serrèrent, l'inquiétude se répandit comme une ombre insidieuse.

Théo, usant de son esprit tactique et de son érudition, suggéra de mettre en place une défense. Il analysa le terrain, identifia les points stratégiques et se servit des connaissances acquises auprès de Malek et des philosophes d'Alexandrie pour élaborer un plan de protection. À l'aide des villageois, il érigea une barrière magique protectrice autour du village, amplifiant les défenses naturelles par des incantations subtiles apprises dans les textes anciens.

Zara, animée d'un courage remarquable, se joignit à lui, démontrant une détermination sans faille à préserver son foyer. Ensemble, ils guidèrent les villageois dans la préparation du combat. Théo transmit son savoir, leur enseignant des tactiques d'embuscade et des moyens de détourner l'attention des envahisseurs. Le village tout entier se mobilisa, transformant leur inquiétude en force collective.

La nuit précédant l'attaque, Théo et Zara échangèrent des promesses de fidélité et d'espoir. Ils jurèrent de protéger ce qu'ils aimaient, peu importe le coût. Le vent chuchotait autour d'eux des secrets oubliés, les étoiles semblaient témoigner de leur serment silencieux. Leur connexion devint un phare de lumière dans l'obscurité menaçante, une force intangible qui les liait bien au-delà des mots.

Lorsque l'aube se leva, peignant le désert de nuances pourpres et orangées, les ennemis apparurent à l'horizon. Théo, tel un chef de guerre inspiré, dirigea les villageois avec sérénité et confiance. Les défenses magiques qu'il avait érigées prirent l'ennemi par surprise. Des illusions créées dans le sable ralentirent leur avancée, des feux habilement disposés les égarèrent dans un labyrinthe d'ombres mouvantes. La bataille fut intense, le sol trembla sous le fracas des armes et des cris de guerre.

Mais la force d'une communauté unie dépassa celle de leurs assaillants. Grâce aux stratégies élaborées par Théo et à la vaillance des villageois, l'ennemi fut repoussé. L'aube nouvelle vit les survivants exulter de joie, leur village préservé par la bravoure et la ruse plutôt que par la seule violence.

La victoire fut célébrée avec gratitude et soulagement. Autour des feux de camp, on racontait déjà l'histoire du jeune érudit venu d'Alexandrie, de la jeune Zara au cœur intrépide et de la bataille remportée contre l'adversité. Mais, malgré la chaleur de ces moments, Théo savait que son périple ne s'arrêtait pas là. Il était venu chercher des réponses, et celles-ci l'attendaient encore au-delà des dunes infinies.

Avec un cœur partagé entre la joie et la mélancolie, il prit la décision de poursuivre son voyage avec Lysandra et Callixte. Le matin de son départ, Zara lui remit un talisman, un fragment de pierre céleste sculptée en forme d'étoile, symbole de leur lien éternel. Les larmes brillaient dans ses yeux, mais elle ne le retint pas. Elle savait que certains êtres appartiennent au vent, et que leur destin est d'errer jusqu'à ce qu'ils trouvent enfin leur place.

Ainsi, Théo reprit la route, le regard tourné vers l'horizon, là où le désert promettait encore mille aventures. Chaque pas le rapprochait un peu plus de son destin, chaque grain de sable sous ses pieds portait en lui l'histoire d'un monde ancien et la promesse d'un futur encore inconnu. Il n'était plus seulement un voyageur ; il était devenu un conteur, un gardien de savoirs et un chercheur d'étoiles.

Chapitre 23 : Les épreuves du désert

Après des mois d'errance dans l'infini désert, sous un soleil implacable et des nuits glaciales, Théo et ses deux compagnons, Callixte et Lysandra, finirent par apercevoir une forme étrange à l'horizon. Ils crurent d'abord à un mirage, ces illusions trompeuses qui naissent du sable et du vent, mais à mesure qu'ils approchaient, les contours d'une ancienne cité en ruines se dessinèrent devant eux. À moitié ensevelie sous les dunes mouvantes, cette ville mystérieuse, oubliée depuis des millénaires, semblait figée hors du temps, tel un vestige silencieux d'une civilisation perdue.

Malgré la fatigue qui pesait sur leurs épaules et la faim qui tenaillait leurs entrailles, ils furent saisis d'un frisson d'excitation. Que renfermaient ces ruines ? Quels secrets devaient-elles à l'oubli ? Animés par une curiosité insatiable, ils décidèrent de s'y installer temporairement, convaincus que ces pierres anciennes recelaient des trésors bien plus précieux que l'or ou les gemmes : le savoir.

Les jours suivants furent consacrés à l'exploration méticuleuse de la cité. Ils traversèrent des avenues autrefois majestueuses, bordées de colonnes brisées et de statues érodées par le temps. Ils pénétrèrent dans d'anciens temples, dont les murs étaient couverts d'inscriptions et de fresques représentant des rites oubliés, et s'aventurèrent dans des souterrains obscurs où résonnaient encore les échos d'un passé lointain.

C'est au cours de l'une de ces explorations que Théo et Callixte découvrirent une salle dissimulée derrière une paroi ornée de hiéroglyphes mystérieux. Il fallut de longues heures d'étude et de réflexion pour décrypter les symboles et désactiver les protections ancestrales qui en interdisaient l'accès. Lorsqu'enfin, la porte scellée depuis des siècles s'ouvrit dans un grincement solennel, ils retinrent leur souffle. Devant eux s'étendait une vaste bibliothèque souterraine, remplie de tablettes de pierre soigneusement rangées sur d'antiques étagères.

Leurs regards brillèrent d'émerveillement. Ils venaient de mettre au jour la somme de connaissances d'une civilisation disparue. Avec une ferveur quasi religieuse, ils commencèrent à examiner les tablettes, leur surface couverte d'inscriptions aussi précises qu'énigmatiques. Les jours suivants, ils se consacrèrent entièrement à leur déchiffrement, combinant leurs savoirs respectifs en linguistique, en magie et en histoire.

À mesure qu'ils progressaient, ils découvrirent que ces écrits abordaient une multitude de disciplines. Certains traitaient d'astronomie, décrivant avec une précision stupéfiante les constellations, les cycles des astres et des éclipses. D'autres révélaient un savoir médicinal et alchimique d'une richesse insoupçonnée, détaillant les propriétés des plantes et des minéraux, les élixirs de longévité et les antidotes aux poisons les plus mortels.

Cependant, ce qui captivait le plus Théo était les tablettes consacrées à la magie. Elles renfermaient des incantations d'une puissance inégalée, des sorts oubliés et des rituels d'une complexité fascinante. L'un d'eux attira particulièrement son attention : un enchantement évoquant la restauration des liens brisés. Ce fut alors qu'un nom, presque malgré lui, lui vint à l'esprit : Malek. Malgré sa trahison, malgré la douleur encore vive de leur séparation, Théo ne pouvait s'empêcher de penser à lui. Une part de lui-même espérait encore que tout ne soit pas perdu.

Conscients de l'importance de leur découverte, Théo, Callixte et Lysandra décidèrent de préserver ce savoir inestimable. Ils entreprirent de retranscrire les inscriptions sur des supports modernes, veillant à respecter chaque détail pour ne rien altérer de leur sens profond. Parallèlement, ils consignèrent leurs propres réflexions, intégrant leurs connaissances et leur compréhension du monde à cet héritage ancien.

Peu à peu, la salle souterraine se transforma en un sanctuaire du savoir. Des mois durant, ils y travaillèrent inlassablement, comme investis d'une mission sacrée. Leurs écrits ne se limitaient pas à retranscrire les découvertes du passé ; ils les enrichissaient de nouvelles perspectives, tissant un pont entre l'ancien et le moderne.

Au cœur de leur œuvre, ils intégrèrent des enseignements essentiels : l'harmonie entre l'homme et la nature, la quête de sagesse intérieure, l'importance de l'équilibre entre pouvoir et responsabilité. Ils espéraient que ces tablettes serviraient de guide aux générations futures, les aidant à percer les mystères de l'univers sans succomber aux ténèbres de l'avidité ou de la destruction.

Un soir, alors qu'ils écrivaient à la lueur tremblante des lampes à huile, Callixte proposa une idée qui lui tenait à cœur : ajouter une tablette consacrée à l'amitié et à la collaboration. Pour lui, leur périple et leur travail commun incarnaient la force des liens humains, la puissance de l'union dans la quête de vérité. Théo, profondément touché, accueillit cette proposition avec enthousiasme. Ensemble, ils rédigèrent des paroles empreintes de sincérité et de sagesse, insistant sur l'importance du soutien mutuel, de la loyauté et du respect.

Lorsque leur tâche fut enfin achevée, ils prirent une décision cruciale : ils scelleraient leur œuvre dans un sanctuaire de pierre, protégeant ces trésors par de puissants enchantements. Nul ne pourrait y accéder à moins d'être animé d'une volonté pure et sincère. Ils laissèrent derrière eux des indices cryptiques, de sorte que seuls ceux jugés dignes puissent découvrir ce savoir ancestral.

Ainsi, les tablettes de sagesse devinrent un témoignage intemporel de leur voyage, de leurs découvertes et de leur quête. Elles n'étaient pas seulement le legs d'une civilisation disparue, mais aussi l'héritage d'un groupe d'amis unis par la même passion : comprendre, apprendre et transmettre.

Peut-être, un jour, un autre voyageur perdu dans l'immensité du désert trouverait leur message. Peut-être, en déchiffrant ces inscriptions, il suivrait les traces de Théo, Lysandra et Callixte, poursuivant ainsi cette quête infinie du savoir et de la sagesse.

Chapitre 24 : La caravane des connaissances

Après plusieurs mois passés à traduire, étudier et enrichir les tablettes anciennes, Théo et ses compagnons étaient enfin prêts à prendre une décision cruciale. Les découvertes qu'ils avaient faites, les enseignements qu'ils avaient décryptés, ne pouvaient rester exposés à la curiosité du monde. Ils devaient être cachés, à l'abri des regards indésirables, des mains avides et des âmes impures. Le choix du lieu de leur cachette ne s'était pas fait à la légère. C'était un endroit où le temps semblait suspendu, où la nature elle-même offrait un rempart contre les forces extérieures. Les cavernes des montagnes surplombant la mer Morte étaient le sanctuaire idéal, une région éloignée, difficile d'accès, où seuls les plus persévérants pouvaient espérer trouver refuge.

Leur expédition commença à l'aube, sous le ciel d'un bleu sans nuages, lorsque le désert s'éveillait sous les premiers rayons d'un soleil encore doux. Le sable, d'un doré éclatant, semblait refléter la lumière du matin, créant un mirage de mer infinie. À mesure que le vent léger soulevait des tourbillons de poussière, l'air était encore frais, imprégné de l'humidité nocturne. Le désert était vivant, respirant au rythme des vagues de chaleur qui commençaient à se faire sentir. La chaleur montait inexorablement, mais elle n'était pas encore oppressante. Les dunes, telles des vagues immobiles, se dessinaient comme des montagnes de sable, leur apparence toujours changeante, sculptée par la brise légère.

Théo et ses compagnons étaient accompagnés de quelques fidèles, rencontrés au fil du temps, qui connaissaient bien cette région hostile. Leur caravane avançait lentement mais sûrement, les chameaux foulant le sol de leurs pas mesurés, leur démarche lourde, mais régulière, émettant un bruit feutré qui contrastait avec le silence oppressant du désert. Autour d'eux, l'immensité du paysage semblait engloutir chaque son. Le cri d'un oiseau de proie résonnait au loin, brisant le calme, tandis que les harnais des animaux émettaient un cliquetis métallique, comme une rumeur lointaine. Chacun des membres du groupe semblait absorbé par cette vaste étendue. Certains se perdaient dans la contemplation de la beauté austère du désert, d'autres se laissaient emporter par des pensées intimes, conscientes de l'importance de la mission.

À l'horizon, les montagnes commençaient à se profiler. Imposantes et majestueuses, leurs cimes escarpées semblaient effleurer le ciel, se dressant comme des gardiens silencieux de la terre. Les flancs rocheux des montagnes étaient criblés de cavernes naturelles, leurs ouvertures ressemblant à des bouches béantes. Le paysage changeait à chaque minute, à mesure qu'ils se rapprochaient de leur destination.

Lorsque le groupe se rapprocha des montagnes, une sensation étrange s'empara de Théo. L'air semblait plus frais, une brise inattendue caressait la peau des voyageurs. L'ombre projetée par les sommets imposants offrait un répit bienvenu contre la chaleur écrasante du désert. Leurs caravanes, chargées de provisions et des tablettes précieuses, avançaient toujours, mais à un rythme plus mesuré, comme si le sol, plus rocailleux à cet endroit, leur imposait une pause.

Les compagnons de voyage, des hommes et des femmes au regard dur, partagèrent avec eux leurs légendes concernant cette région mystérieuse. L'un d'eux, un vieil homme aux cheveux blancs, parla d'une voix basse, comme s'il craignait de réveiller des puissances anciennes.

— Selon la rumeur, ces sommets abritent des entités surnaturelles, marmonna-t-il en tournant la tête vers les crêtes. De tout temps, les anciens ont affirmé que quiconque osait s'aventurer sur ces terres avec une intention impure n'en reviendrait jamais. Ces lieux sont habités par des puissances qui dépassent notre compréhension. Les montagnes ne laissent pas entrer ceux qui ne sont pas prêts à faire face à leurs propres démons.

Théo, fasciné par ces récits, ressentait une excitation mêlée d'appréhension. Depuis son enfance, il avait entendu parler des légendes et des mystères qui entouraient ces montagnes. Cependant, alors qu'ils se lançaient dans cette expédition, les mots de ses compagnons résonnaient plus fortement en lui. Il était conscient du danger que représentait chaque pas vers l'inconnu, mais il était déterminé à assumer ce risque pour protéger les connaissances qu'ils transportaient.

Le ciel devenait plus clair à mesure qu'ils avançaient, et les premiers signes des montagnes étaient désormais bien visibles, leurs contours plus nets, leur silhouette encore plus imposante. Théo tourna son regard vers l'arrière, vers le désert infini qui semblait les engloutir, puis vers l'avant, où les sombres cavernes les attendaient. Il savait qu'ils se dirigeaient vers quelque chose de plus grand que ce qu'ils pouvaient concevoir. Les tablettes étaient précieuses, mais le secret qu'elles renfermaient l'était encore plus.

Chapitre 25 : Ascension vers l'inconnu

Après plusieurs jours de voyage à travers le désert, les montagnes se dressaient désormais devant eux, leur silhouette imposante et majestueuse se découpant dans un ciel d'un bleu profond, presque irréel. À mesure qu'ils s'approchaient, l'atmosphère changeait, devenant plus lourde, plus oppressante, comme si la montagne elle-même respirait et les observait. Le vent soufflait avec plus de force, portant avec lui les échos d'une nature indomptée, presque vivante. Le désert laissait progressivement place à la fraîcheur de l'altitude, la chaleur s'évanouissant lentement.

Le groupe atteignit enfin les premiers contreforts des montagnes. Ces imposantes formations rocheuses semblaient s'élancer vers le ciel, leurs sommets cachés dans des nuages tenaces qui semblaient se suspendre autour des crêtes, créant une atmosphère énigmatique. Les sentiers escarpés étaient semés d'embûches, les rochers instables roulaient sous les pieds des voyageurs, rendant chaque pas plus incertain que le précédent. La végétation était rare, souvent remplacée par des arbustes épineux et des herbes tenaces, qui se battaient pour survivre dans cet environnement inhospitalier. Ces montagnes ne semblaient pas vouloir se laisser apprivoiser, et chaque pas dans ce terrain difficile renforçait l'impression de se retrouver dans un autre monde, plus ancien, plus rude.

Le groupe avançait avec prudence, chaque membre conscient de la dangerosité des lieux. Théo, qui était familier avec les mystères de la nature, semblait plus en symbiose avec l'environnement que ses compagnons. Il avançait sans bruit, son regard attentif aux signes subtils de la terre, son esprit réceptif aux énergies insaisissables qui se déploient dans ces montagnes. Il avait appris à se fier à son instinct, et, aujourd'hui plus que jamais, cette connexion semblait cruciale pour les guider à travers ce terrain hostile.

À mesure que le groupe progressait dans l'ombre des montagnes, des phénomènes étranges commencèrent à se manifester. Des échos mystérieux résonnaient dans les profondeurs des vallées, comme des murmures émanant des entrailles mêmes de la montagne. Ces sons, indistincts et ininterrompus, créaient une atmosphère presque surnaturelle, comme si le monde autour d'eux était éveillé et attentif à leur présence. Théo, attentif, savait que ces bruits n'étaient pas simplement le fruit du vent ou de la nature. C'étaient des indications. Un signal de ce qui pouvait résider dans ces montagnes, au-delà de ce que les yeux pouvaient percevoir.

Ahmès, leur guide et compagnon, marchait en tête, son regard perçant scrutant le terrain avec une concentration absolue. Sa connaissance des lieux était inestimable. Il semblait faire partie intégrante de ce paysage rude et indompté, mais aussi une force capable de l'utiliser à son avantage. Il reconnut les signes que la nature avait laissés : les formes particulières des roches, les traces d'animaux, les courants d'air signalant des passages sûrs ou des dangers imminents. Sa présence apportait une confiance précieuse à ses compagnons, un ancrage dans cette nature sauvage et parfois menaçante. Lorsque le terrain devenait particulièrement difficile, il guidait le groupe en toute sécurité, connaissant chaque virage et chaque pas dangereux.

Le ciel se métamorphosait progressivement à l'heure du coucher du soleil, ornant l'horizon d'une gamme de teintes éblouissantes et angoissantes. Des astres scintillants firent leur apparition, minuscules points lumineux perçant progressivement les ténèbres célestes. Une baisse soudaine des températures saisit la troupe, annonçant l'arrivée de la nuit et offrant un répit mérité après une journée remplie d'efforts. C'est ainsi qu'ils décidèrent d'installer un campement temporaire. Chacun s'activait à monter les tentes, à préparer un repas spartiate et à faire face aux exigences d'une existence nomade dans un milieu aussi hostile. Le feu de camp, bien que modeste, projetait des ombres dansantes sur les visages fatigués des voyageurs, offrant chaleur et réconfort dans la nuit glacée.

Cependant, la tranquillité du campement ne dura pas longtemps. Une nuit, alors que le groupe se reposait sous un ciel étoilé, des bruits de pas furtifs brisèrent soudainement le silence. Des silhouettes sombres surgirent de l'obscurité, se mouvant avec une rapidité inquiétante. C'étaient des bandits de montagne, motivés par l'espoir de découvrir des richesses et des trésors. Ils avaient repéré des voyageurs transportant apparemment des biens de grande valeur, ignorant la véritable nature des tablettes qu'ils protégeaient. Leur audace et leur violence brisèrent le calme de la nuit, faisant écho dans les montagnes désertes.

Ahmès, avec une dextérité qui étonna même ses camarades, réagit instantanément. Il utilisa ses pouvoirs pour créer une illusion puissante, une image d'une armée invisible entourant le campement. Les bandits, pris de panique, virent des silhouettes spectrales se déplacer autour d'eux, des ombres menaçantes qu'ils prenaient pour des guerriers antiques prêts à les affronter. L'illusion fut si réaliste, si tangible dans l'air dense de la montagne, que les assaillants, terrifiés, prirent la fuite sans demander leur reste, disparaissant dans la nuit noire.

Cet événement renforça la détermination du groupe. L'attaque avait été un rappel brutal des dangers de leurs expéditions, mais aussi de la nécessité de rester unis et concentrés sur leur objectif. Ils n'étaient pas seulement en quête de la sécurité des tablettes, mais d'un savoir ancien et sacré qui pourrait bouleverser l'équilibre du monde. Alors, après cette épreuve, ils se remirent en marche. Les montagnes ne leur céderaient pas facilement, mais Théo et ses compagnons étaient prêts à tout pour atteindre leur but.

Chapitre 26 : Le sanctuaire du savoir

Après plusieurs semaines d'ascension, Théo et ses compagnons atteignirent enfin les cavernes dissimulées au sommet des montagnes. Les sentiers escarpés et le terrain difficile les avaient épuisés, mais l'aperçu des cavernes, comme une promesse lointaine et sacrée, leur apporta un regain de force. L'entrée, à peine visible sous un amas de rochers et de végétation sauvage, semblait presque en fusion avec la nature, masquant sa présence aux yeux des profanes. Seules les pierres gravées de symboles anciens, presque effacés par le temps, témoignaient de la grandeur d'une civilisation oubliée, qui avait jadis cherché refuge ici.

Ce n'était pas simplement un endroit isolé dans la montagne, mais un lieu sacré, imprégné d'une histoire millénaire. L'air, devenu plus frais à mesure qu'ils approchaient, semblait vibrer de mystère, et chaque souffle semblait porter l'écho des âges passés. En pénétrant dans ce sanctuaire naturel, Théo et ses compagnons ressentirent une solennité profonde, un respect instinctif pour ce qui allait devenir le sanctuaire de leurs précieux artefacts. L'obscurité à l'intérieur de la caverne contrastait fortement avec la lumière aveuglante du désert, la transition étant à la fois physique et spirituelle, une immersion dans un monde intemporel.

Au cœur de la grotte se cachait bien plus qu'un simple refuge : des fresques ornaient les parois, évoquant des scènes mythologiques mystérieuses. Des êtres fabuleux, des divinités ancestrales et des emblèmes cryptiques se fondaient harmonieusement dans des tableaux animés, témoignant du passé glorieux d'une culture oubliée, dont le souvenir perdurait grâce aux traces laissées sur les murs de pierre. L'air était imprégné d'une énergie tangible, comme si l'histoire elle-même s'était imprégnée dans l'atmosphère, attendant d'être déchiffrée. Chaque pas résonnait profondément dans ce silence, renforçant l'impression que ce lieu n'était pas seulement un refuge naturel, mais une porte vers un univers plus vaste, un espace interstitiel entre les mondes. Les torches, allumées avec soin, projetaient une lumière vacillante, faisant danser les ombres sur les peintures, comme si elles reprenaient vie dans l'obscurité.

Théo, Lysandra, et Callixte s'avancèrent vers une cavité profonde, un recoin à l'abri des regards, où ils déposèrent les tablettes et les parchemins avec une vénération sans égal. Les précieuses reliques étaient soigneusement placées, chacune protégée par des enroulements d'étoupes et de cuir, pour les préserver du temps et de l'humidité. Mais la protection physique ne suffirait pas. Ensemble, ils tissèrent un sort complexe, un enchevêtrement de mots anciens et de gestes précis qui créèrent un bouclier mystique autour de l'entrée, le rendant invisible à toute personne n'ayant pas la clé de leur savoir. Lysandra, dont les pouvoirs étaient aussi puissants que raffinés, murmura une incantation dans une langue oubliée. Ses mains tracèrent des symboles lumineux dans l'air, imprimant sur l'espace même la protection magique qu'ils avaient conçue.

Avant de quitter ce sanctuaire, Théo s'approcha de l'entrée et, avec ses compagnons, grava un message codé dans la pierre, juste au-dessus de l'entrée, à l'abri des regards curieux. Ce message était destiné à ceux qui viendraient après eux, à ceux qui seraient dignes de découvrir ce trésor de connaissance. Théo choisit soigneusement ses mots, sachant qu'ils pourraient un jour être le dernier fil reliant le monde actuel à la sagesse perdue de l'antiquité. Le message représentait un défi, mais aussi un appel, à la fois vers la lumière et la vérité. Il espérait qu'un jour, des âmes courageuses et sages suivraient les traces qu'il avait laissées, pénétrant dans ces cavernes pour récupérer les enseignements dissimulés dans les tablettes et les parchemins.

Leurs mains, couvertes de poussière et de sueur, laissèrent des empreintes indélébiles sur ce lieu ancien, mais l'esprit du groupe restait inébranlable. La mission, bien que terminée, leur semblait infiniment plus vaste que ce qu'ils avaient imaginé. Leurs pas, marqués par la fatigue et l'euphorie de l'accomplissement, les menèrent hors de la grotte, mais la sensation de connexion avec cet endroit ne les quitta pas.

À leur retour, la descente vers la vallée semblait moins éprouvante. L'air, plus doux qu'au sommet, semblait accueillir leur retour, comme un miroir de l'apaisement qu'ils ressentaient au fond de leur âme. Théo, profondément absorbé, se remémora tous les enseignements tirés de cette expédition : les obstacles franchis, la sagesse gagnée et les liens tissés avec ses camarades. Chaque moment les avait transformés, les avait liés plus profondément à l'héritage qu'ils avaient désormais en leur possession. Il n'était plus seulement un chercheur de vérité, mais un gardien, un protecteur d'un savoir qui pourrait, un jour, redéfinir la compréhension du monde.

La descente des montagnes marquait la fin d'un chapitre, mais Théo savait que c'était le début d'une quête plus vaste, d'un récit plus profond. Leurs aventures étaient désormais inscrites dans l'histoire, et l'histoire elle-même attendait de se révéler. Les mystères des montagnes, des tablettes et des savoirs anciens étaient loin d'être tous résolus. Cependant, grâce à leur audace, ils avaient franchi une étape. Une étape dans l'inconnu, dans les ténèbres, mais également vers une source de lumière insoupçonnée.

Chapitre 27 : Le pèlerinage de la connaissance

Tandis que Callixte et Lysandra se dirigeaient vers Axoum, en Éthiopie, avec une détermination farouche pour découvrir les écrits anciens et partager leurs connaissances, Théo entreprenait un voyage bien plus ambitieux, une quête solitaire à travers les terres mystérieuses du Moyen-Orient, de l'Asie Mineure et au-delà. Son chemin le mena à la découverte de lieux sacrés, de monastères reculés où le temps semblait suspendu, et de communautés oubliées de sages et de mystiques dont les pratiques remontaient à des époques révolues. Ces profondes rencontres nourrissaient son âme. Chaque jour, Théo assimilait de nouvelles connaissances et en partageait généreusement les fruits dans un échange spirituel et intellectuel perpétuel.

À chaque étape de son voyage, Théo se retrouva plongé dans des formes de magie anciennes qu'il n'avait jamais rencontrées, des rituels de guérison transmis à travers les âges, et des philosophies souvent incompatibles, pourtant complémentaires à sa propre compréhension du monde. Dans les profondes forêts du Liban, il découvrit les mystères des arbres centenaires. Dans les montagnes d'Arménie, il mit la main sur des manuscrits anciens, oubliés depuis longtemps. Et au bord des rivières sacrées de l'Indus, il s'imprégna des connaissances des mystiques et des yogis qui cherchaient à percer les secrets de l'invisible. Ces traditions locales, parfois exotiques, parfois étranges, enrichirent sa perception de l'univers et de la magie, créant une toile d'araignée complexe de savoirs entrelacés.

Chaque révélation fut soigneusement consignée dans des rouleaux méticuleusement rédigés, dans l'espoir qu'un jour, lors de son retour au Sanctuaire des Étoiles à Axoum, il pourrait partager ses découvertes avec Lysandra, Callixte et les étudiants. Chaque rouleau, chaque parchemin, était un fragment d'un tout plus grand, une pièce manquante dans le puzzle de la sagesse qu'il s'efforçait de reconstruire pour les générations futures.

Mais, malgré ses découvertes et ses aventures, Théo ne pouvait se défaire de la mémoire de Malek, de l'âme sœur spirituelle qu'il avait rencontrée sur son chemin. Leur relation, forgée dans la quête commune du savoir, était un lien indestructible, tissé d'une profonde compréhension et d'un respect mutuel. Bien que séparés par des milliers de kilomètres et des années d'absence, le souvenir de Malek accompagnait Théo à chaque étape de son voyage, le guidant intérieurement et l'encourageant à poursuivre sa quête. Leur mission était toujours la même : préserver les enseignements sacrés, les transmettre aux générations futures, et protéger la sagesse pour qu'elle ne disparaisse pas dans l'oubli. Ce lien invisible qui unissait leurs quêtes respectives était le socle sur lequel Théo bâtissait tout ce qu'il accomplissait.

Théo avait parcouru le monde et ses mystères pendant des années. Il se sentait maintenant plus sage, plus expérimenté et plus en phase avec les forces mystérieuses qui régissent l'univers. Il avait exploré des déserts arides, gravi des montagnes escarpées et pénétré des jungles impénétrables, chaque environnement lui offrant ses propres défis et ses secrets. Pourtant, il sentait que son périple était loin d'être terminé. Un jour, alors que le soleil se couchait lentement sur l'horizon d'une oasis reculée, une silhouette familière apparut au loin, contre le ciel orangé. C'était Théo, désormais un homme changé, un sage respecté portant les marques d'une longue aventure, mais aussi un cœur débordant de récits à partager. Son visage, marqué par les années de voyage, rayonnait d'une sérénité nouvelle, et ses yeux brillaient d'une sagesse profonde acquise au fil de ses péripéties.

Lorsque Théo arriva au Sanctuaire des Étoiles, Lysandra et Callixte l'accueillirent avec une joie débordante, leur cœur battant à l'unisson. Les retrouvailles furent empreintes d'émotion. Ils s'assirent ensemble sous les étoiles et Théo commença à raconter ses aventures, ses découvertes, les mystères qu'il avait percés et les leçons qu'il avait apprises. Ses mots semblaient imprégnés de lumière, révélant des vérités universelles qui éclairaient ceux qui l'écoutaient.

Les semaines qui suivirent furent un véritable éveil pour tout le Sanctuaire. Les étudiants, captivés par les récits de Théo, s'immergèrent dans de nouvelles études, enrichies des enseignements qu'il rapportait de ses voyages. Théo, animé par sa soif de connaissance, se consacra entièrement à l'enseignement, formant ainsi une nouvelle génération de chercheurs de vérité. Il partagea ses découvertes en magie, en guérison et en philosophie, offrant à ses élèves une vision élargie du monde et une compréhension profonde des forces qui le façonnaient.

Le retour de Théo marqua une nouvelle ère pour le Sanctuaire des Étoiles. La quête de la sagesse, toujours en expansion, se nourrissait désormais des multiples fils tissés à travers les continents et les âges. Théo, Callixte et Lysandra, unis par leurs expériences et leur engagement, continuèrent à guider et à inspirer une nouvelle génération de chercheurs, jeunes et vieux, prêts à consacrer leur vie à la recherche de la lumière et de la vérité. Ensemble, ils perpétuèrent l'héritage des tablettes anciennes, cachées dans les montagnes, et en transmettant leur savoir, ils créèrent un réseau de sagesse qui s'étendrait bien au-delà du Sanctuaire.

Leurs aventures, bien qu'apparemment distinctes et vécues séparément, avaient convergé en une vision commune, celle d'un monde plus éclairé par la sagesse, un monde où les âmes curieuses, assoiffées de vérité, se rassemblaient pour partager un but commun : l'illumination. Ce récit, celui des voyages, des découvertes et des retrouvailles, allait devenir une légende transmise à travers les âges, un phare de sagesse et de lumière pour les générations futures.

Chapitre 28 : *Le phare du savoir*

Au fil des ans, le Sanctuaire des Étoiles devint un phare de savoir et de sagesse. Les enseignements de Théo, Callixte et Lysandra se répandirent bien au-delà des frontières du désert, attirant des érudits, des mystiques et des aventuriers de toutes contrées. L'école prospérait, animée par une communauté dévouée à l'exploration des mystères de l'univers. Des bibliothèques immenses furent érigées, abritant des parchemins et des artefacts de civilisations disparues. Chaque recoin du Sanctuaire résonnait des discussions philosophiques et des découvertes révolutionnaires qui éclairaient le monde.

Un jour, un mystérieux visiteur arriva au Sanctuaire, portant avec lui des fragments de parchemins trouvés dans une autre région reculée. Ces écrits, anciens et cryptiques, semblaient avoir un lien avec les tablettes cachées dans les montagnes au-dessus de la mer Morte. Intrigué, Théo convoqua Callixte et quelques-uns de leurs plus brillants étudiants pour enquêter sur cette découverte.

Les parchemins parlaient d'une ancienne confrérie, les « Gardiens du Savoir », qui aurait existé bien avant la fondation de la cité qu'ils avaient découverte. Selon la légende, ces érudits auraient disséminé des bribes de leurs connaissances dans le monde entier, laissant derrière eux des énigmes pour que les personnes assez méritantes puissent les déchiffrer. Cette révélation souleva une vague d'excitation et de curiosité parmi les disciples du Sanctuaire. Les plus intrépides décidèrent de partir en expédition, désireux de percer les mystères de ces manuscrits ancestraux.

Théo, Callixte et Lysandra, bien que plus âgés, retrouvèrent en cette quête l'enthousiasme de leur jeunesse. Le groupe entreprit de comparer les fragments des parchemins nouvellement découverts avec les inscriptions des tablettes qu'ils avaient déchiffrées par le passé. Les similarités étaient troublantes : certaines runes et symboles se retrouvaient dans les deux écrits, suggérant une connexion profonde entre les Gardiens du Savoir et l'ordre du Serpent auquel ils avaient jadis été confrontés.

Les jours passèrent, transformant le Sanctuaire en un véritable centre d'étude de ces textes mystérieux. L'analyse approfondie des parchemins révéla des coordonnées menant à d'autres sites antiques disséminés à travers le monde. Une partie des érudits du Sanctuaire se dispersa pour explorer ces lieux, tandis que d'autres restèrent pour poursuivre la traduction des fragments encore indéchiffrés.

Avec le temps, ces recherches aboutirent à une compréhension plus fine des philosophies et des avancées scientifiques des civilisations oubliées. Des concepts novateurs virent le jour, et l'enseignement du Sanctuaire des Étoiles s'enrichit considérablement. On y étudiait désormais des matières allant de l'astronomie à la médecine, en passant par l'alchimie et la méditation transcendantale. Les étudiants venaient des quatre coins du monde, portés par la promesse d'un savoir universel et intemporel.

Théo et Callixte, satisfaits de l'impact de leur travail, contemplaient l'avenir avec optimisme. Conscients que leur tâche de protection et de diffusion des savoirs était en de bonnes mains, ils étaient confiants que la relève, incarnée par une jeunesse pleine d'ardeur, continuerait cet éternel cheminement. Ils observaient avec fierté les nouvelles générations s'approprier et approfondir les enseignements qu'ils avaient eux-mêmes reçus, démontrant ainsi que la connaissance est un flambeau qui ne s'éteint jamais, mais se transmet de main en main, de cœur en cœur.

Les années s'écoulèrent, et Théo, Callixte et Lysandra, désormais âgés, continuèrent à enseigner et à inspirer ceux qui venaient chercher la lumière du savoir. Leur amitié était devenue une légende, un modèle de collaboration et de considération réciproque qui traversait les époques et les frontières. Chaque jour, ils accueillaient de nouveaux apprentis, partageant avec eux leur sagesse et les leçons tirées d'une vie consacrée à la quête de vérité.

Lysandra, qui avait toujours eu une affinité particulière avec les mystères célestes, développa une école d'astronomie et de philosophie cosmique. Elle enseignait aux étudiants que les étoiles n'étaient pas seulement des astres distants, mais des guides silencieux révélant la place de l'humanité dans l'univers.

Son observatoire, perché au sommet du Sanctuaire, devint un lieu où les sages et les rêveurs venaient méditer sous l'infini du firmament.

De son côté, Callixte, passionné par les langues anciennes et les textes sacrés, constitua une immense archive où étaient conservées et traduites toutes les œuvres découvertes par les voyageurs du Sanctuaire. Il formait de nouveaux linguistes et historiens, veillant à ce que le passé ne soit jamais oublié, mais au contraire utilisé pour éclairer l'avenir.

Quant à Théo, il veillait à ce que le Sanctuaire conserve son essence de refuge spirituel et intellectuel. Il organisait des débats, animait des cercles de réflexion et encourageait l'innovation dans tous les domaines. Il rappelait sans cesse à ses disciples que la quête du savoir devait toujours s'accompagner d'humilité et d'une éthique irréprochable.

Grâce à leur vision et à leur dévouement, le Sanctuaire des Étoiles devint un symbole de l'aspiration humaine à comprendre l'univers et à vivre en harmonie avec ses mystères. Les enseignements des tablettes, enrichis par les découvertes de Théo et Callixte, perpétuèrent l'esprit des Gardiens du Savoir, rappelant à tous l'importance de la quête de vérité et de sagesse.

Ainsi, l'héritage des membres de l'ordre du Serpent perdura à travers les âges, unissant les chercheurs de vérité dans une quête éternelle de lumière et de connaissance. Leurs aventures, leurs enseignements et leur amitié restèrent gravés dans l'histoire, inspirant des générations à venir à poursuivre le voyage vers l'infini. On raconta leur légende autour des feux de camp, dans les amphithéâtres et les temples dédiés au savoir, et même dans les recoins les plus reculés du monde où leurs idées avaient trouvé un écho.

Et lorsque le dernier crépuscule de leur vie vint effleurer le ciel du Sanctuaire, Théo, Callixte et Lysandra contemplèrent une dernière fois l'horizon, le cœur empli de paix. Ils savaient que leur œuvre ne s'éteindrait jamais, mais continuerait de briller comme une étoile guidant les générations futures. Ainsi se termina leur voyage, mais commença une ère nouvelle, où le savoir, tel un fleuve intarissable, continuerait de couler, nourrissant l'esprit et l'âme de ceux qui osaient lever les yeux vers les cieux en quête d'éternité.

Chapitre 29 : Les gardiens de l'ordre

Au fil des siècles, les Gardiens de l'ordre du Serpent ont prospéré et évolué, adaptant leurs pratiques tout en restant fidèles à leurs principes fondateurs. Les exploits de Théo, Callixte et Lysandra devinrent des légendes transmises à travers les âges, inspirant chaque nouvelle génération de Gardiens à poursuivre leur mission avec courage, humilité et dévotion. Ces récits, enrichis de mythes et de symboles, formaient la pierre angulaire de leur identité collective, liant le passé au présent dans une continuité sacrée.

L'ordre du Serpent, par sa nature même, incarnait le cycle éternel de la connaissance et du renouveau. Son symbole, le serpent qui se mord la queue, représentait l'éternité, la transformation et la transmission du savoir à travers les âges. Les Gardiens étaient plus que de simples détenteurs de secrets ; ils étaient les architectes silencieux de la progression humaine, veillant à ce que les flambeaux de la connaissance ne s'éteignent jamais.

Pendant la Renaissance, alors que l'Europe redécouvrait l'héritage des anciens, les Gardiens furent des émissaires de la connaissance. Ils préservèrent des manuscrits anciens menacés par l'oubli ou la destruction, allant jusqu'à risquer leur vie pour sauver des œuvres de philosophes, de scientifiques et d'artistes. Ils encouragèrent la science et les arts, soutenant des figures comme Copernic, Galilée et Michel-Ange. Ils créèrent des écoles discrètes et des cercles de pensée où la liberté d'expression était réellement valorisée, cultivant ainsi les esprits de ceux qui changeraient le monde.

Parmi les figures influencées par l'ordre, on raconte que Leonard de Vinci lui-même aurait bénéficié des enseignements cachés des Gardiens. Certains murmurent que son célèbre codex renferme des indices sur sa collaboration secrète avec eux, l'aidant à décrypter les mystères du monde et à poser les fondations de nombreuses avancées futures.

Lors des époques d'obscurantisme, lorsque les ténèbres de l'ignorance et de l'intolérance menaçaient d'engloutir le monde, l'ordre resta inébranlable. Alors que des guerres éclataient et que des tyrans s'élevaient, les Gardiens demeurèrent des phares d'espoir, refusant de plier face à l'adversité. Leurs membres voyageaient dans les régions les plus reculées du globe, traversant des montagnes majestueuses, des déserts arides, des vallées verdoyantes et des jungles énigmatiques. Ils s'enracinaient dans les communautés locales, apportant non seulement des livres et des outils, mais également des enseignements qui redonnaient confiance et dignité.

Chaque village qu'ils visitaient, chaque cité où ils s'installaient temporairement devenait un sanctuaire du savoir. Ils créaient des bibliothèques clandestines dans des caves et des greniers, enseignaient aux enfants et aux adultes à lire et à écrire, et organisaient des discussions sur des idées nouvelles et audacieuses. En Afrique, ils s'allièrent aux griots pour conserver les traditions orales. En Asie, ils apprirent des anciens maîtres tout en partageant des pratiques venues d'ailleurs. En Amérique, ils soutinrent des peuples en lutte contre la dépossession de leur culture.

Malgré leur discrétion, l'ordre fut souvent confronté à des menaces directes. Des inquisiteurs cherchaient à les démasquer, des régimes autoritaires tentaient de détruire leurs archives. Mais les Gardiens étaient passés maîtres dans l'art de la ruse et de la survie. Ils utilisaient des codes complexes pour transmettre leurs messages, cachaient leurs œuvres les plus précieuses dans des lieux inattendus, et faisaient preuve d'une solidarité sans faille.

Malgré les sacrifices, ils ne perdirent jamais de vue leur mission principale : éclairer les esprits et protéger les flammes vacillantes du savoir. Lorsque les lumières de la Réforme et des Lumières brillèrent avec éclat, l'ordre joua un rôle invisible, mais fondamental dans ces bouleversements. Ils accompagnèrent la rédaction des premières déclarations universelles sur les droits de l'homme et encouragèrent des réformes profondes dans les systèmes éducatifs et sociaux.

Les Gardiens ne se contentaient pas d'être des transmetteurs de savoir ; ils étaient aussi des guides moraux. Lorsqu'ils voyaient une communauté plongée dans des conflits ou des injustices, ils s'efforçaient de rétablir l'harmonie. Leurs principes de non-violence, de respect de la diversité et de responsabilité collective étaient enseignés à travers des histoires, des métaphores et des exemples concrets.

À chaque tournant de l'histoire, l'ordre du Serpent demeura une force invisible, mais inébranlable, une tapisserie tissée de courage, de sagesse et d'altruisme. Leur légende, vivante et évolutive, continue d'inspirer ceux qui cherchent à illuminer les ténèbres et à bâtir un monde où le savoir est la clé de la liberté.

Chapitre 30 : La quête de l'Alchimie

En 1622, l'université de La Sorbonne était un véritable centre de savoir et un phare intellectuel au cœur de Paris. Fondée par le théologien et chapelain de Louis IX, Robert Sorbon. Consacré à la théologie dont il définit ainsi son projet « **vivre en bonne société, collégialement, moralement et studieusement** ».

Ses murs, épais et chargés d'histoire, résonnaient des échos des débats académiques et des réflexions philosophiques. En pénétrant dans le bâtiment, on était immédiatement frappé par la majesté de l'architecture. Les voûtes hautes, ornées de délicates fresques, laissaient filtrer une lumière douce et dorée à travers des vitraux colorés, créant une atmosphère mystique propice à l'étude.

Dans les amphithéâtres, une foule d'étudiants aux origines diverses se rassemblaient autour de pupitres robustes, éclairés par l'ardeur du savoir. Les enseignants, revêtus de toges universitaires, prononçaient des allocutions enthousiastes sur la théologie, la philosophie et les sciences, captivant leur public. Les murs étaient recouverts de volumes antiques, des ouvrages reliés en cuir, symboles du savoir accumulé au fil des générations.

Dans une salle de classe poussiéreuse de l'université, l'atmosphère était imprégnée du parfum des vieux livres et de la sagesse ancestrale. Jiacobi Gaffarelli, un jeune érudit aux cheveux ébouriffés et aux yeux brillants d'intelligence, parcourait une étagère remplie de manuscrits. Sa passion pour les langues anciennes et les mystères du passé le poussait à explorer chaque recoin de la bibliothèque.

Après avoir suivi des études à Apt puis à Valence, il avait rejoint Paris pour parfaire ses connaissances.

C'est alors qu'il aperçut le professeur, Maître Paulin, un homme d'un certain âge aux cheveux grisonnants et à la barbe soigneusement taillée. Paulin avait été l'un des mentors les plus influents de Gaffarelli, lui transmettant non seulement des connaissances sur les langues, mais aussi sur l'alchimie et la philosophie.

— Jiacobi ! s'exclama Paulin en le voyant, un sourire chaleureux sur le visage. Cela fait longtemps que je ne t'ai pas vu. Que deviens-tu ?

Gaffarelli se retourna, un sourire éclatant illuminant son visage.

— Maître Paulin ! Quel plaisir de vous revoir ! Je me consacre actuellement à l'étude des anciens alchimistes et de leurs écrits. En réalité, je cherche des morceaux de la pierre philosophale, une quête qui me passionne.

Paulin fronça légèrement les sourcils, intrigué.

— La pierre philosophale, dis-tu ? Ce n'est pas un sujet que l'on aborde à la légère. Que sais-tu de cette quête ?

Jiacobi, emporté par son enthousiasme, commença à expliquer ses découvertes. Il parla de Nicolas Flamel, des écrits anciens qu'il avait déchiffrés, et des mystères entourant l'alchimie. Les yeux de Paulin brillaient d'un mélange de fierté et d'inquiétude.

— Tu as toujours eu un esprit curieux, Jiacobi, dit-il. Sache toutefois que cette quête regorge d'obstacles. Les anciens alchimistes ont souvent caché des vérités derrière des énigmes. Il faut faire preuve de vigilance.

Jiacobi acquiesça, pleinement conscient des obstacles à venir.

— Je comprends, Maître. Mais je sens que je suis sur le point de découvrir quelque chose de grand. J'ai récemment obtenu un fragment de parchemin parlant de la pierre. Je suis convaincu qu'il y a une vérité profonde derrière tout cela.

Paulin s'approcha, intrigué par l'ardeur du jeune homme.

— Un fragment de parchemin, dis-tu ? Cette découverte n'est pas anodine. L'alchimie peut dévoiler des secrets insoupçonnés, mais elle peut aussi libérer des puissances incontrôlables. Qui t'accompagne dans cette quête ?

Jiacobi hésita un instant, puis expliqua son alliance avec Pierre Gassendi, son compagnon d'études à la Sorbonne, deux jeunes aventuriers qui partageaient le même rêve de découvrir la vérité sur la pierre philosophale.

— Je suis entouré de fidèles amis, dit-il. Ensemble, nous avons traversé de nombreuses épreuves, et nous avons appris à nous soutenir mutuellement.

Paulin sourit, admirant la détermination de son élève.

— C'est bon d'avoir des alliés dans une telle quête. Mais rappelle-toi, la véritable alchimie ne réside pas seulement dans la transformation des métaux, mais aussi dans celle de l'âme. Tu dois être prêt à faire face à tes propres démons.

Jiacobi acquiesça, conscient des vérités profondes que son professeur lui transmettait.

— Je comprends, Maître. Chaque épreuve que j'ai traversée m'a appris quelque chose sur moi-même. Je me sens prêt à affronter ce qui nous attend.

La conversation se poursuivit, et Paulin partagea des anecdotes sur ses propres recherches, des moments de doute et de découverte qui avaient jalonné son parcours d'érudit. Ils parlèrent des langues anciennes, des textes mystérieux et des secrets de l'alchimie, le temps semblant s'évanouir autour d'eux.

Alors qu'ils discutaient, un éclat d'inquiétude passa sur le visage de Paulin.

— J'ai entendu des rumeurs, Jiacobi. Certains alchimistes, corrompus par le pouvoir, cherchent à s'emparer des fragments de la pierre. Ils sont prêts à tout pour arriver à leurs fins. Sois prudent avec ceux qui t'entourent.

Jiacobi sentit une lourdeur dans son cœur.

— Je suis conscient des dangers, Maître. Mais je ne peux pas abandonner cette quête. Les enjeux sont importants.

Paulin posa une main rassurante sur l'épaule de Jiacobi.

— Soit, pars et suis ton instinct. Garde simplement un œil attentif sur tout ce qui t'entoure. Suis ton cœur, mais garde les yeux ouverts. N'oublie pas que la sagesse réside dans le discernement.

Et si jamais tu as besoin de moi, sache que je suis toujours là pour t'aider.

Jiacobi releva la tête, animé par une nouvelle vague de courage.

— Merci, maître. Votre sagesse m'accompagnera dans cette aventure. Je suis prêt à relever tous les défis.

En quittant la bibliothèque, Jiacobi se sentit revigoré. L'échange avec Paulin avait renforcé sa conviction et sa détermination à poursuivre sa quête. Il savait que le chemin serait difficile et parsemé d'obstacles, mais, grâce au soutien de ses compagnons et aux précieux conseils de son guide, il était prêt à affronter l'inconnu.

Chapitre 31 : L'éveil d'une passion

Quelques années auparavant, dans les couloirs étoilés de la Sorbonne, Jiacobi, alors étudiant passionné par les langues anciennes et l'alchimie, se frayait un chemin parmi les livres et les manuscrits poussiéreux. Les discussions animées des autres étudiants résonnaient autour de lui, mais son esprit était tourné vers les mystères de l'univers.

Un jour, lors d'un séminaire sur l'ésotérisme et la magie, il fit la rencontre d'un homme qui allait profondément influencer le cours de sa vie. Ce professeur, connu sous le nom de Maître Paulin, était une personnalité charismatique au regard perçant et à l'aura mystérieuse. Sa réputation reposait sur son savoir approfondi des doctrines secrètes et des rites anciens, et il captivait l'attention de tous ceux qui l'écoutaient.

Jiacobi se souvint de leur première rencontre. La salle de classe était pleine, l'atmosphère chargée d'excitation. Lorsque Maître Paulin entra, un silence respectueux s'installa instantanément. Il se dirigea vers le tableau, arborant un sourire énigmatique, et commença à exposer les mystères de l'alchimie et les secrets de la transformation.

— L'alchimie, mes chers étudiants, n'est pas seulement un art de la matière, mais aussi un chemin de connaissance de soi, déclara-t-il d'une voix profonde. Elle vous enseigne à transcender vos limites, à transformer votre essence.

Jiacobi écoutait attentivement, captivé par les mots de son professeur. Il s'émerveillait de la façon dont Paulin mêlait histoire, philosophie et spiritualité, et il se sentit irrésistiblement attiré par cet homme qui semblait détenir des vérités cachées.

À la fin du séminaire, Jiacobi s'approcha de Paulin, un mélange d'admiration et de nervosité dans le cœur.

— Maître Paulin, votre discours était captivant. J'aimerais approfondir mes connaissances sur l'alchimie et ses applications pratiques.

Paulin le fixa, les yeux brillants d'intérêt.

— La curiosité est une vertu précieuse, jeune homme. Si tu le désires, je t'invite à assister à mes leçons privées. Il y a tant à découvrir, mais il est crucial d'aborder ces connaissances avec respect. », lui répondit-il.

Jiacobi acquiesça, le cœur battant d'excitation. Il commença alors à suivre les cours particuliers de Paulin, se plongeant dans des textes anciens, des grimoires oubliés, et des discussions profondes sur les mystères de l'univers. Au fil des mois, une complicité se créa entre eux, Paulin devenant à la fois mentor et ami.

Les rencontres avaient lieu dans une vieille bibliothèque nichée au cœur de Paris, où le temps semblait s'être arrêté. Les étagères étaient encombrées de volumes aux couvertures usées et les rayons du soleil filtraient à travers les fenêtres poussiéreuses, projetant des jeux d'ombres dans la pièce. L'odeur de parchemin ancien et d'encre était omniprésente.

Sous la direction de Paulin, Jiacobi explorait des concepts qui repoussaient les frontières de l'entendement. Les leçons s'étendaient bien au-delà de l'alchimie traditionnelle, touchant à des domaines tels que la cosmologie, la métaphysique, et même l'art de la méditation. Chaque session était une nouvelle aventure, ouvrant des portes vers des mondes insoupçonnés.

Au fil des saisons, Jiacobi se métamorphosait. Son esprit s'éveillait à des réalités jusque-là inconnues, et il se découvrait une passion pour la quête de la sagesse. Les enseignements de Paulin l'aidaient à comprendre les subtilités de l'univers et à percevoir les connexions invisibles qui unissent toutes choses.

Cependant, l'influence de Paulin ne se limitait pas à l'intellect. Sa présence inspirait également Jiacobi à devenir une meilleure version de lui-même, à cultiver la patience, la persévérance, et la compassion. Le chemin de l'alchimie, tel que l'enseignait Paulin, était autant un voyage intérieur qu'une recherche extérieure, et Jiacobi s'efforçait de progresser sur ces deux fronts.

Un jour, tandis qu'ils étudiaient un vieux grimoire sur les pouvoirs occultes des métaux, Paulin interrogea Jiacobi sur ses véritables motivations.

__ « Que cherches-tu vraiment à accomplir avec ces connaissances, Jiacobi ? » demanda-t-il calmement.

Pris de court, Jiacobi prit un moment pour réfléchir, il réalisa que son désir d'apprendre allait bien au-delà de la simple acquisition de savoir. Il aspirait à un plus grand dessein, une compréhension plus profonde de son rôle dans le vaste théâtre de l'univers.

__ Je veux comprendre les lois qui régissent notre existence et peut-être, un jour, apporter un peu de lumière dans un monde souvent plongé dans l'obscurité, répondit-il, finalement avec conviction.

Paulin sourit, comme s'il avait attendu cette réponse depuis longtemps.

__ Alors, tu es sur la bonne voie. Souviens-toi, la véritable alchimie est celle qui transforme, l'obscurité en lumière, et cela commence toujours par une transformation intérieure.

Avec ces mots, Jiacobi sentit une nouvelle énergie s'éveiller en lui.

Chapitre 32 : Au cœur de la sorbonne

Les couloirs de La Sorbonne étaient animés. Un véritable carrefour d'idées. Les étudiants discutaient avec ferveur, échangeant des théories, des critiques et des rêves. On pouvait entendre le bruit des pas résonnants sur les pavés, entrecoupés de rires et de murmures. C'était un lieu où l'intellect se mêlait à la camaraderie, où les esprits s'aiguisent dans l'effervescence du savoir.

C'est dans ce cadre vibrant que Jiacobi, un jeune étudiant avide de connaissances, aperçut pour la première fois le professeur qui allait changer sa vie.. Le professeur, une figure imposante, dégageait une aura de sagesse et de charisme. Sa chevelure grisonnante, soigneusement peignée en arrière, contrastait avec son regard perçant, capable de sonder les âmes. Il était engagé dans une conversation animée avec un groupe d'étudiants, ses gestes larges et énergiques accompagnant ses propos avec une passion communicative.

Jiacobi, intrigué, s'approcha doucement de la foule, écoutant le professeur exposer des idées révolutionnaires sur l'univers et la place de l'homme en son sein. Ses mots résonnaient en Jiacobi, comme une mélodie familière, éveillant une curiosité insatiable. Il pouvait sentir l'énergie qui émanait de lui, une force qui attirait les esprits vers la lumière de la connaissance.

Alors qu'il se tenait là, dans l'ombre des couloirs de La Sorbonne, il était conscient que ce moment marquerait un tournant dans sa quête intellectuelle. C'était une rencontre fortuite, mais déjà, il pressentait que les échanges à venir avec ce professeur allaient ouvrir des horizons insoupçonnés, nourrir sa réflexion et transformer sa vision du monde.

Les jours passèrent, et Jiacobi ne pouvait résister à l'envie de suivre les cours du professeur. Les séances se déroulaient dans une salle de classe baignée de lumière, ou les rayons du soleil filtrés par les vitraux. Le professeur impressionnait par sa capacité à captiver son auditoire. Il parlait avec une telle éloquence et une telle érudition que chaque cours ressemblait à une odyssée à travers le temps et l'espace.

Un jour, lors d'une discussion sur les lois de l'univers, Jiacobi posa une question qui reflétait ses propres questionnements.

__ Maître Paulin, si l'univers est régi par des lois immuables, quel est alors notre rôle en tant qu'êtres humains dans cette vaste mécanique ?

Paulin, avec un large sourire, lui répondit.

__ Notre rôle, cher Jiacobi, est d'être des explorateurs de ces lois. Nous sommes les témoins et les acteurs de l'univers. En cherchant à comprendre les mécanismes qui nous entourent, nous participons à l'évolution de la connaissance et à l'épanouissement de notre esprit.

Un jour, alors qu'ils exploraient des manuscrits anciens dans la bibliothèque de l'université, avec son ami Pierre Gassendi, ils découvrirent un parchemin étrange, couvert de symbole ésotérique et de diagrammes mystérieux. Intrigués, ils décidèrent de décrypter ensemble le contenu de ce document. Ce qu'ils découvrirent dépassait leurs espérances. Le parchemin contenait des révélations sur les secrets d'une très ancienne loge. Une Société secrète fondée par un groupe de médecins philosophes. Leur mission était de s'opposer aux concepts d'hippocrate et de la médecine traditionnelle et de promouvoir une approche holistique de la guérison.

Les membres de cette loge qui se considérés comme les véritables héritiers des enseignements d'Hippocrate, avaient juré de combattre l'ignorance et la corruption qui gangrenaient le monde médical. Ils cherchaient à redécouvrir les secrets de la guérison naturelle et à intégrer des philosophies anciennes dans leurs pratiques, en mettant l'accent sur l'équilibre entre le corps, l'esprit et l'âme.

Le manuscrit contenait également des références à des réunions secrètes tenues dans des lieux discrets, ainsi que des rituels symboliques destinés à renforcer l'engagement des membres envers leur cause. Avec Pierre ils décidèrent de mener des recherches pour en savoir plus sur ces Anti-hippocrates et leurs activités.

Leurs investigations les menèrent à explorer les archives de la Sorbonne. Ils découvrirent des indices qui semblaient corroborer l'existence de la loge, y compris des lettres cryptées échangées entre ses membres et des comptes-rendus de séances clandestines.

Les archives étaient entreposées au sous-sol de l'université. Pour y accéder, il dut demander à son mentor, maître Paulin, de lui fournir une clé, jalousement gardée par la direction. Jiacobi du partager ses trouvailles avec son mentor qui fut tout aussi captivé par l'idée de l'existence de cette loge secrète, sans toutefois tout lui divulguer de ses recherches en accord avec son ami Pierre.

__ Nous ne savons rien de personnel sur ton mentor lui avait dit Pierre, ni s'il a une quelconque implication dans cette loge.

__ Je sais bien Pierre, je doute qu'il fasse aussi partie de cette loge, qui n'a rien à voir avec ses recherches et ses compétences.

Au fil de leurs recherches, Jiacobi et Pierre commencèrent à entrevoir un réseau souterrain de penseurs et de guérisseurs, unis par le désir de faire avancer la médecine. Cependant, ils réalisèrent également que la loge avait dû faire face à des menaces et des persécutions de la part de ceux qui voyaient d'un mauvais œil leurs idées radicales.

Chapitre 33 : Les Ombres de la Peur

Dans les ruelles sombres et sinueuses des quartiers malfamés de Paris, une inquiétude sourde s'insinuait parmi les habitants comme un poison insidieux. Ces quartiers, déjà réputés pour leur insalubrité et leur criminalité omniprésente, semblaient s'être recouverts d'un voile encore plus oppressant, une chape de plomb étouffante qui laissait dans son sillage un malaise indescriptible. L'odeur pestilentielle des égouts et des détritus s'accumulant dans les caniveaux se mêlait aux relents de misère et de désespoir, formant une atmosphère presque tangible, un spectre invisible flottant entre les bâtisses délabrées.

Les lampadaires vacillants, aux flammes tremblotantes sous l'effet du vent, projetaient des ombres mouvantes sur les pavés humides, créant des formes distordues qui semblaient danser dans une valse macabre. Chaque soir, le brouillard, épais et intransigeant, enveloppait les rues dans un suaire spectral, ne laissant entrevoir que des silhouettes furtives, des ombres pressées qui disparaissaient aussi vite qu'elles étaient apparues. Le ciel, lourd de nuages menaçants, restait figé dans une éternelle grisaille, privant la ville d'un quelconque répit lumineux.

Les jours s'écoulaient dans une monotonie oppressante, rythmés par le martèlement incessant des gouttes de pluie qui s'abattaient sur les toits de tôle et les pavés luisants, formant une symphonie lancinante, une berceuse lugubre qui maintenait les âmes en alerte perpétuelle. La ville, d'ordinaire bruyante et foisonnante de vie malgré sa misère, s'était muée en un décor figé où la peur suintait des murs décrépis. Une tension invisible, mais omniprésente, étreignait les rues comme une étreinte glaciale et implacable.

Au cœur de ce climat de morosité et de crainte, une série de disparitions mystérieuses venait amplifier l'angoisse ambiante. D'abord sporadiques et presque anecdotiques, elles s'étaient multipliées à un rythme inquiétant. Mendiants, prostituées, ouvriers éreintés par des journées sans fin, petits escrocs du coin... Tous semblaient s'évaporer sans laisser la moindre trace. Des figures familières, des âmes perdues, mais inlassablement présentes, des visages que l'on croisait chaque jour sans y prêter attention, disparaissaient les uns après les autres.

Ce n'étaient pas des notables, pas des individus influents dont l'absence aurait soulevé l'indignation publique. Non, c'étaient ceux que l'on oubliait facilement, ceux dont l'existence se fondait dans le décor, dont les voix se perdaient dans le tumulte de la ville. Et pourtant, leur disparition créait un vide, un déséquilibre insidieux. Les commerçants les plus attentifs remarquaient que certains clients récurrents ne venaient plus quémander leur pain rassis ou échanger quelques piécettes contre un verre d'alcool bon marché. Les ruelles autrefois animées par des disputes, des rires éraillés ou des murmures conspirateurs se faisaient de plus en plus silencieuses, laissant place à une angoisse sourde.

Dans les tavernes enfumées, là où le vin bon marché délestait les langues de leur prudence, les rumeurs enflaient, se tordaient, prenaient des allures de cauchemars éveillés. On murmurait que des réseaux de trafiquants d'êtres humains avaient pris possession des souterrains de la ville, attirant leurs proies dans l'ombre avant de les faire disparaître à jamais. D'autres parlaient de sectes aux rituels obscurs, sacrifiant leurs victimes sur des autels souillés de sang et de cendres. Et puis, il y avait les contes les plus absurdes, ceux qui évoquaient des créatures sans nom, rôdant dans l'obscurité, se nourrissant des âmes égarées.

Le plus inquiétant, cependant, n'était pas tant l'imagination fertile des habitants que le silence des autorités. Les disparitions, si elles étaient évoquées dans les cercles populaires, semblaient totalement ignorées par la police. Les patrouilles, déjà rares, se faisaient plus discrètes, comme si les forces de l'ordre elles-mêmes craignaient de s'aventurer dans ces ruelles où la peur dictait désormais sa loi. Certains disaient même avoir aperçu des uniformes se détourner face à des cris étouffés, des supplications mourant dans la nuit sans qu'aucune main secourable ne vienne y répondre.

La méfiance s'installait partout, rongeant les relations, distillant le poison du doute dans les esprits. Les habitants ne se déplaçaient plus seuls après la tombée de la nuit. Ceux qui n'avaient pas le choix devaient se résoudre à marcher vite, les sens en éveil, une main crispée sur un couteau dissimulé sous leur manteau. Les commerçants fermaient boutique plus tôt, abaissant leurs rideaux de fer avec précipitation, évitant les regards prolongés avec ceux qui erraient encore dans les rues.

Les fenêtres, jadis ouvertes aux discussions animées et aux éclats de voix joyeux, se fermaient désormais avant la nuit, leurs volets cloutés, leurs rideaux tirés. À l'intérieur, des silhouettes inquiètes scrutaient la rue à travers des fentes discrètes, le souffle court à chaque bruit suspect. Le grincement d'une charrette, le cri d'un chat errant, le frémissement du vent dans les branches noueuses des arbres... Tout devenait source d'angoisse.

Ce qui était autrefois un quartier misérable, mais vivant devenait une prison à ciel ouvert. On parlait moins, on riait peu. Les rares éclats de joie semblaient déplacés, presque indécents, comme si le simple fait de vouloir s'extraire de cette torpeur menaçait d'attirer une malédiction sur ceux qui osaient braver la terreur ambiante. Même les enfants, d'ordinaire insouciants, avaient cessé de jouer dans les rues. Leurs mères, le regard hanté, les gardaient à l'intérieur, les enjoignant au silence comme si un simple rire pouvait réveiller quelque chose d'inavouable.

Paris, la ville-lumière, n'était plus qu'un amas d'ombres où chaque coin de rue cachait une menace invisible. L'angoisse était devenue une compagne inséparable, une entité sournoise qui s'infiltrait dans les foyers, dans les pensées, dans les rêves. Chaque nuit, en s'endormant, les habitants se demandaient s'ils seraient encore là au matin. Et chaque matin, un soupir de soulagement s'échappait de leurs lèvres en réalisant qu'ils avaient survécu à une nuit de plus. Mais à quel prix ?

Dans cette atmosphère oppressante, où même le temps semblait figé dans une attente insoutenable, une seule question demeurait sur toutes les lèvres : qui serait le prochain ?

Chapitre 34 : L'Énigme des Orgues Perdus

À la faculté de médecine de la Sorbonne, l'air imprégné d'une odeur caractéristique et complexe, mélange de formol et de produits désinfectants. Le formol, utilisé pour la conservation des cadavres et des organes destinés à l'étude, dégageait une senteur âcre et pénétrante qui était familière et dérangeante pour les étudiants. Cette odeur, souvent décrite comme aigre, se mélangeait avec d'autres effluves moins définissables, créant une atmosphère troublante. Au-delà du formol, il y avait aussi une trace d'herbes médicinales et d'alcool, utilisés pour la désinfection des instruments et des surfaces de travail.

Jiacobi retrouva son ami Louis, un étudiant en médecine passionné, mais tourmenté. Ils se voyaient régulièrement, souvent à l'ombre des grands arbres du jardin du Luxembourg, et profitaient de ces occasions pour parler de leurs études et de leurs découvertes. Le jardin était situé à proximité d'une des plus anciennes institutions de la ville, le monastère des Carmes, avec ses bâtiments en pierre et son cloître, qui était un lieu de réflexion et de prières, mais aussi de culture, où les moines cultivaient des herbes médicinales, qu'ils revendaient à la faculté de médecine. Les canaux apportaient une certaine fraîcheur et servaient de voies de transport pour les marchandises qui entraient dans la ville.

Mais cette fois, l'expression de Louis était marquée par une inquiétude inhabituelle.

Alors qu'ils s'asseyaient sur un banc, Louis, manifestement préoccupé, partagea ses inquiétudes avec Jiacobi. Pendant ses cours d'anatomie, où les étudiants inspectaient minutieusement des cadavres offerts à la science, il avait remarqué quelque chose de troublant. Le corps d'une jeune femme en particulier, présentait une anomalie alarmante : son cœur avait été soigneusement retiré, mais aucune explication n'était fournie dans les dossiers.

__ Ce n'est pas tout, poursuivit Louis, baissant la voix comme s'il craignait d'être entendu. Chaque semaine, nous recevons de nouveaux corps pour nos études, et presque à chaque fois, il manque un organe essentiel. Un foie ici, un rein là-bas. C'est comme si quelqu'un les dérobait avant que nous ayons l'occasion de les inspecter. »

Le visage de Jiacobi se crispa à la mention de ces disparitions. Il savait que les pratiques médicales à la Sorbonne étaient rigoureusement encadrées, et que l'absence d'organes vitaux dans des corps destinés à l'enseignement constituait une grave entorse à l'éthique. Malgré sa passion pour la médecine, Louis commençait à avoir des doutes sur ce qui se passait réellement derrière les coulisses.

__ Et les autres étudiants ? Les professeurs ? N'ont-ils rien remarqué ? demanda Jiacobi, pensif.

Louis secoua la tête.

__ Certains de mes camarades ont laissé entendre qu'ils avaient remarqué ces anomalies, mais personne n'ose en parler. Les enseignants, pour leur part, affichent une étrange insouciance, comme si c'était une occurrence habituelle.

L'intuition de Jiacobi lui soufflait que quelque chose de sinistre se tramait. Il proposa à Louis de mener une enquête discrète, persuadé que les disparitions de ces organes pouvaient être liées à un réseau clandestin opérant à l'intérieur même de l'université. Avec l'aide de Pierre, ils décidèrent de rassembler des preuves pour comprendre ce qui se cachait derrière ces disparitions mystérieuses.

Ils entamèrent secrètement une démarche d'interrogatoire auprès d'autres élèves, enregistrant soigneusement les plus infimes détails et les éventuelles irrégularités. Ils explorèrent les archives de la faculté, cherchant des indices dans les registres des corps reçus et examinés. Plus ils creusaient, plus ils réalisaient que les disparitions suivaient un schéma précis, comme si quelqu'un sélectionnait méthodiquement les organes les plus rares et les plus précieux.

Les recherches les menèrent à un ancien professeur d'anatomie, le Dr Lavigne, qui avait mystérieusement quitté la Sorbonne plusieurs années auparavant. Il était réputé pour ses méthodes peu conventionnelles et ses théories contestées sur la conservation du corps humain. Certaines personnes affirmaient même qu'il avait franchi la ligne entre l'éthique et l'illégalité en tentant de découvrir le secret de l'éternité.

Jiacobi et Pierre découvrirent que Lavigne avait laissé derrière lui une série de journaux intimes, aujourd'hui conservés dans une section peu fréquentée de la bibliothèque universitaire. En feuilletant ces pages jaunies, ils furent frappés par les récits obsessionnels de Lavigne sur la relation entre l'âme et le corps, et sur ses expériences visant à atteindre une forme d'immortalité corporelle.

Les journaux étaient rédigés dans une prose dense et déroutante, alternant entre descriptions méticuleuses d'expériences anatomiques et réflexions philosophiques profondes. Lavigne semblait convaincu que certains organes possédaient une « résonance spirituelle » spécifique, essentielle à la connexion entre le corps et l'âme. Parmi ses notes, un croquis en particulier attira leur attention : une représentation du cœur humain entouré de symboles alchimiques et de mots en latin, suggérant une pratique liant science et mysticisme.

En poursuivant leur lecture, Jiacobi et Pierre tombèrent sur des passages évoquant des disparitions similaires à celles qu'ils enquêtaient. Lavigne semblait avoir établi des liens avec des marchés noirs d'organes et mentionnait des « donateurs involontaires » dans ses notes. Une phrase en particulier glaça Jiacobi : « L'immortalité exige des sacrifices. Le corps parfait doit être assemblé avec les éléments les plus purs. »

Chapitre 35 : Enquête au Cœur des Ténèbres

Dans les couloirs séculaires de la Sorbonne, où les passions intellectuelles se mêlent aux mystères de l'histoire, une atmosphère d'inquiétude s'installa progressivement. Jiacobi, jeune professeur intégré depuis peu dans le tissu académique de l'université, remarqua une tension palpable parmi les étudiants et les professeurs. Les conversations dans les couloirs s'interrompaient brusquement à son passage, et il capta des bribes de discussions murmurées : des rumeurs de disparitions inexplicables, des étudiants portés manquants sans laisser de trace.

Au départ, ces absences furent attribuées à l'épuisement académique ou à des voyages imprévus, mais, lorsque les cas se multiplièrent, l'inquiétude fit place à la peur. La situation devint plus grave lorsque le département d'anatomie, habituellement austère et ordonné, fut frappé par une découverte macabre. Dans une aile reculée, une salle de dissection abandonnée renfermait un secret effroyable : des corps étrangement conservés, dissimulés sous des draps poussiéreux, comme figés dans une torpeur funeste.

Jiacobi ne put ignorer plus longtemps ces événements troublants. Il se rapprocha de Maître Paulin, un ancien professeur de philosophie qui, en plus d'être un penseur respecté, possédait une curiosité insatiable pour les affaires occultes de l'université. Ensemble, ils commencèrent à enquêter discrètement, rassemblant indices et témoignages. Ils plongèrent dans les archives de la Sorbonne, cherchant des traces d'événements similaires dans le passé. Des documents poussiéreux révélèrent l'existence d'un certain professeur Lavigne, une figure controversée de l'université qui, un siècle plus tôt, avait défrayé la chronique pour ses théories avant-gardistes sur l'immortalité de l'âme et son transfert potentiel.

Parallèlement, les étudiants commencèrent à rapporter des phénomènes étranges : des ombres mouvantes observées dans les couloirs désertés, des murmures indistincts semblant flotter dans l'air, et surtout, l'apparition récurrente d'une silhouette encapuchonnée qui semblait observer silencieusement les allées et venues des élèves. Certains, en proie à des cauchemars persistants, affirmaient voir en rêve des scènes d'expériences interdites, des tables d'opérations et des visages hurlants figés dans la souffrance.

Déterminés à comprendre la vérité, Jiacobi et Paulin réunirent un petit groupe d'étudiants de confiance et organisèrent une exploration nocturne de l'aile abandonnée. Munis de bougies et d'une lanterne, ils s'aventurèrent dans les couloirs silencieux, où chaque pas résonnait sinistrement contre les murs de pierre. L'air était imprégné d'une odeur de renfermé et de vieilles pages jaunies. Les tables de dissection, recouvertes d'une fine couche de poussière, semblaient attendre un usage qui n'aurait jamais dû être.

Alors qu'ils fouillaient la pièce, l'un des étudiants, Adrien, remarqua une étagère déplacée. Derriere celle-ci, une ouverture mènait à une salle cachée. Leur souffle se suspendit lorsqu'ils y découvrirent un laboratoire clandestin. Les murs étaient tapissés de notes griffonnées en latin et de schémas anatomiques complexes. Au centre, une table d'opération trônait, éclairée par une lumière blafarde filtrant à travers un soupirail poussiéreux. Autour, des fioles renfermant des substances déconcertantes étaient alignées avec une précision chirurgicale.

En feuilletant les manuscrits éparpillés, Jiacobi et Paulin comprirent l'ampleur du mystère. Lavigne n'avait jamais cessé ses expériences. Sa théorie reposait sur la possibilité de capturer l'âme humaine et de la transposer dans un autre corps, un réceptacle supposé immortel. Les étudiants disparus avaient été les victimes involontaires de ses tentatives désespérées.

Un frisson parcourut le groupe lorsque l'un d'eux découvrit un carnet ouvert sur la table. La dernière page mentionnait une date récente et des instructions pour une nouvelle expérience. Le professeur Lavigne était-il toujours en activité, ou bien ses travaux avaient-ils été repris par un disciple ?

L'aube commençait à poindre lorsqu'ils quittèrent l'aile abandonnée, le poids de leur découverte pesant lourd sur leurs épaules. Ils savaient que révéler cette vérité pourrait ébranler les fondements de l'université et de la science elle-même. Mais pouvaient-ils se permettre de taire de telles horreurs ?

Jiacobi réalisa que leur enquête ne faisait que commencer. Il fallait trouver qui était derrière ces expériences, et surtout, empêcher que d'autres vies ne soient sacrifiées sur l'autel d'une connaissance interdite. La Sorbonne, avec ses murs chargés d'histoire, renfermait un secret que personne n'aurait jamais dû exhumer.

Chapitre 36 : La vérité à tout prix

Le choc de leurs découvertes les laissa un moment sans voix, l'esprit tourmenté par les implications de ce qu'ils avaient vu. Mais il n'y avait pas de temps pour l'hésitation. Jiacobi prit les devants, déterminé à partager les preuves avec les instances concernées. Cependant, une étrange appréhension planait sur eux. Ils savaient que s'attaquer à un complot de cette envergure pourrait leur coûter cher.

— Nous devons être prudents, murmura Pierre en feuilletant les notes qu'ils avaient emportées. Si Lavigne a des adeptes, ils feront tout pour protéger son œuvre.

Le groupe décida de diviser ses tâches. Tandis que Jiacobi et Paulin préparaient un dossier à remettre au recteur de l'université, les autres se chargèrent de surveiller les alentours du laboratoire, craignant que leur intrusion n'ait été remarquée. La tension monta d'un cran lorsque, la nuit suivante, ils remarquèrent des étrangers patrouillant près de l'aile abandonnée.

Ces individus, vêtus de manteaux sombres et marchant à pas feutrés, semblaient chercher quelque chose… ou quelqu'un. Leurs regards scrutaient chaque recoin, et leur silence était plus éloquent que n'importe quelle menace. Jiacobi réalisa qu'ils étaient en danger.

— Nous devons agir vite, murmura-t-il à Pierre. Si ces hommes trouvent le laboratoire, ils effaceront toutes les preuves.

Le lendemain matin, le groupe se réunit en secret pour finaliser leur plan. Mais un élément inattendu vint bouleverser leurs préparatifs : un message anonyme, glissé sous la porte de leur salle d'étude. « Si vous tenez à vos vies, abandonnez vos recherches. L'âme et le corps ne doivent pas être séparés. »

Ce billet confirma leurs craintes. Quelqu'un surveillait leurs moindres faits et gestes. Mais il était hors de question pour Jiacobi et ses amis de renoncer. Ils étaient déterminés à faire éclater la vérité, peu importe le prix.

La peur ne les empêcha pas de poursuivre leurs investigations. Paulin proposa de changer de stratégie : être moins visibles et infiltrer le réseau ennemi. Avec l'aide de Pierre, ils identifièrent une personne clé qui semblait diriger les hommes en manteaux sombres. Il s'agissait d'un certain érudit nommé Clément Renard, ancien assistant du Dr Lavigne. Renard était connu pour ses travaux sur les réseaux neuronaux et pour son obsession à mélanger science et mysticisme.

Une étape délicate les attendait : Jiacobi et Pierre planifièrent une rencontre fortuite avec Renard à l'un de ses cercles de conférences clandestins. Pour cela, ils décidèrent d'emprunter des identités factices et d'accéder à l'événement sous couvert de chercheurs intéressés par ses théories.

Au cœur d'une salle faiblement éclairée et remplie de savants aux airs graves, Renard fit son apparition. L'homme était charismatique, ses mots empreints de conviction et son regard pénétrant. Il présentait une vision où la frontière entre la science et la spiritualité devait être abolie, où le corps humain n'était qu'un réceptacle perfectible pour l'âme immortelle.

Jiacobi sentit un frisson parcourir l'assemblée à ces mots. Malgré le silence oppressant, il s'efforça de retenir chaque détail. Mais ce qui le troubla le plus fut le dernier élément de l'exposition : un organe humain conservé, présenté comme une « preuve tangible » d'une théorie encore plus sinistre.

Ce cœur battant, immergé dans un fluide ambré, était décrit comme l'aboutissement d'expériences visant à transcender la mortalité. Renard expliqua avec ferveur que cette pièce biologique était maintenue en vie artificiellement, une prouesse d'ingénierie qui confirmait selon lui que l'âme pouvait subsister indépendamment du corps originel.

Pierre jeta un regard alarmé à Jiacobi. Ils étaient en présence d'un projet qui dépassait de loin tout ce qu'ils avaient imaginé. Leur mission n'était plus simplement de dénoncer un complot scientifique, mais de mettre un terme à une dérive aux implications effrayantes.

Lorsque la conférence se termina, Jiacobi et Pierre décidèrent de suivre Renard discrètement. Ils le virent s'engouffrer dans un bâtiment discret, dont les fenêtres étaient occultées par d'épaisses tentures. En observant plus attentivement, ils remarquèrent que plusieurs des hommes en manteaux sombres gardaient les entrées, leurs postures rigides et leur vigilance inquiétante.

— Nous devons absolument comprendre ce qui se passe là-dedans, souffla Pierre. Mais c'est risqué.

Jiacobi hocha la tête. Ils n'avaient plus le choix. Il fallait infiltrer ce sanctuaire du savoir interdit et obtenir les preuves nécessaires pour démanteler cette société occulte. Le moment était venu de plonger plus profondément dans l'ombre, quitte à ne plus pouvoir en ressortir indemne.

Chapitre 37 : L'appel de l'immortalité

La tension dans les couloirs de la Sorbonne ne cessait de croître, et Jiacobi savait qu'ils jouaient une partie dangereuse. Pourtant, aucun d'eux n'était prêt à reculer. Les découvertes qu'ils avaient faites et les ombres qui rôdaient autour d'eux leur donnaient l'impression de marcher sur une corde raide, entre vérité et désastre.

Le message anonyme leur avait confirmé qu'ils étaient surveillés. Chaque pas qu'ils faisaient les exposait davantage. Paulin avait proposé une stratégie risquée, mais nécessaire : infiltrer le réseau de ceux qui semblaient orchestrer cette conspiration. Leur cible principale était un certain Clément Renard, ancien assistant du Dr Lavigne. Renard était une figure énigmatique, à la croisée des chemins entre science et mysticisme. Ses travaux sur les réseaux neuronaux et ses conférences clandestines sur la transcendance de l'âme en faisaient un suspect de premier ordre.

Pour approcher cet homme, Jiacobi et Pierre décidèrent d'assister à l'une de ses conférences secrètes. Avec l'aide de Paulin, ils se créèrent de fausses identités. Jiacobi devenait un chercheur indépendant fasciné par les limites de la médecine, tandis que Pierre prenait le rôle d'un mécène discret intéressé par les nouvelles découvertes scientifiques. Leur objectif était de s'infiltrer dans l'événement sans attirer l'attention.

    La conférence se tenait dans une vieille bâtisse de la rive gauche, un lieu chargé d'histoire, où les murs semblaient encore murmurer les secrets des intellectuels qui y avaient débattu autrefois. La salle, faiblement éclairée par des chandeliers, était remplie d'une assemblée hétéroclite. Des savants aux visages austères côtoyaient des amateurs d'ésotérisme, créant une atmosphère étrange, à la fois studieuse et mystique.

    Quand Clément Renard fit son apparition, le silence se fit immédiat. L'homme dégageait une aura magnétique. Ses yeux brillants et sa voix posée tenaient l'audience en haleine. Il parlait de la nécessité de dépasser les limites imposées par la science conventionnelle, d'explorer les liens profonds entre l'âme et le corps, et d'utiliser la connaissance pour transcender la mortalité.

— Le corps humain, dit-il, n'est pas une fin en soi, mais un outil, un vaisseau. Imaginez un monde où la mort n'est plus une fatalité. Nous sommes à l'aube d'une révolution qui changera à jamais notre compréhension de l'existence.

    Les paroles de Renard résonnaient dans la salle, suscitant à la fois fascination et malaise parmi l'auditoire. Jiacobi, caché parmi l'assemblée, notait mentalement chaque détail. Mais ce fut la fin de la présentation qui provoqua un frisson glacé chez lui. Renard dévoila un objet, dissimulé sous un voile de velours noir. Lorsque le tissu fut retiré, l'assemblée découvrit un organe humain, parfaitement conservé.

— Voici, messieurs et mesdames, une preuve tangible que la vie peut être prolongée, même après la mort. Cet organe n'est pas qu'un simple fragment de chair. Il porte en lui les traces d'une existence révolue, et peut-être… la clé de l'immortalité.

Un murmure parcourut la salle. Jiacobi sentit une sueur froide perler sur son front. Cet organe… pouvait-il être l'une des pièces manquantes découvertes à la faculté de médecine ? Renard poursuivit en expliquant que cette découverte n'était qu'un début, un prélude à quelque chose de bien plus grand.

Après la conférence, Jiacobi et Pierre profitèrent du tumulte pour s'approcher de Renard. Ils échangèrent quelques paroles anodines, se présentant sous leurs fausses identités. Renard, méfiant, mais intrigué, leur proposa une rencontre privée quelques jours plus tard.

De retour à l'université, Jiacobi, Pierre et Paulin débattirent de la marche à suivre. Chaque décision les rapprochait du danger, mais aussi de la vérité. Ils savaient qu'ils devaient se préparer minutieusement pour ce rendez-vous, car il pourrait être leur seule chance d'obtenir des réponses… ou de se retrouver pris dans un piège mortel.

Chapitre 38 : L'ombre du piège

Les jours suivants furent marqués par une activité frénétique. Jiacobi, Pierre et Paulin se retrouvaient chaque soir pour affiner leur plan. La rencontre avec Clément Renard approchait, et l'angoisse était palpable. Ils savaient que cette entrevue pourrait être décisive, mais ils craignaient aussi de tomber dans un traquenard minutieusement préparé.

Le rendez-vous avait été fixé pour le lendemain soir, dans un appartement discret du Marais, un quartier qui, bien que bourgeois, regorgeait d'anciennes demeures et de passages secrets, propices à la discrétion. La scène se déroulerait à huis clos. Jiacobi, déguisé en chercheur en quête de connaissances interdites, se préparait à mener l'entretien avec tact. Pierre, en mécène avisé, jouerait son rôle à la perfection, laissant transparaître l'attrait de ses finances sans trop en dévoiler. Quant à Paulin, il restait en retrait, surveillant de loin, prêt à intervenir si nécessaire.

La soirée arriva enfin, et les deux complices se rendirent à l'adresse indiquée. L'appartement de Renard était situé au dernier étage d'un immeuble ancien, d'où l'on apercevait les toits de Paris, baignés dans la lumière argentée de la lune. Lorsqu'ils toquèrent à la porte, un bruit de pas se fit entendre à l'intérieur, et la porte s'ouvrit lentement, révélant Clément Renard, vêtu de noir, comme s'il se fondait dans l'ombre elle-même.

— Entrez, murmura-t-il, ses yeux brillants, scrutant les visiteurs comme s'il lisait dans leur âme.

L'atmosphère à l'intérieur était sombre et mystérieuse. Des étagères encombrées de livres anciens, de manuscrits éparpillés et de fioles mystérieuses emplissaient la pièce. Une odeur de cire et de vieux papier imprégnait l'air. Il n'y avait pas de lumière artificielle, seulement une chandelle vacillante sur une table en bois massif, projetant des ombres dansantes sur les murs.

Renard les invita à s'asseoir, sans un mot de plus. Il ne semblait pas pressé de commencer la conversation. Ses yeux se fixaient alternativement sur Jiacobi et Pierre, évaluant sans doute leurs intentions. Enfin, après un silence qui sembla durer une éternité, il parla d'une voix calme, mais autoritaire :

— Vous êtes venus pour la vérité, je présume ? Mais sachez qu'il est des vérités qui dépassent l'entendement humain. Que seriez-vous prêts à sacrifier pour en connaître le prix ?

Jiacobi sentit un frisson glacial lui parcourir l'échine. La question, posée sans fard, résonnait comme un avertissement. Pierre, toujours maître de son calme, répondit avec un sourire énigmatique :

— Nous sommes prêts à tout comprendre, Clément. La science ne se résume pas à ce qui est visible. Ce que vous proposez… pourrait bien ouvrir de nouvelles perspectives. Mais tout cela ne serait possible que si nous pouvions en discuter plus avant.

Renard les observa longuement, son regard perçant semblant sonder chaque mot, chaque intention. Puis, il se leva, se dirigea vers un meuble et en sortit un étrange dispositif. Il le posa devant eux : une petite boîte noire, ornée de symboles complexes et de cadrans. Quelque chose de profondément troublant émanait de cet objet. Ce n'était pas juste un objet scientifique banal, mais un objet imprégné d'une aura mystérieuse.

— Ce que vous voyez ici, dit Renard en tournant lentement la boîte, est bien plus qu'un simple objet. C'est le résultat de nombreuses années de recherches. Il renferme une énergie… une énergie qui a le pouvoir de remanier les règles fondamentales de la biologie humaine.

Jiacobi sentit son cœur s'accélérer. Ce qu'il venait de dire… il ne s'agissait pas seulement d'immortalité, mais d'un contrôle total sur la vie elle-même.

— Je veux bien croire que cela dépasse l'entendement, répondit Jiacobi, ses mots hésitants sous la tension palpable. Mais pourquoi cette boîte ? Pourquoi venir à nous maintenant ?

Renard se tourna vers lui, un sourire énigmatique jouant sur ses lèvres.

— Parce que l'heure est venue. Vous êtes les seuls à comprendre que les frontières entre science et magie sont illusoires. Vous êtes prêts, comme moi, à pousser plus loin l'expérience humaine. Cependant, avant toute chose, il faut que vous compreniez ce que ces recherches exigeront de vous. L'immortalité n'est pas sans prix.

Il se tut, laissant ces mots lourds de sens flotter dans l'air. Jiacobi ressentit une pression étrange dans sa poitrine. Il réalisait que la question n'était pas simplement de savoir si Renard était fou ou génial. Cela allait au-delà de ça. Ce qu'il proposait ne pouvait pas être qu'un simple champ de recherche. Il s'agissait d'une incursion dans l'inconnu, un gouffre sans fond dans lequel les conséquences seraient irréversibles.

Paulin, toujours en retrait, scrutait les lieux depuis la fenêtre ouverte, l'esprit en alerte. Les tensions montaient. Quelque chose n'allait pas. Renard était-il vraiment celui qu'il semblait être ? Ou était-il le marionnettiste d'une conspiration bien plus vaste, dont les fils se tendaient maintenant autour d'eux ?

Renard brisa finalement le silence.

— Demain, vous serez prêts à voir ce que l'on ne peut pas voir, à comprendre ce que l'on ne peut pas comprendre. Mais sachez que vous ne pourrez plus revenir en arrière. Le chemin vers la vérité est semé d'embûches. Alors, dites-moi… êtes-vous prêts à aller jusqu'au bout ?

Jiacobi sentit une lourde hésitation l'envahir. La tentation était forte. Mais un doute, sombre et insidieux, s'insinuait dans son esprit. Et s'ils s'étaient trompés depuis le début ? Et si, au lieu de trouver des réponses, ils se précipitaient droit vers leur propre perte ?

Mais il savait aussi que dans ce monde où l'invisible semble se mêler à l'inexpliqué, il n'y avait plus de place pour l'hésitation. La vérité les attendait, de l'autre côté du voile.

Chapitre 39 : Le seuil du néant

Le lendemain matin, Jiacobi se réveilla avec une sensation de malaise, comme si un voile d'incertitude s'était abattu sur lui pendant la nuit. L'air semblait plus lourd, les murs de sa chambre plus oppressants. Il se leva lentement, se regarda dans le miroir et chercha des signes de fatigue dans son propre visage. Il savait qu'il ne pourrait plus reculer, mais la décision de poursuivre cette quête, cette enquête de plus en plus dérangeante, lui pesait sur les épaules.

Pierre et Paulin l'attendaient dans leur repaire, prêts à entamer ce qui s'annonçait comme une nouvelle étape décisive dans leur quête. Le rendez-vous avec Renard n'était plus qu'à quelques heures, mais Jiacobi sentait que les événements allaient bientôt basculer. Son esprit était agité, tourmenté par la révélation de la boîte et de ses mystérieux pouvoirs. La frontière entre la réalité et l'illusion devenait de plus en plus floue, et chaque minute qui passait les rapprochait de l'inconnu.

Il se rendit chez Pierre, l'air tendu, son esprit en proie à de multiples interrogations.

— Tu sembles ailleurs, remarqua Pierre en l'accueillant. Les événements te pèsent ?

Jiacobi hocha la tête, mais son regard restait fixé sur le sol.

— Hier soir, Renard... Il a parlé de sacrifices. De vérités qu'il n'était même pas sûr que nous puissions comprendre. Il a montré cette boîte, et il a dit que l'immortalité n'était pas sans prix. Il a également abordé le sujet d'une énergie capable de manipuler la biologie humaine.

Pierre le fixa longuement, le visage impassible.

— Nous étions conscients des risques. Mais il est trop tard pour faire marche arrière. Nous devons comprendre ce qu'il cache. La vérité est là, à portée de main. Mais nous devons être prêts à l'affronter, quoi qu'il en coûte.

Jiacobi hocha la tête, mais l'incertitude persistait. L'idée de remettre en question la nature même de la vie et de la mort, d'entrer dans un territoire où la science et la magie se confondaient, le troublait. Cependant, il savait que plus ils s'éloignaient de l'énigme, plus l'ombre de cette vérité les rattraperait.

L'heure arriva enfin. La rencontre avec Renard allait se dérouler dans un laboratoire secret que celui-ci avait aménagé dans un ancien entrepôt, non loin du quartier de la Sorbonne. C'était un lieu isolé, à l'écart des regards, où le danger se cachait derrière chaque porte et chaque ombre.

Jiacobi et Pierre arrivèrent plus tôt que prévu dans la rue déserte, se faufilant sous un ciel lourd de nuages menaçants. Un silence oppressant régnait, comme si l'atmosphère attendait un événement imminent. Ils n'échangèrent que quelques mots, trop conscients de ce qu'ils s'apprêtaient à faire. Ils n'étaient plus de simples chercheurs en quête de vérité, mais des hommes marchant sur le fil du rasoir, les pieds dans l'abîme.

Ils frappèrent à la porte du laboratoire. Un cri étrange, presque inaudible, répondit de l'intérieur, avant qu'une silhouette familière ne s'esquisse à travers la vitre opaque de la porte. Renard leur ouvrit, cette fois sans un mot, mais son regard était plus sombre, plus intense que jamais.

L'intérieur du laboratoire était une antichambre de la folie. Des instruments de science mystérieuse, ainsi que des appareils dont Jiacobi ignorait jusqu'à l'existence, couvraient les tables. Dans un coin se dressait un autel étrange, surmonté de symboles ésotériques et d'objets inquiétants, qui semblaient tous avoir un lien avec l'anatomie humaine. Une odeur de désinfectant et de métal emplissait la pièce.

Renard les fit entrer sans un mot, puis referma la porte derrière eux. Le silence était pesant, interrompu seulement par le bourdonnement sourd des machines.

— Vous voyez ici, commença-t-il enfin, ce que le monde n'ose même pas envisager. La science peut tout. Mais ce qu'elle ne sait pas encore, c'est comment utiliser cette science pour défaire la mort elle-même. Tout ce que vous voyez autour de vous n'est qu'une fraction d'un puzzle plus vaste.

Il s'approcha d'une table métallique où reposait un corps humain, ou du moins ce qui en restait. Les chairs avaient été partiellement disséquées, l'intérieur du thorax était ouvert, dévoilant une structure étrange, comme un réseau de fils, de fibres métalliques, et de circuits biologiques mélangés.

— Ce n'est pas un simple cadavre, expliqua Renard d'une voix calme. Ce cadavre a subi une transformation, une réorganisation. C'est le résultat de mes recherches les plus abouties. La fusion de la chair et de la machine. Il est plus qu'humain. Il est une ébauche de ce que nous pourrions devenir.

Jiacobi sentit son cœur s'emballer. Pierre garda le silence, mais ses yeux devinrent de plus en plus pénétrants. La vision de ce corps mutilé et réassemblé le fascinait et le révulsait à la fois.

— Ce que vous voyez ici, continua Renard, est une partie du projet ultime. La transcendance. La possibilité de vivre au-delà de notre forme corporelle, de réécrire les lois de la biologie et de la mort. Nous pouvons, grâce à cette technologie, faire ce que l'Homme a toujours rêvé : contrôler son propre destin.

Paulin, qui les avait suivis de loin, entra discrètement dans la pièce, son visage aussi grave que celui des deux autres.

— Mais ce n'est pas possible, dit-il d'une voix sévère. Vous avez joué avec la vie de façon bien trop dangereuse. La science ne doit pas être un moyen d'atteindre l'immortalité. Elle ne doit pas devenir un piège.

Renard les fixa tous les trois, un sourire glacé s'étirant sur ses lèvres.

— Vous avez tort. La vérité, messieurs, c'est que l'immortalité n'est pas un rêve. C'est un choix. Et vous êtes ici, parce que vous avez déjà fait ce choix. Vous n'avez plus le pouvoir de revenir en arrière.

Une lourde sensation d'étau se resserra autour d'eux. Le piège se refermait.

Chapitre 40 : Le prix de l'éternité

Le silence dans la pièce devenait, comme un voile oppressant enveloppant les trois hommes. Le sourire énigmatique de Renard n'avait rien de rassurant. Il semblait les observer, les juger, comme un maître qui sait que son jeu est déjà joué.

Jiacobi échangea un coup d'œil furtif avec Pierre, avant de se tourner vers Paulin, dont le visage trahissait une anxiété grandissante. Ils étaient dans un cul-de-sac, et Renard le savait. Le piège était tendu, mais il n'était pas encore trop tard pour agir.

— Ce que vous proposez, Renard, dit Pierre d'une voix calme, mais ferme, n'est rien d'autre qu'une abomination. Ce corps que vous avez devant vous, vous l'avez détruit. Vous avez sacrifié l'essence même de l'être humain pour… pour quoi ? Une illusion d'immortalité ?

Renard leva les yeux au ciel, comme s'il se donnait une seconde pour réfléchir à la question avant de répondre, d'un ton presque apitoyé.

— Vous ne comprenez toujours pas. La vie n'est qu'une étape dans l'éternité. Ce que vous voyez ici n'est qu'une première expérimentation. Ce corps n'a pas été détruit, il a été… amélioré.

Vous êtes en face d'une étape essentielle de l'évolution. Imaginez pouvoir continuer à vivre, à explorer, à apprendre sans jamais être limité par les contraintes de votre propre chair. N'est-ce pas ce que vous cherchez tous, au fond ? À transcender votre condition mortelle ?

Jiacobi prit une grande inspiration pour calmer son esprit. Il ne voulait pas se laisser persuader par Renard, malgré l'attrait de l'idée d'une vie éternelle. Cette idée d'immortalité, d'une existence sans fin, n'était pas étrangère à ses rêves les plus fous. Mais il y avait une ligne qu'il ne voulait pas franchir, une ligne qu'il savait dangereuse à franchir. Le coût de l'immortalité semblait aller au-delà du simple concept du temps. Il percevait que cela allait bien plus loin.

— Le corps humain est fragile, oui, dit Jiacobi, mais c'est ce qui en fait toute la beauté. C'est notre mortalité qui nous rend profondément humains et qui nous incite à vivre, à aimer et à comprendre. Si vous ôtez cela, que nous reste-t-il ? Juste un mécanisme, un appareil dénué d'âme.

Renard le fixa intensément, ses yeux perçants semblant scruter son esprit.

— Vous êtes naïf, Jiacobi. L'âme, cette chose que vous chérissez tant, n'est qu'une construction fragile de l'esprit humain. L'immortalité ne peut exister sans transformation totale. Il n'y a pas de place pour la faiblesse dans ce monde. L'esprit doit se libérer du corps. Le corps n'est qu'un fardeau. Ce n'est pas un sacrifice, c'est une évolution. Et vous, vous êtes sur le point de la comprendre.

La lumière vacilla légèrement, et un frisson parcourut la pièce. Jiacobi se sentait de plus en plus accablé par les paroles de Renard, mais une part de lui résistait encore. Il regarda autour de lui, ses yeux s'arrêtant un instant sur les instruments chirurgicaux étalés sur la table métallique, l'organe humain toujours là, suspendu dans le temps, dans un état de préservation surnaturel. La tentation était grande, mais à quel prix ?

Soudain, Renard s'avança d'un pas, sa silhouette se découpant dans la lumière faible.

— Vous êtes arrivés jusqu'ici, et vous avez vu ce que j'ai accompli. Mais il reste encore un dernier test. Un test ultime. Vous avez dit que vous étiez prêts à tout comprendre, à tout sacrifier. Alors prouvez-le.

Renard fit un geste rapide, et les portes du laboratoire s'ouvrirent brusquement. Un groupe d'hommes en blouses blanches entra, portant un chariot sur lequel reposait un autre corps humain, à peine plus qu'un cadavre. Cette fois, il ne semblait pas modifié comme l'autre, mais était dans un état étrange, comme s'il avait été préalablement préparé pour une opération.

— Ce corps, expliqua Renard d'une voix grave, est celui d'un homme que nous avons choisi pour un ultime test. Il est volontaire, bien sûr. L'immortalité ne peut se donner à n'importe qui. Comme vous, il est prêt à tout, même à… transcender.

Jiacobi eut un haut-le-cœur. Il s'approcha malgré lui, attiré par l'objet étrange, une sensation de malaise profond l'envahissant.

— Qu'est-ce que vous allez en faire ? demanda-t-il, bien qu'il craignît déjà la réponse.

Renard lui sourit d'un air froid et dénué de toute pitié.

— Vous allez voir. Vous allez comprendre. Il ne s'agit pas seulement de prolonger l'existence. C'est une question de maîtrise absolue de la vie. Nous allons fusionner ce corps avec la technologie. Nous lui offrirons la capacité de vivre, non pas en tant qu'être humain, mais comme une entité transcendante, au-delà de vos rêves les plus fous.

L'homme en blouse blanche s'approcha du cadavre, un appareil complexe entre les mains. Il commença à connecter des câbles fins à la peau du corps inerte, injectant des substances dans ses veines. Le bourdonnement des machines s'intensifia, et la tension dans l'air monta d'un cran. Jiacobi sentit son estomac se nouer.

Il voulait partir. Il voulait fuir ce lieu, quitter Renard et ses visions grotesques de l'immortalité. Mais ses jambes semblaient ancrées au sol, son esprit tiraillé entre l'horreur de ce qu'il voyait et la curiosité insatiable qui le poussait à aller plus loin.

Renard attendit que le corps soit complètement connecté aux machines. Puis il se tourna vers Jiacobi et Pierre, leur fixant les yeux.

— Maintenant, nous allons voir si la transformation réussit. Si la fusion est complète.

Un lourd silence s'installa dans la pièce, suivi d'un bruit étrange, comme un grondement sourd provenant du corps inerte. Soudain, les machines s'illuminèrent d'un éclat aveuglant, et une lumière blanche éclata autour de l'homme, comme une explosion de vie et de mort entremêlées.

Jiacobi sentit la terreur l'envahir lorsqu'il réalisa que ce n'était pas simplement une expérience scientifique. C'était une quête effrayante, un saut dans l'inconnu, où la limite entre l'homme et la machine, la vie et la mort, allait disparaître à jamais.

Mais la question restait en suspens, comme une épée de Damoclès au-dessus de leurs têtes : jusqu'où étaient-ils prêts à aller pour découvrir la vérité ? Et, plus encore, quel prix paieraient-ils pour cette éternité promise ?

La lumière vacilla, et l'ombre du néant s'étendit autour d'eux.

Chapitre 41 : La frontière de l'indicible

La lumière blanche éblouissante se dissipa lentement, comme si le temps lui-même hésitait avant de reprendre son cours. Un silence lourd s'abattit sur la pièce, un silence qui semblait aspirer chaque souffle d'air, chaque bruit, dans une sorte de vacuum insoutenable. Jiacobi et Pierre restaient immobiles, leurs regards fixés sur le corps qui se trouvait sur la table, au centre de ce laboratoire devenu une scène d'une science apocalyptique.

L'étrange lumière s'estompa, et ce qui se passa ensuite donna à Jiacobi l'impression que le monde autour de lui se dérobait. Il y avait une énergie presque électrique, qui emplissait la pièce. Le corps sur la table tremblait imperceptiblement, comme s'il se réveillait d'un long sommeil.

Renard, qui observait l'expérience avec une intensité hypnotique, avança d'un pas. Il posa sa main sur l'épaule de l'homme en blouse blanche, qui semblait légèrement trembler, lui aussi. Un frisson parcourut le dos de Jiacobi alors qu'il réalisait que personne ne semblait totalement sûr de ce qui se passait.

Soudain, le corps inerte s'agita brusquement, comme un souffle de vie réanimé. Ses doigts se refermèrent en un mouvement saccadé, presque animal, et une brume froide sembla se répandre autour de lui, une aura sombre et indéfinissable.

— C'est... c'est impossible, murmura Pierre, ses yeux écarquillés d'horreur.

Mais Renard ne sembla pas perturbé. Au contraire, il sourit, comme un homme qui sait exactement ce qu'il fait, même lorsque tout semble échapper à la logique.

— Ce n'est qu'un début, Pierre, dit-il calmement. La fusion prend du temps. Mais c'est la première étape vers une nouvelle forme d'existence. Une forme d'existence où les limites du corps humain n'auront plus d'emprise. Nous avons franchi une étape, mais il faudra encore quelques heures avant que la transformation ne soit complète.

Jiacobi observa, incrédule, alors que le corps sur la table se soulevait lentement. Une chaleur intense émanait de lui, comme si chaque cellule, chaque fibre, se reconfigurait sous l'effet des machines. Les câbles, les aiguilles, les fils qui reliaient le corps aux instruments se tordaient et s'étiraient, se transformant eux aussi en une espèce de réseau vivant, une toile indéfinissable d'organes et de technologies, de chairs et de métaux. C'était comme une vision d'horreur et de beauté mêlées, une grotesque réinvention de la vie, dénuée de toute humanité.

Puis, lentement, le corps se redressa. Ses yeux s'ouvrirent, mais ce n'étaient pas des yeux humains. Une lueur étrange brillait dans ses pupilles, un éclat artificiel, non naturel, qui dégageait une froideur glacée. Le corps sembla regarder autour de lui, comme un être nouveau, une créature née d'une expérience impossible.

— Qu'est-ce que... qu'est-ce qu'il est devenu ? demanda Paulin d'une voix tremblante.

Renard se tourna lentement vers lui, un sourire amusé aux lèvres.

— Ce n'est que le début, une fois de plus. Ce n'est pas encore l'aboutissement, mais une phase de transition. Il est devenu ce que la science et la technologie peuvent produire lorsqu'elles se libèrent de leurs chaînes. Il n'est plus un homme, mais quelque chose au-delà de l'humain.

Le « nouveau » corps sur la table émit un grognement sourd, comme s'il tentait de parler, mais aucun son intelligible ne sortit de sa gorge. À la place, une vibration étrange se propagea dans l'air, une vibration que Jiacobi pouvait presque sentir dans ses os. L'être, ou plutôt ce qu'il était devenu, se redressa lentement. Son mouvement était lent, maladroit, comme un animal encore en train d'apprendre à marcher, mais il n'était plus tout à fait humain. Ses membres étaient trop longs, ses mouvements trop rigides, presque mécaniques.

Jiacobi recula instinctivement, mais son regard ne put se détacher de cette scène, captivé par l'horreur qui se déroulait devant lui. Malgré ses efforts pour nier la réalité, il savait au fond de lui que chaque seconde passée dans ce laboratoire l'entraînait un peu plus vers une vérité qu'il ne pouvait plus ignorer.

— Regardez, n'est-ce pas incroyable ? C'est la perfection, dit Renard, son ton chargé d'une fièvre froide. Ce corps transcende les limites humaines. Il n'a plus besoin de se nourrir ni de s'hydrater, et il ne vieillit plus. Il est libéré des contraintes biologiques. Il est immortel, ou presque. Chaque cellule de son être est désormais contrôlée, préservée, réinventée. Le corps est devenu une machine à vivre.

Mais à cet instant, quelque chose de sinistre se produisit. Le corps, ou plutôt la créature, s'arrêta brusquement, ses yeux se fixant sur Renard. Un bruit étrange se fit entendre, comme un grincement métallique, suivi d'un souffle rauque. La créature leva lentement la main et la posa sur son propre visage. Un cri déchira l'air, un cri d'agonie qui semblait venir d'une âme emprisonnée dans un corps qui ne lui appartenait plus.

Paulin s'éloigna précipitamment, son visage pâle de terreur.

— Il souffre, murmura-t-il. Il souffre d'être devenu ce qu'il n'était pas censé être.

Renard haussa les épaules, comme indifférent à la détresse de son « sujet d'expérience ».

— La souffrance fait partie du processus. Ce n'est qu'une étape temporaire. Une transition nécessaire. Ce corps est un pont entre l'humanité et ce que nous pourrons être dans l'avenir. La souffrance, la peur, tout cela va disparaître lorsque la fusion sera totale.

Jiacobi, quant à lui, ne pouvait s'empêcher de ressentir une profonde indignation face à cette logique implacable. Ce qu'il voyait devant lui n'était pas une évolution, mais une abomination. Il se tourna brusquement vers Pierre, dont le visage exprimait une gêne manifeste.

— Ce n'est pas de l'évolution, c'est une perversion, dit-il avec un ton presque suppliant. Il nous a trompés dès le départ. Ce n'est pas de la science, c'est une quête de pouvoir sur la vie et la mort, une quête qui nous mène droit à la destruction.

Pierre le regarda, mais, avant qu'il ne puisse répondre, la créature se tourna vers eux, ses yeux brillants d'une lumière démente. Elle fit un pas en avant, et ce simple geste suffit à faire monter la tension dans l'air.

Renard se tourna vers eux, un regard froid et inexpressif.

— Il semble que vous ne compreniez toujours rien, leur dit-il. Vous êtes déjà trop impliqués pour faire marche arrière. Cette quête… vous ne pourrez pas y échapper.

À ce moment-là, la créature émit un cri perçant, un cri qui semblait déchirer la réalité elle-même. Et à travers ce cri, Jiacobi réalisa : le véritable prix de l'immortalité n'était pas la vie éternelle, mais la damnation de l'âme. Et ce prix, ils allaient tous devoir le payer.

L'horizon de l'indicible s'étendait devant eux.

Chapitre 42 : L'ombre de la révolte

Le hurlement de l'être résonnait encore dans l'air, un écho sombre qui semblait se répéter dans chaque coin de la pièce. Jiacobi sentit un frisson glacé envahir son échine, et il se força à détourner les yeux. Il comprit que cet instant représentait un moment charnière. Une frontière venait d'être franchie, et tout ce qui allait suivre ne serait plus qu'une lente descente vers l'inconnu.

Le corps, ou ce qu'il en restait, se tenait là, figé dans une posture étrange, comme s'il luttait contre une force invisible. Ses membres, déformés par l'expérience, tremblaient sous le poids de la transformation. Ses yeux, vides de toute humanité, brillaient d'une lueur froide et mécanique, un reflet d'une âme perdue, emprisonnée dans une carcasse de métal et de chair.

Le renard, indifférent à la détresse manifeste de son protégé, affichait une expression de complaisance. Un sourire triomphant flottait sur ses lèvres.

— Ce cri… dit-il d'un ton distant, ce cri fait partie du processus. C'est la libération de l'âme, une transition douloureuse vers quelque chose de plus grand, de plus… parfait.

Paulin, qui jusque-là, était resté figé, se redressa brusquement. Il n'arrivait plus à contenir sa révolte.

— Par pitié, Renard, vous jouez à un jeu dangereux. Cet individu n'est pas un sujet d'expérimentation. Vous avez créé une monstruosité, pas une avancée scientifique. Ce n'est plus de la médecine, c'est une abomination !

Le regard de Renard se fit plus dur, mais un éclat de satisfaction brilla dans ses yeux.

— Vous êtes un idéaliste. Vous pensez que tout doit rester pur et humain, que les limites doivent être respectées. Mais ce que vous ignorez, c'est que l'humanité, telle que vous la concevez, est trop fragile. Elle doit être transcendée. La douleur est un passage, une étape vers la perfection. Vous ne comprenez pas encore, mais vous comprendrez.

Jiacobi, son esprit en ébullition, se tourna vers Pierre. Il pouvait voir la terreur dans les yeux de son ami, mais aussi une inquiétude croissante, une hésitation. Tout cela n'était plus qu'un jeu cruel pour Renard, un test sans fin, une quête de pouvoir.

— Nous devons partir, Pierre, dit Jiacobi, son souffle saccadé. Il n'y a pas de science ici. Ce que nous avons vu, c'est un monstre, une victime d'un esprit dévoyé. Si nous ne partons pas maintenant, nous risquons de devenir les prochaines pièces du puzzle de Renard.

Pierre hocha lentement la tête, mais il semblait toujours captif de la scène qui se déroulait sous ses yeux. Renard était devenu une sorte de maître de ce labyrinthe sombre, et Jiacobi savait que l'issue ne serait pas facile. Leurs vies étaient désormais entre les mains d'un homme qui ne reculait devant rien pour atteindre ses objectifs.

La créature, toujours suspendue entre la vie et la mort, leva la tête vers eux. Un souffle rauque, presque inhumain, s'échappa de ses lèvres. Il semblait vouloir parler, mais aucun mot intelligible ne s'échappa. Puis, dans un mouvement étrange, la créature tendit la main vers Renard, comme si elle cherchait à l'atteindre.

Renard s'approcha lentement, son regard perdu dans celui de la créature. Un instant de connexion étrange se produisit, comme une fusion d'esprits, un moment suspendu dans le temps. Mais au lieu de réconfort, ce regard renvoyait une profonde angoisse. La créature n'était plus qu'une ombre de ce qu'elle avait été, et Renard semblait le comprendre à cet instant.

— Il souffre, dit-il lentement, son ton maintenant chargé d'un autre poids, d'une hésitation qu'il n'avait pas montrée jusque-là. Peut-être qu'il n'est pas prêt. Peut-être qu'il y a encore des erreurs à corriger dans le processus.

Jiacobi sentit son cœur s'emballer. C'était la première fois que Renard exprimait un semblant de doute, un semblant de regret. Mais cela ne suffisait pas pour détourner son attention. La créature avait besoin de libération, et cela n'avait rien à voir avec les projets de Renard.

Sans avertir, Jiacobi se dirigea rapidement vers la table où reposaient des instruments chirurgicaux, cherchant quelque chose, n'importe quoi, pour mettre fin à cette abomination. Son regard se posa sur un scalpel tranchant, posé juste à côté.

Paulin s'approcha de lui, les yeux pleins de terreur.

— Qu'est-ce que tu fais ? Tu ne peux pas…

— Si, je dois le faire. C'est la seule façon de mettre fin à ça, dit Jiacobi d'une voix ferme. Nous devons l'arrêter avant qu'il ne soit trop tard.

Renard, averti par le bruit des pas précipités de Jiacobi, se retourna brusquement, un éclair de colère traversant son regard.

— Ne touchez pas à cette créature, dit-il d'un ton menaçant. Vous n'avez aucune idée de ce que vous risquez en faisant ça. Vous ne comprenez rien !

Mais Jiacobi, dans un accès de détermination, saisit le scalpel, le brandissant dans la direction de la créature. Un instant de silence s'installa alors que la créature le fixait, ses yeux emplis d'une tristesse infinie. Puis, dans un mouvement vif et désespéré, Jiacobi plongea l'instrument dans la connexion entre les machines et le corps de la créature, espérant libérer son âme piégée.

Le cri qui s'ensuivit, ce cri déchirant, fut celui d'une créature qui avait encore un peu d'humanité en elle, mais qui était perdue dans le tourbillon de la science dévoyée. Le corps trembla, les câbles se déconnectèrent, et l'éclat de lumière s'éteignit, laissant place à une obscurité oppressante.

Renard hurla, furieux, alors que la créature s'effondrait dans un dernier spasme. La pièce se remplissait d'une tension insupportable. Le destin de cette abomination était désormais scellé.

Jiacobi, son cœur battant, se tourna vers Pierre et Paulin.

— Nous devons fuir, maintenant, avant que Renard ne nous fasse payer notre révolte. Ce qu'il a créé est mort, mais lui… lui, il est toujours là.

Renard, furieux, se précipita vers eux, mais le mal était déjà fait. Jiacobi savait qu'à partir de ce moment-là, il n'y avait plus de retour en arrière. La vérité qu'ils avaient entrevue, cette vérité qui les avait poussés à prendre tant de risques, était bien plus terrible que ce qu'ils avaient imaginé. La quête de l'immortalité ne laissait rien derrière elle, que ruines et souffrances.

Leur fuite commença, mais derrière eux, l'ombre de Renard les suivait déjà. Une ombre bien plus grande que ce qu'ils auraient pu imaginer.

Chapitre 43 : Le Poids du Secret

La fuite s'était imposée avec une urgence pressante. Les couloirs du laboratoire, autrefois en apparence ordonnés et aseptisés, semblaient désormais labyrinthiques, presque vivants, comme si les murs eux-mêmes cherchaient à les retenir. Chaque pas résonnait lourdement dans l'espace silencieux, amplifiant la sensation que le temps, à ce moment précis, s'était suspendu.

Renard, furieux, les poursuivait. Son cri de rage s'était perdu dans les échos des couloirs. Mais Jiacobi savait que l'homme derrière eux était plus qu'un simple savant. Il était devenu quelque chose de plus, une ombre parmi les ombres, un chercheur de vérité qui, à force d'aller trop loin, avait traversé les frontières de la raison pour se perdre dans la folie. La créature qu'il avait créée n'était que la première étape, un avertissement pour ceux qui osaient défier ses desseins.

Jiacobi, Pierre et Paulin couraient sans réfléchir, le souffle court. Ils avaient frôlé la catastrophe. L'horreur de ce qu'ils avaient vu, de ce qu'ils avaient été forcés de faire, continuait de les hanter, comme une tache indélébile. La créature, ce corps transformé, n'était qu'un fantôme de ce qu'aurait pu être le futur. Un futur où la chair et l'âme se mêlaient sans pudeur ni limites.

— Où allons-nous ? demanda Paulin, la voix tremblante de terreur.

Jiacobi ne répondit pas immédiatement. Il n'avait aucune idée précise de la direction à prendre, mais l'instinct de survie l'avait poussé à choisir un chemin, n'importe quel chemin, qui les éloignerait de Renard et de son expérience maudite. Les rues de Paris, à cette heure de la nuit, étaient désertes, comme si la ville entière avait décidé de se détourner du mal qui se jouait sous ses pavés.

— Nous devons sortir de la ville, dit-il finalement. Renard a des ressources, des alliés. Nous ne pouvons pas rester ici, pas un instant de plus.

Pierre hocha la tête, mais son visage était une mer calme, contrastant avec l'agitation de son esprit. Il avait vu des choses qu'il n'avait jamais imaginées, des scènes qui resteraient gravées dans sa mémoire. Mais il n'avait pas le choix : suivre Jiacobi était désormais la seule option. La fuite semblait être leur unique salut.

Le trio se retrouva bientôt dans une petite taverne de la banlieue, à peine éclairée, dont la devanture délavée semblait résister aux assauts du temps. C'était un refuge discret, choisi pour sa tranquillité, son isolement, loin des regards. Mais même ici, la tension persistait. Chaque bruit, chaque mouvement, semblait être une alerte. La peur s'insinuait dans leurs veines, sourde et oppressante.

Ils s'installèrent à une table, dissimulée dans l'ombre, leurs visages fatigués et marqués par la terreur. Leurs vêtements étaient en désordre, et l'odeur de la sueur et de la poussière de la fuite emplissait l'air autour d'eux.

— Que faisons-nous maintenant ? demanda Pierre, sa voix basse, presque imperceptible.

Jiacobi se pencha en avant, son regard brillant d'une lueur déterminée.

— Nous devons comprendre ce que Renard cherche réellement. Nous avons vu son laboratoire, son travail, mais nous ne savons pas tout. Il y a des pièces du puzzle qu'il ne nous a pas montrées. Il doit y avoir des documents, des indices sur ce qu'il a l'intention de faire ensuite.

Paulin, toujours nerveux, se tourna vers lui.

— Mais comment accéder à tout ça ? Renard ne nous laissera pas nous échapper aussi facilement. Il doit avoir des hommes, des alliés. Et s'il découvre où nous sommes… il ne nous laissera pas tranquilles.

Jiacobi fixa son regard sur lui, puis sur Pierre. Une idée se forma lentement dans son esprit, une idée risquée, mais qui pourrait leur permettre d'aller au cœur du problème.

— Nous devons retourner à la faculté. Il y a des archives, des rapports, des documents qui nous donneront une idée plus claire de ce qu'il manigance. Si nous avons un peu de chance, nous pourrons trouver la clé pour arrêter tout ça.

Pierre soupira, l'air épuisé.

— Retourner là-bas… c'est risqué, Jiacobi. Renard a sûrement sécurisé tout le bâtiment. Et s'il découvre que nous avons des informations qu'il veut garder secrètes…

— Ce n'est pas le choix qui manque, Pierre. Nous avons vu de nos propres yeux ce qu'il est capable de faire. Nous ne pouvons pas rester à l'écart, laisser cette folie se répandre. Nous devons agir avant qu'il ne soit trop tard.

Le regard déterminé de Jiacobi se fixa sur l'horizon, comme s'il voyait déjà au-delà de la pièce, au-delà des murs de cette taverne où ils cherchaient à se cacher.

— Nous n'avons plus le luxe de l'indécision. Il faut que l'on agisse vite, avant que tout nous échappe. La vérité est là-bas, et nous devons la trouver. Si nous n'arrêtons pas Renard, ce qu'il a commencé pourrait bien engloutir tout ce que nous connaissons.

Un silence pesant s'installa entre eux. Les heures s'égrenaient, mais le danger, lui, restait tapi dans l'ombre. Il n'y avait pas de retour en arrière. Plus de recul possible. Seule l'action pouvait leur permettre de découvrir ce qui se cachait derrière les recherches de Renard. Ce qu'il avait entamé n'était pas une simple quête scientifique. C'était un voyage dans l'inconnu, dans la destruction même de ce que l'humanité avait de plus sacré.

Et dans cette course effrénée vers la vérité, ils allaient découvrir que l'ombre de Renard n'était pas le seul piège qu'ils avaient à affronter.

Chapitre 44 : Le Pacte de l'Ombre

Les ténèbres qui enveloppaient leur monde semblaient se resserrer davantage à chaque minute qui passait. Jiacobi savait que, seule, leur chance de stopper Renard et ses expérimentations était mince, peut-être même inexistante. Mais il y avait quelque chose qu'il avait découvert au cours de ses recherches, un espoir fragile, mais tangible : l'Ordre. Un groupe énigmatique, discret, qu'il avait aperçu dans les archives de la faculté. Certains murmuraient qu'il s'agissait d'une société secrète, dont les membres se consacraient à la protection du savoir interdit. Les rumeurs laissaient entendre qu'ils avaient une influence considérable dans les cercles les plus sombres de la science et de l'ésotérisme.

Paulin, inquiet, mais résolu, avait une idée.

— Nous avons une chance, dit-il soudainement, en se redressant dans sa chaise. L'Ordre. Si nous leur parlons de ce que Renard fait, peut-être qu'ils nous aideront. Ils connaissent des choses, des gens. Ce n'est pas une simple organisation académique. C'est plus… ancien, mystérieux.

Jiacobi tourna lentement la tête vers lui, le regard perçant.

— Vous parlez de l'Ordre du Serpent ? dit-il, une lueur d'inquiétude dans la voix. Mais ce groupe est dangereux, Paulin. Si nous y allons sans savoir exactement où nous mettons les pieds, nous risquons de nous perdre à jamais. Qui sait ce qu'ils cachent dans leurs rangs…

Paulin ne détourna pas les yeux. Il était convaincu.

— Peut-être, mais nous n'avons pas le choix. Renard joue un jeu bien plus vaste que ce que nous imaginons, et sans l'aide de personnes qui comprennent ce genre de savoir, nous sommes condamnés à échouer. Je les ai rencontrés, par le passé, à quelques reprises. Ils sont plus puissants que tu ne le penses. Leur réseau est global, et ils ont des ressources que même Renard n'imagine pas.

Pierre, qui, jusqu'alors, était resté silencieux, hocha la tête. L'idée semblait risquée, mais c'était la seule option qui s'offrait à eux. Il n'avait pas confiance dans cet Ordre mystérieux, mais il savait que la situation était désespérée.

— Si l'Ordre peut nous aider à stopper Renard, alors je suis prêt à les rencontrer. Mais soyons prudent, Maître Paulin. Nous n'avons aucune idée de ce dans quoi nous nous engageons.

Paulin prit une profonde inspiration, avant de se redresser davantage.

— Je les connais. Ils ne sont pas faciles à trouver, mais j'ai des contacts. Nous devons d'abord nous rendre à l'endroit où ils se rassemblent. Ce n'est pas un lieu public. C'est caché dans les quartiers anciens de Paris, là où les traces du passé sont à peine perceptibles. Un ancien bâtiment, abandonné depuis des décennies, que seule une poignée d'initiés savent encore localiser.

Jiacobi croisa les bras, l'esprit en effervescence. L'idée de se mêler à une organisation secrète le mettait mal à l'aise, mais la gravité de la situation le poussait à envisager toutes les options.

— Très bien, dit-il finalement. Nous n'avons pas d'autre choix. Mais nous devons être prudents. Si nous tombons dans un piège, ce sera la fin.

Paulin acquiesça.

— Je vais contacter quelqu'un pour nous orienter vers le lieu de réunion. Mais nous devons y aller discrets, et à l'aube. L'Ordre agit souvent dans l'ombre, et il vaut mieux ne pas se faire repérer trop tôt.

Pierre regarda Paulin avec suspicion.

— Et quand bien même nous parviendrions à les convaincre, comment être sûrs qu'ils nous aideront vraiment ?

Paulin se tourna vers lui, un air sérieux sur le visage.

— Ils ont leurs propres règles, leurs propres raisons. Ce n'est pas un groupe que l'on peut manipuler. Mais si ce que nous disons est vrai, ils auront intérêt à nous écouter. Renard a franchi une ligne. Si nous parvenons à leur prouver qu'il a violé des interdits anciens, des lois qu'ils respectent, ils nous prêteront leur soutien.

Jiacobi se leva enfin, déterminé.

— Alors, faisons-le. Mais restons sur nos gardes. Nous entrons dans un monde où tout peut basculer d'un instant à l'autre. Rien ne garantit que ce que nous découvrons au sujet de Renard ne soit pas qu'une facette d'une vérité bien plus vaste. Si nous voulons avoir une chance, il nous faut des alliés, même dans l'ombre.

La décision fut prise. Ils se préparèrent à partir, leurs visages marqués par l'incertitude de l'avenir. La nuit était toujours là, en dehors de la petite fenêtre de la taverne, mais, dans leurs esprits, un nouveau chemin s'éclairait, aussi risqué et incertain soit-il.

Le voyage vers l'Ordre avait commencé. Mais Jiacobi savait une chose : une fois qu'ils auraient franchi le seuil de ce monde secret, il n'y aurait plus de retour. Ils s'aventuraient dans une sphère de mystère où l'ombre de Renard pourrait se révéler encore plus imposante, plus omniprésente, que ce qu'ils avaient imaginé. Le véritable visage de la vérité n'était peut-être qu'une illusion, une facette d'un gouffre qui les engloutirait tous.

Ils n'avaient d'autre choix que d'avancer.

Chapitre 45 : La Voie de l'Ordre

La pluie tombait en rideaux discrets sur les pavés de Paris, emportant avec elle la poussière des jours passés. La ville, elle aussi, semblait se préparer à l'inconnu. La rencontre avec l'Ordre du Serpent marquerait le début d'un voyage où les frontières entre science, mysticisme et vérité s'effaceraient. Jiacobi, Paulin et Pierre se tenaient à l'entrée de la rue déserte, face à un vieux bâtiment abandonné depuis longtemps, les murs recouverts de lierre et de mousse, comme si le temps lui-même avait voulu effacer son existence.

Ils n'avaient plus le choix. Renard, avec ses expériences macabres, était une menace bien trop grande pour qu'ils puissent l'affronter seuls. C'était dans cet endroit qu'ils pourraient peut-être trouver des alliés. Des alliés qui comprenaient la profondeur des mystères que Renard avait explorés, et qui savaient comment les maîtriser.

Alors que le vent froid balayait les rues vides, Paulin se tourna vers eux.

— Nous devons y aller. Ce n'est pas un endroit pour les hésitations. Ceux qui nous attendent à l'intérieur ne pardonnent pas les faiblesses.

Jiacobi hocha la tête, son regard sombre fixé sur la porte du bâtiment. Il savait ce qui les attendait, ou du moins, il le supposait. L'Ordre du Serpent n'était pas un groupe comme les autres. C'était une organisation secrète, imprégnée de mystères antiques, dont l'existence semblait défier les lois du temps. Leur but était de préserver les anciens savoirs et d'initier les dignes à la vraie connaissance. Mais Jiacobi savait aussi qu'aucune promesse de vérité n'était sans risque. Si cet Ordre acceptait de les aider, ce ne serait pas sans une contrepartie.

Ils franchirent la porte d'entrée dans un silence absolu. À l'intérieur, les murs étaient recouverts de tapisseries anciennes, des symboles mystérieux décorant l'espace. La lumière tamisée des chandelles dansait sur les surfaces, projetant des ombres longues et sinistres. Un parfum étrange, à la fois entêtant et apaisant, flottait dans l'air. Ils avancèrent lentement, leurs pas résonnant dans le vide de ce lieu hors du temps.

Paulin les guida à travers un long couloir. Puis, au détour d'un dernier virage, ils arrivèrent dans une salle circulaire, un sanctuaire dissimulé au cœur de ce bâtiment oublié. Autour de la salle, des fauteuils en velours rouge étaient disposés en cercle, et au centre, une table basse sur laquelle étaient disposées d'anciens manuscrits et artefacts mystérieux. Les murs étaient ornés de symboles alchimiques, de dessins énigmatiques représentant des transmutations mystiques, des serpentins s'entrelacent pour former des figures mythologiques.

Au fond de la salle, un groupe d'individus vêtus de robes sombres se leva à leur approche. Leurs visages étaient cachés derrière des masques d'argent finement ciselés, mais leurs yeux brillaient d'une lueur intense, presque surnaturelle. L'un d'eux s'avança, son regard perçant se posant sur Jiacobi.

— Paulin, dit l'homme d'une voix grave, vous êtes venu accompagné. Ces deux-là… ?

Paulin s'inclina respectueusement devant l'homme.

— Ces hommes sont dignes de notre confiance, leur expliqua-t-il, la voix tremblante de respect. Ce sont des chercheurs, des âmes prêtes à embrasser la vérité, peu importe le prix.

Les membres de l'Ordre murmurèrent entre eux, évaluant l'authenticité de ses paroles. Finalement, l'homme qui semblait être le plus âgé, dont la présence imposante émanait une sagesse ancienne, s'approcha de Jiacobi.

— Vous désirez la vérité, jeune homme, mais la vérité n'est jamais ce que l'on croit. La quête du savoir est une voie semée d'embûches, et beaucoup de ceux qui l'ont empruntée se sont perdus dans les ténèbres. Êtes-vous prêt à en payer le prix ?

Jiacobi, son cœur battant fort dans sa poitrine, leva la tête pour rencontrer le regard de l'homme. Il n'eut aucun doute. Il était prêt.

— Oui, répondit-il d'une voix ferme, je suis prêt à tout pour comprendre.

L'homme sourit derrière son masque, un sourire qui ne révéla aucune émotion, mais dont la signification était claire : il avait jugé Jiacobi digne.

— Très bien, dit-il. Si vous souhaitez réellement entrer dans notre Ordre, vous devez d'abord comprendre ce que cela signifie. La voie de l'Ordre du Serpent n'est pas une simple quête de savoir. Elle est une transformation de l'âme, un voyage initiatique où chaque pas vous rapproche de la vérité, mais aussi du danger. La connaissance n'est pas une fin en soi, mais un moyen. Un moyen de transcender la condition humaine, de vous élever au-delà des limites de votre corps et de votre esprit.

Jiacobi sentit un frisson parcourir son échine. Ce qu'il venait d'entendre, ce n'étaient pas simplement des mots. C'était une promesse. Et cette promesse le tirait inexorablement vers un destin qu'il n'aurait pu imaginer.

L'homme leva alors les bras, un geste solennel.

— Bienvenue dans l'Ordre du Serpent, Jiacobi. Que votre quête commence ici, dans l'ombre de la vérité.

Un silence profond s'installa dans la pièce. Jiacobi, maintenant membre de l'Ordre, sentait une nouvelle énergie s'emparer de lui. Une énergie ancienne, vibrante de pouvoir et de mystère. Il savait que son destin était désormais scellé.

Mais, dans ce même instant, une pensée traversa son esprit. *Est-ce vraiment la vérité que je cherche, ou suis-je simplement en train de me perdre dans l'illusion d'un savoir qui pourrait me détruire ?*

Mais il n'avait plus le choix. Le chemin était tracé. Et il allait devoir avancer, même si cela signifiait s'aventurer là où la lumière n'atteint jamais.

Chapitre 46 ; Le Sceau de l'Ordre

La pluie qui s'abattait sur Paris semblait laver les derniers vestiges de l'incertitude qui avaient assiégé Jiacobi et ses compagnons au cours des dernières semaines. L'Ordre du Serpent, après avoir examiné en profondeur les découvertes de Renard, avait décidé que l'homme et ses recherches devaient être éradiqués. Leurs membres, maîtres du savoir ancien et des forces occultes, n'avaient pas hésité un instant : Renard et ses expérimentations allaient être réduits au silence, une fois pour toutes.

Jiacobi, bien que membre désormais de cet Ordre mystérieux, n'était qu'un témoin de ce qui se préparait dans l'ombre. Les actions de l'Ordre étaient d'une discrétion absolue. Rien ne laissait transparaître l'ampleur de leur intervention. Ils œuvraient dans l'ombre, et Renard, dans sa quête pour repousser les frontières de la science et de la mort, était désormais un obstacle à leur propre vision de la vérité.

Dans un silence glacé, l'Ordre avait agi. Ils avaient infiltré les cercles proches de Renard, démantelé son réseau d'alliés et effacé toutes traces de ses recherches interdites. La nuit où l'opération eut lieu, aucune alarme ne sonna. Rien n'indiqua que Renard avait été pris dans un piège tendu avec une précision chirurgicale. Il disparut sans laisser de traces, emportant avec lui ses secrets. Les preuves de ses expérimentations, ses découvertes sur l'immortalité, et cet organe macabre qu'il avait exhibé devant l'assemblée, furent effacées à jamais. L'Ordre du Serpent, dans sa sagesse, savait que certaines connaissances étaient trop dangereuses pour exister.

Le lendemain matin, la Sorbonne semblait plongée dans un calme étrange. Les étudiants se pressaient dans les couloirs, sans savoir qu'un danger immédiat avait été évité. Le spectre de Renard et de ses recherches ténébreuses avait été dissipé. Mais Jiacobi, bien qu'il se sentît soulagé, savait qu'une partie de lui-même était déjà changée à jamais. La décision de l'Ordre n'était pas anodine. L'équilibre entre la connaissance et le pouvoir, une fois perturbé, laissait toujours des traces.

Pendant plusieurs jours, Jiacobi sentit un étrange apaisement. L'université retrouvait son rythme normal, les discussions entre étudiants reprenaient, et les séminaires se tenaient sans que l'ombre de Renard n'y soit évoquée. Toutefois, derrière cette tranquillité apparente, Jiacobi ne pouvait s'empêcher de se demander si la vérité qu'il poursuivait, à travers l'Ordre et ses mystères, valait le prix qu'il avait payé.

Il reprit ses études à la Sorbonne, sans plus de doutes sur son avenir immédiat. Les recherches qu'il avait entreprises avant sa rencontre avec l'Ordre prenaient une nouvelle tournure. Désormais, il n'était plus un simple étudiant à la recherche de la vérité, mais un initié, un membre d'une organisation puissante et secrète.

Ses cours en médecine et en alchimie prenaient un sens plus profond, une dimension qu'il n'avait pas envisagée auparavant. À chaque page qu'il tournait, à chaque conférence qu'il suivait, il ressentait l'appel d'un savoir plus ancien, plus pur, plus dangereux.

Cependant, la présence de l'Ordre planait sur lui comme un voile invisible. Il savait que tout ce qu'il apprenait à l'université n'était qu'une préparation pour des vérités qui ne pouvaient être pleinement comprises que dans l'ombre de l'Ordre. Et la quête de cette vérité, tout en lui étant agréable, se faisait aussi lourde à porter.

Les jours se succédaient paisiblement, mais un malaise perçu à peine, un léger vent froid dans l'air, lui rappelait que l'équilibre retrouvé à l'université n'était qu'une illusion fragile. Ses pensées, bien que souvent dirigées vers ses études, se tournaient fréquemment vers le mystère de l'Ordre et de ses enseignements. L'alchimie, la transformation spirituelle, les rituels occultes : tout cela, désormais, faisait partie de son existence. Mais Jiacobi savait qu'il ne pourrait pas rester dans cette tranquillité éternellement. Un jour, la vérité ultime, celle qu'il recherchait, le forcerait à sortir de l'ombre, à affronter des réalités qu'il ne pourrait plus ignorer.

Il se surprenait parfois à observer les autres étudiants, à voir la naïveté qui les habitait. Aucun d'eux ne savait ce qui se tramait sous la surface, dans les recoins sombres de la science et du mysticisme. Et pourtant, tout ceci faisait désormais partie de son monde.

Le calme revint, oui, mais Jiacobi savait que ce n'était qu'un répit. Un moment suspendu avant que la roue du destin ne reprenne sa course. Il poursuivit ses études à la Sorbonne avec une concentration renouvelée, un homme changé, marchant sur un chemin dont les contours lui échappaient encore, mais qu'il avait, à sa manière, choisi d'embrasser. Ce n'était plus un chemin de simple savoir académique, mais un voyage initiatique, à la croisée des mondes visibles et invisibles, où chaque découverte devenait à la fois une bénédiction et une malédiction.

Il se demandait souvent, dans le silence de sa chambre, ce qu'il aurait fait si l'Ordre ne l'avait pas guidé. S'il avait continué à chercher sans fin, perdu dans les labyrinthes de la connaissance humaine, sans jamais vraiment toucher à l'essence de la vérité. Mais à présent, il le savait. Le prix du savoir était plus élevé qu'il n'aurait jamais pu l'imaginer, et il avait été accepté, à sa manière, dans cette danse avec l'invisible.

Le calme était revenu à l'université, mais Jiacobi savait que son chemin ne serait plus jamais aussi simple.

Chapitre 47 : L'Initiation

Le souvenir de son initiation à l'Ordre du Serpent était encore vif dans l'esprit de Jiacobi, comme une lueur à laquelle il se raccrochait dans ses moments de doute. Ce soir-là, il avait franchi un seuil, et sa vie, jusque-là consacrée à la recherche scientifique, s'était ouverte à une dimension plus profonde, plus mystique.

Il se souvenait de la voix de Paulin, calme et impérieuse, qui résonnait dans la salle secrète. « *Il est important que tu comprennes l'importance de la Chrysopée, héritage de Cléopâtre. Les anciens alchimistes croyaient que la véritable transformation ne réside pas seulement dans la manipulation des éléments, mais dans la purification de l'âme.* »

Jiacobi avait écouté, fasciné, capturé par ces mots qui l'avaient plongé dans une réflexion bien au-delà de la science pure. La Chrysopée, cette quête de transformation, n'était pas seulement une alchimie des métaux, mais de l'esprit. Il comprenait alors que sa quête, désormais, ne serait plus seulement scientifique, mais spirituelle. La fusion de la matière et de l'esprit, de la matière et de l'âme, représentait l'idéal de la Chrysopée, un idéal qu'il se sentait prêt à embrasser.

Le soir de l'initiation, Paulin lui avait parlé d'une épreuve. Une épreuve qui déterminerait s'il était digne de rejoindre l'Ordre. La salle, toute de pierres sombres et de chandelles tremblotantes, semblait empreinte d'un poids ancien, celui de siècles de savoirs et de mystères accumulés. Chaque masque dissimulant les visages des membres semblait renfermer des secrets indicibles.

« Ce soir, tu seras mis à l'épreuve, » avait dit Paulin. *« Les membres de l'Ordre te poseront des questions sur les vérités que tu as découvertes. Ils chercheront à voir si tu es prêt à embrasser non seulement la science, mais aussi la sagesse. »*

Il se rappelait encore l'approche des membres masqués, leur regard perçant, comme s'ils cherchaient à sonder son âme. C'était une épreuve sans retour, un test auquel il devait se soumettre sans faille. Ils lui posèrent des questions sur la Chrysopée, sur la transformation spirituelle et physique qu'elle impliquait, sur les enseignements de Cléopâtre. Ces questions n'étaient pas seulement intellectuelles : elles l'avaient forcé à plonger dans ses propres réflexions, dans les profondeurs de son âme.

Quand l'un d'eux lui avait demandé ce qu'il savait de la Chrysopée, Jiacobi avait pris une profonde inspiration, se souvenant des paroles qu'il avait lues dans les anciens textes alchimiques.

— *« La chrysopée, »* avait-il répondu, *« n'est pas seulement une technique de transformation des métaux. C'est une métaphore de la quête spirituelle, du processus par lequel l'homme transforme ses propres limitations en sagesse. Cléopâtre, en tant que gardienne de ces savoirs, savait que l'alchimie n'était pas qu'une science, mais une voie vers la purification de l'âme, une voie vers l'illumination. »*

Le silence s'était abattu dans la pièce. Puis, un murmure approbateur avait circulé parmi les membres masqués. Un d'eux, une silhouette vêtue de noir et portant des symboles alchimiques, lui avait demandé de poursuivre.

« La chrysopée n'est pas simplement une philosophie. Elle exige une pratique. Es-tu prêt à affronter les défis qui t'attendent, à plonger dans les mystères et à te confronter à tes propres démons ? »

Jiacobi n'avait pas hésité. Il savait ce qui l'attendait, et son esprit était résolu. *« Oui, je suis prêt. Je comprends que pour atteindre la lumière de la connaissance, je dois d'abord affronter les ténèbres de l'ignorance. »*

La salle s'était alors ouverte sur une nouvelle épreuve. Une porte secrète s'était ouverte lentement, laissant apparaître un espace empli de manuscrits anciens, de symboles alchimiques gravés dans les pierres et d'objets énigmatiques. C'était un lieu à la fois sacré et intimidant, un sanctuaire d'énigmes et de défis. Chaque objet semblait renfermer un secret profond, une leçon alchimique sur l'âme humaine, une épreuve qui le mènerait à une nouvelle compréhension de lui-même et de l'univers.

Jiacobi s'y était engagé sans une seconde pensée. Ses yeux parcouraient les énigmes, les symboles, chacun demandant une réponse qui ne pouvait se trouver que dans la profondeur de son esprit et dans sa capacité à transcender les dogmes de la science conventionnelle.

Au fur et à mesure qu'il résolvait les énigmes, une transformation se produisait en lui. Il ne s'agissait plus seulement d'intellect, mais d'une immersion dans sa propre psyché, une alchimie intérieure qui l'obligeait à se débarrasser de ses peurs et de ses doutes, à affronter ses propres ténèbres.

Quand enfin, après des heures de contemplation et de réflexion, Jiacobi réussit à résoudre la dernière énigme, la salle s'illumina d'une lumière douce et dorée. Les membres de l'Ordre se levèrent, leurs masques tombants, révélant leurs visages marqués par les âges et la sagesse accumulée. Parmi eux, Paulin lui adressa un regard approbateur.

« *Bienvenue, Jiacobi,* » dirent-ils en chœur, leur voix résonnant comme un écho à travers les siècles. « *Tu as prouvé ta valeur. À partir de ce jour, tu es un membre à part entière de l'Ordre du Serpent. Que tes études et ta quête de connaissance t'illuminent sur le chemin de la chrysopée, comme elles l'ont fait pour Cléopâtre. Dans les jours à venir, nous te dévoilerons le rôle que tu auras à jouer parmi nous.* »

Jiacobi, en ce moment même, se sentit transcendé, à la fois humble et exalté. Il était désormais lié à un héritage plus ancien que le temps, un savoir caché et précieux. Il savait que ce n'était que le début. Un chemin long, difficile, mais rempli de sagesse l'attendait. Ce qu'il avait cherché à la Sorbonne n'était qu'un fragment de ce qu'il découvrirait désormais. Son avenir, désormais enchevêtré avec celui de l'Ordre, était un voyage d'une profondeur infinie. Mais une chose était certaine : il était prêt.

Le Manuel de l'ordre

Bienvenue, initié, dans le *Manuel de l'Ordre*, un guide sacré et un recueil de connaissances profondes destiné à ceux qui, comme vous, cherchent à percer les mystères les plus insondables de notre confrérie. Ce texte n'est pas seulement un manuel, mais un héritage vivant, une source de lumière et de vérité, transmise au fil des siècles, forgée dans l'ombre des plus grands mystiques et des esprits les plus éclairés de notre tradition. Il est la clef qui vous ouvrira les portes des secrets anciens, réservés à ceux qui sont dignes d'en comprendre la portée.

Ce manuel est plus qu'un simple ensemble de règles et d'enseignements ; il est un voyage spirituel, un miroir de la quête perpétuelle de la sagesse. Chaque parole inscrite ici est un écho des ancêtres qui ont tracé cette voie, imprégnée de leur savoir et de leur sagesse ancestrale. En son sein réside l'essence de l'Ordre : les rituels, les lois, les principes qui régissent notre action et notre pensée, nous guidant dans l'exécution de notre mission sacrée. Loin de n'être qu'un recueil figé dans le temps, le manuel se transforme, évolue, se nourrit des expériences des membres qui le suivent, s'adaptant aux défis contemporains sans jamais compromettre son essence. La vérité révélée ici est intemporelle, mais elle se façonne à mesure que l'Ordre progresse dans ses mystères et dans son exploration des profondeurs de la conscience.

Chaque enseignement contenu dans ce livre est un pas vers la compréhension de l'invisible, un chemin tracé dans l'ombre, mais éclairé par la lueur de la vérité que seuls les initiés peuvent pleinement percevoir. Lorsque vous suivrez ces préceptes, vous ne ferez pas que renforcer votre lien avec l'Ordre, mais vous honorerez également les sacrifices et les efforts des anciens qui ont consacré leur vie à la transmission de ce savoir. Par votre engagement, vous assurez la continuité de notre œuvre, vous devenez un maillon indispensable de cette chaîne sacrée qui s'étend au-delà du temps et de l'espace.

Puissiez-vous, initié, trouver non seulement la sagesse et l'illumination sur votre chemin, mais aussi la force intérieure pour naviguer les épreuves que vous rencontrerez. Car chaque étape de votre progression est une épreuve, un test de votre engagement, de votre loyauté et de votre capacité à comprendre que la vérité est parfois aussi belle que dangereuse, et que l'ombre est aussi nécessaire que la lumière. Que ce manuel soit pour vous un guide fidèle, un compagnon silencieux, mais puissant, qui vous accompagnera dans les moments de doute et vous guidera vers des révélations qui transformeront votre âme à jamais.

Ainsi, l'Ordre perdurera, et vous, initié, serez porteur de son flambeau, éclaireur de ceux qui, un jour, emprunteront le même chemin.

1 : Les Fondements de l'Ordre

1.1 Origine et Histoire

L'Ordre plonge ses racines dans les mystères des civilisations oubliées, une époque lointaine où la quête du savoir et de la vérité était le fondement des sociétés les plus avancées. Depuis l'aube de l'humanité, des sages, des mystiques et des érudits ont cherché à comprendre les lois de l'univers, les forces invisibles qui régissent le monde et la place de l'homme dans ce vaste cosmos. C'est dans ce contexte que l'Ordre a vu le jour, non pas comme une simple organisation, mais comme une fraternité dédiée à la préservation et à la transmission des connaissances sacrées.

Les premiers membres de l'Ordre étaient des initiés aux arts ésotériques, des alchimistes, des guérisseurs, des philosophes et des astrologues qui, au fil du temps, ont voyagé à travers le monde pour collecter les fragments épars du savoir universel. De l'Égypte ancienne à la Grèce antique, en passant par la Perse et l'Inde, ces chercheurs de vérité ont recueilli et compilé des enseignements sur la nature de l'âme, la transmutation de la matière et l'équilibre des forces cosmiques.

À l'époque où l'obscurantisme menaçait l'existence même des connaissances sacrées, l'Ordre s'est organisé en une confrérie secrète, protégeant ses trésors intellectuels et spirituels contre ceux qui cherchaient à les détruire. Les manuscrits anciens, les formules alchimiques et les rites initiatiques furent préservés dans des sanctuaires cachés, et les adeptes de l'Ordre transmirent oralement les enseignements les plus précieux à des disciples soigneusement sélectionnés. Ainsi, génération après génération, l'Ordre a survécu aux tumultes de l'histoire, évoluant tout en restant fidèle à sa mission primordiale.

L'Ordre n'a jamais été une simple organisation fermée sur elle-même. Au fil des siècles, il a influencé des penseurs, des rois et des bâtisseurs de civilisations, guidant secrètement les âmes éclairées vers un chemin de sagesse et d'harmonie. Nombre de figures historiques ont été liées à l'Ordre, trouvant en ses enseignements la force de modeler le monde selon les principes de justice, de vérité et d'illumination spirituelle.

1.2 Mission et Objectifs

L'Ordre a pour mission de protéger, préserver et propager les connaissances sacrées qui permettent à l'humanité de s'élever au-delà de la matérialité et d'atteindre une compréhension plus profonde des lois universelles. Il ne s'agit pas seulement d'un engagement intellectuel, mais d'une véritable quête spirituelle où chaque membre est invité à explorer son propre être intérieur, à équilibrer les forces qui l'habitent et à œuvrer pour le bien commun.

La quête de l'illumination spirituelle est au cœur des enseignements de l'Ordre. Elle implique un travail personnel d'introspection, de méditation et d'étude, visant à transcender les illusions du monde matériel pour accéder à une vérité plus grande. Chaque membre est appelé à se purifier, à cultiver la sagesse et à maîtriser les arts ésotériques afin d'apporter la lumière à ceux qui cherchent la vérité.

L'Ordre considère que la connaissance ne doit pas être un privilège réservé à une élite, mais qu'elle doit être mise au service de l'humanité. Ainsi, ses membres travaillent à harmoniser le monde matériel et le monde spirituel, agissant en tant que guides, guérisseurs et bâtisseurs d'un monde plus équilibré. Leur action se manifeste à travers diverses voies : la transmission des enseignements, l'accompagnement des âmes en quête de vérité et l'engagement dans des œuvres destinées à apporter paix et harmonie aux sociétés humaines.

L'Ordre œuvre aussi pour l'équilibre des forces universelles. Il reconnaît que l'univers est régi par des énergies subtiles qui doivent être comprises et canalisées pour assurer l'harmonie du cosmos. Par la prière, le rituel, l'étude des astres et la maîtrise des éléments, les membres de l'Ordre cherchent à maintenir l'équilibre entre les forces opposées, garantissant ainsi la stabilité et l'évolution de l'humanité.

1.3 Structure de l'Ordre

L'Ordre repose sur une structure initiatique rigoureuse, qui permet à ses membres de progresser à travers différents niveaux de compréhension et de maîtrise spirituelle. Chaque niveau est une étape dans la quête de la sagesse, marquée par des épreuves, des enseignements et des rites de passage.

Les Novices ou Néophytes : Ce sont les aspirants qui cherchent à intégrer l'Ordre. Ils doivent passer par une période de préparation et d'apprentissage où ils sont initiés aux principes fondamentaux de la tradition. Ils apprennent les bases de la méditation, les premiers symboles ésotériques et commencent leur cheminement intérieur. Durant cette phase, ils sont guidés par des mentors expérimentés qui évaluent leur engagement et leur sincérité.

Les Initiés : Une fois les bases acquises et leur dévouement prouvé, les novices deviennent des initiés. À ce stade, ils ont accès à des connaissances plus profondes et participent activement aux rituels sacrés de l'Ordre. Ils commencent à explorer les mystères de l'univers, à pratiquer les arts ésotériques et à développer leur lien avec les forces subtiles. Leur progression dépend de leur capacité à assimiler les enseignements et à démontrer leur engagement dans la quête de la vérité.

Les Maîtres : Après plusieurs années d'étude et de pratique, certains initiés atteignent le rang de maître. Ces membres sont responsables de la formation des nouveaux arrivants et de la préservation des traditions de l'Ordre. Ils possèdent une connaissance avancée des rites, des symboles et des pratiques ésotériques. Leur rôle est essentiel dans la transmission du savoir et dans le maintien de l'harmonie au sein de la confrérie.

Le Conseil des Sages : À la tête de l'Ordre se trouve le Conseil des Sages, composé des membres les plus expérimentés et éclairés. Ces sages sont les gardiens des enseignements sacrés et prennent les décisions stratégiques pour l'évolution de l'Ordre. Ils veillent à l'intégrité de la mission, supervisent les initiations et guident la fraternité vers son idéal spirituel. Leur sagesse et leur discernement sont essentiels pour assurer la pérennité de l'Ordre et sa capacité à répondre aux défis du monde.

Chaque niveau d'initiation est accompagné d'épreuves destinées à tester la force, la sagesse et la détermination du candidat. Ces épreuves ne sont pas uniquement des tests intellectuels, mais aussi des expériences spirituelles profondes qui permettent aux membres d'accéder à une compréhension plus haute de leur mission et de leur rôle dans l'univers.

Ainsi, l'Ordre repose sur une base historique riche, une mission claire et une structure initiatique qui favorise l'élévation spirituelle et la transmission des connaissances sacrées. Chaque membre, en s'engageant sur cette voie, embrasse une quête de vérité, un engagement envers l'humanité et une responsabilité envers les forces invisibles qui régissent notre monde. Par la connaissance, la pratique et le service, il devient un maillon essentiel de cette chaîne de sagesse, perpétuant la lumière de l'Ordre à travers les âges.

2 : Les Principes Sacrés

2.1. Vérité et Sagesse

La quête de la vérité est une aspiration universelle qui transcende les époques et les civilisations. Elle est au cœur de notre mission et constitue l'un des piliers fondamentaux de l'ordre. La vérité n'est pas une entité statique, figée dans une forme unique et immuable ; elle est une lumière dynamique qui éclaire le chemin de l'âme, permettant à chaque membre de se libérer des illusions et des faux-semblants du monde matériel.

Nous croyons que la vérité est une expérience vivante, une réalisation quotidienne qui s'affine au fil du temps et de la compréhension. Elle ne se limite pas à une simple connaissance intellectuelle, mais s'incarne dans la manière dont nous percevons et interagissons avec le monde. Loin d'être une doctrine figée, la vérité se dévoile à travers l'expérience personnelle et la quête incessante du savoir.

Chaque membre de l'ordre est encouragé à explorer les profondeurs de la connaissance, à poser des questions et à remettre en question les dogmes établis. La vérité ne se trouve pas dans l'acceptation passive, mais dans l'investigation active et la réflexion critique. Il est de notre devoir de cultiver un esprit ouvert, curieux et analytique, capable de discerner le réel de l'illusion.

La sagesse, quant à elle, est le fruit de l'expérience et de l'apprentissage. Elle est nourrie par la mémoire collective et les enseignements transmis par nos ancêtres. Nous reconnaissons que chaque génération a la responsabilité de préserver et de transmettre cette sagesse aux futures générations, créant ainsi un cycle de connaissance perpétuel.

En honorant les enseignements du passé, nous évitons les erreurs répétitives et nous nous élevons vers un avenir plus éclairé. Loin d'être un simple élan intellectuel, la sagesse est une manière de vivre, une posture d'esprit qui allie humilité et discernement. Elle est le guide qui nous permet de naviguer avec justesse dans le tumulte du monde.

2.2. Harmonie et Équilibre

L'ordre repose sur un principe fondamental : l'harmonie et l'équilibre entre les forces opposées. Dans l'univers, chaque action est contrebalancée par une force complémentaire, formant ainsi une symphonie d'énergies interdépendantes. Nous croyons que pour atteindre un état de plénitude et de sagesse, il est essentiel de cultiver cet équilibre à la fois en nous-mêmes et dans nos interactions avec le monde.

Par exemple, la passion, qui nous pousse à poursuivre nos objectifs avec ardeur, doit être tempérée par la raison, qui nous permet de ne pas nous laisser emporter par des émotions aveugles. La force, qui confère pouvoir et influence, doit être adoucie par la douceur, afin d'éviter la tyrannie et l'oppression.

Ce principe de modération nous aide à éviter les extrêmes, qui conduisent généralement à l'instabilité et au chaos. En maintenant un équilibre entre les forces qui nous traversent, nous préservons notre sérénité intérieure et contribuons à une coexistence harmonieuse avec autrui.

Nous reconnaissons l'existence de forces opposées :
- **Lumière et obscurité**
- **Masculin et féminin**
- **Création et destruction**

Plutôt que de les considérer comme antagonistes, nous les voyons comme des aspects complémentaires d'une même réalité. L'harmonie ne se trouve pas dans la domination d'une force sur l'autre, mais dans l'acceptation et l'intégration de ces dualités. Le chemin de la sagesse passe par la reconnaissance de ces polarités et par l'art de les équilibrer dans nos vies.

2.3. Compassion et Service

Le service à l'humanité est un devoir sacré. Chaque membre de l'ordre est appelé à utiliser ses talents et ses connaissances pour aider ceux qui en ont besoin. Que ce soit par des actions concrètes, des conseils avisés ou simplement par une écoute bienveillante, nous nous engageons à être au service de l'humanité.

Nous croyons que la compassion est une force transformatrice qui nous permet de transcender notre propre égo et de nous relier aux autres dans un esprit d'altruisme et de solidarité. Elle ne doit pas être perçue comme une faiblesse, mais comme une manifestation suprême de la force de l'âme. Aimer et aider autrui, même lorsqu'il est difficile de le faire, est une preuve de sagesse et de grandeur d'esprit.

Nous cultivons un sentiment de fraternité entre les membres de l'ordre et au-delà. Notre engagement envers notre mission sacrée ne se limite pas à nos propres cercles ; il s'étend à l'humanité tout entière. Nous reconnaissons que chaque être humain, quelle que soit son origine ou son parcours, a droit à la dignité, à la compréhension et à la bienveillance.

Dans notre approche du service, nous cherchons à instaurer un équilibre entre donner et recevoir. Le service ne doit pas être un acte de condescendance, mais un échange mutuel qui enrichit aussi bien celui qui donne que celui qui reçoit. En offrant notre aide sans attente de retour, nous cultivons une générosité d'esprit qui élève notre propre âme.

Ainsi, vérité, sagesse, harmonie, équilibre, compassion et service forment les piliers fondamentaux de notre ordre. En les vivant pleinement, nous nous élevons vers un chemin de lumière et de réalisation spirituelle.

3 : Les Lois de l'Ordre

3.1 La Loi du Silence

La Loi du Silence est l'un des principes fondamentaux régissant l'Ordre. Elle ne constitue pas seulement une règle, mais un serment sacré que chaque membre doit observer avec rigueur et dévouement. Elle protège les enseignements, préserve les rituels et garantit l'intégrité spirituelle et philosophique de la communauté. Sans elle, l'essence même de l'Ordre pourrait être compromise, exposant ses précieuses connaissances aux profanes et mettant en péril la transmission de son savoir ancestral.

Le Secret comme Protection

Dans l'histoire des sociétés initiatiques, le secret a toujours été un rempart contre l'incompréhension et la profanation. L'Ordre ne fait pas exception à cette règle et impose à ses membres un strict devoir de réserve. Toute information obtenue lors des enseignements ou des rituels ne peut être divulguée qu'à ceux qui ont été jugés dignes de la recevoir. Cette discipline permet de préserver l'essence sacrée des pratiques et de maintenir la pureté des transmissions ésotériques.

Le Silence et la Réflexion Intérieure

La Loi du Silence ne s'applique pas uniquement à la confidentialité des enseignements. Elle s'étend aussi aux rituels, où le silence est un élément clé du recueillement et de la méditation. Durant ces moments de profonde introspection, chaque membre est invité à taire son esprit pour mieux écouter la voix intérieure qui guide son cheminement spirituel. Le silence est un outil puissant qui favorise la concentration et permet d'accéder à une compréhension plus élevée des mystères de l'Ordre.

Les Conséquences de la Transgression

Briser la Loi du Silence est une faute grave, car elle peut compromettre non seulement l'individu fautif, mais aussi l'ensemble de la communauté. Toute divulgation non autorisée peut entraîner des conséquences allant de l'exclusion temporaire à une révocation définitive de l'Ordre. De telles sanctions ne sont pas appliquées par esprit de punition, mais pour assurer la préservation des connaissances et protéger ceux qui se sont engagés sur la voie initiatique.

3.2 La Loi de l'Initiation

L'initiation est bien plus qu'une simple acceptation au sein de l'Ordre. Elle est une transformation profonde qui exige de l'aspirant un engagement total et une préparation rigoureuse. Ce processus ne saurait être pris à la légère, car il représente un passage fondamental vers une compréhension plus grande des mystères universels.

L'Engagement et la Préparation

Avant d'être jugé apte à l'initiation, un candidat doit suivre une période de préparation stricte, destinée à tester sa patience, sa persévérance et sa sincérité. Cette préparation inclut plusieurs étapes :

- **Étude des principes de l'Ordre** : Chaque candidat doit acquérir une connaissance approfondie des valeurs et des enseignements fondamentaux avant de pouvoir prétendre à l'initiation.
- **Pratique des rituels** : L'aspirant doit se familiariser avec certaines pratiques rituelles, non pas pour les exécuter parfaitement, mais pour comprendre leur signification et leur importance.
- **Introspection et purification** : L'initiation étant un passage vers une dimension plus élevée de la connaissance, le candidat doit se débarrasser de tout ce qui pourrait obscurcir son esprit, notamment les doutes, les peurs et les attachements inutiles.

Les Épreuves Initiatiques

L'initiation n'est pas accordée sans mérite. Avant de franchir cette étape, le candidat doit surmonter des épreuves symboliques et parfois physiques, conçues pour tester sa détermination, sa sagesse et sa pureté de cœur. Ces épreuves peuvent inclure :

- **L'épreuve de la solitude** : L'isolement permet de confronter l'aspirant à lui-même et de tester sa capacité à trouver la lumière dans l'obscurité.
- **L'épreuve du courage** : Chaque initié doit démontrer sa force intérieure en affrontant ses peurs et en prouvant sa volonté de poursuivre son chemin malgré les difficultés.

- **L'épreuve du savoir** : Le candidat doit montrer qu'il a assimilé les enseignements de base et qu'il est prêt à recevoir des connaissances plus profondes.

L'Accès aux Mystères

Une fois l'initiation réussie, l'aspirant devient un membre à part entière de l'Ordre et accède à des connaissances et des pratiques qui lui étaient jusqu'alors interdites. Ces nouveaux enseignements ne sont pas seulement théoriques, ils sont destinés à éveiller son esprit et à lui permettre d'accéder à une sagesse plus élevée.

3.3 La Loi du Respect

Le respect est une valeur centrale dans l'Ordre. Il est la clé de l'harmonie entre les membres et le ciment qui assure la stabilité de la communauté. Sans respect, il n'existe ni confiance, ni transmission authentique du savoir.

Le Respect Mutuel entre Membres

Chaque membre de l'Ordre doit traiter ses frères et sœurs avec dignité et considération. Cela implique plusieurs engagements :

- **Écouter avec attention** : Chaque membre doit accorder une écoute active aux autres, sans préjugés ni jugements hâtifs.
- **Reconnaître la valeur de chacun** : Chaque individu apporte une richesse unique à l'Ordre, et cette diversité doit être perçue comme une force.

- **Favoriser un climat de bienveillance** : L'Ordre est un sanctuaire de savoir et de développement personnel, où chaque membre doit se sentir soutenu et encouragé.

Respect des Enseignements et des Traditions

Les enseignements de l'Ordre sont le fruit de siècles de transmission et d'expériences accumulées. Ils ne doivent pas être interprétés de manière erronée ou modifiée selon la convenance personnelle. Les membres sont encouragés à :

- **Approfondir leur compréhension** : Étudier avec rigueur et chercher à saisir l'essence des enseignements avant de les questionner.
- **Suivre les rituels avec sérieux** : Chaque rite a une signification et une fonction spécifique, et il est impératif de les respecter pour préserver leur puissance.
- **Transmettre fidèlement le savoir** : Lorsqu'un membre est amené à enseigner, il doit s'assurer de ne pas altérer les enseignements originaux.

Éthique et Responsabilité

Le respect ne se limite pas aux relations interpersonnelles ou aux traditions. Il s'étend aussi à la manière dont chaque membre représente l'Ordre à l'extérieur. Cela signifie :

- **Agir avec intégrité** : Être un exemple vivant des valeurs de l'Ordre dans toutes les sphères de la vie.
- **Éviter toute forme de corruption** : Ne jamais utiliser les connaissances acquises à des fins égoïstes ou malveillantes.

- **Favoriser le bien commun** : Mettre ses compétences et son savoir au service des autres et non dans un but de domination ou d'exploitation.

Ces trois lois — la Loi du Silence, la Loi de l'Initiation et la Loi du Respect — constituent les piliers de l'Ordre. Elles guident chaque membre dans son parcours initiatique et assurent la préservation d'une tradition ancestrale empreinte de sagesse et de mystère. Celui qui s'y conforme avec sincérité et engagement trouve non seulement sa place dans l'Ordre, mais aussi un chemin vers une compréhension plus élevée de l'univers et de lui-même.

4 : Les Rituels Sacrés

Les rituels sacrés de l'Ordre sont des pratiques essentielles qui permettent aux membres d'entrer en contact avec les forces spirituelles, de célébrer les cycles de la nature et de renforcer leur engagement envers les enseignements de l'Ordre. Ces rituels sont conçus pour éveiller l'esprit, favoriser l'harmonie et créer un environnement propice à la transformation spirituelle. Ils incarnent une tradition millénaire transmise de génération en génération, adaptée aux besoins et aux aspirations des membres actuels.

4.1 Rituel de l'Initiation

Le rituel d'initiation est un passage symbolique et sacré qui marque l'entrée d'un nouveau membre dans l'Ordre. C'est un moment de grande importance, non seulement pour le candidat, mais aussi pour la communauté.

- **Préparation** : Avant le rituel, le candidat se prépare par une période de réflexion et d'étude. Il doit se positionner dans un état d'ouverture et d'engagement envers son chemin spirituel. Cette période de préparation peut durer plusieurs semaines et inclure des pratiques de pu-

rification comme des jeûnes, des bains rituels et des exercices de méditation.
- **Cérémonie** : Le rituel se déroule dans un espace sacré, généralement décoré avec des éléments symboliques représentant les différents aspects de l'univers. Les membres sont rassemblés en cercle, créant un espace de protection et de soutien.
- **Symboles et Épreuves** : Pendant la cérémonie, le candidat doit faire face à des symboles et à des épreuves qui représentent les défis spirituels à surmonter. Ces épreuves peuvent inclure des méditations profondes, des affirmations de foi, des épreuves de courage et des engagements solennels envers l'Ordre.
- **Réception du Nom** : À la fin du rituel, le candidat reçoit un nouveau nom symbolique qui représente son nouveau statut d'initié. Ce nom est un rappel de son engagement et de sa transformation spirituelle.

4.2 Rituel de la Pleine Lune

Le Rituel de la Pleine Lune est un moment de célébration et de méditation qui s'inscrit dans les cycles naturels de la terre. Il offre aux membres l'opportunité de se connecter avec les énergies lunaires et de renforcer leur lien avec l'univers.
- **Réunion** : Chaque pleine lune, les membres se rassemblent dans un espace naturel ou un lieu sacré. La cérémonie commence par une ouverture formelle, où les membres invoquent les éléments et les esprits protecteurs.

- **Méditation et Réflexion** : Le rituel comprend des moments de méditation collective, où les membres se concentrent sur leurs intentions et leurs désirs. Ils réfléchissent aux manifestations de leurs aspirations depuis la dernière pleine lune et se préparent à libérer ce qui ne leur sert plus.
- **Offrandes** : Les membres peuvent faire des offrandes à la lune, telles que des fleurs, des herbes ou des objets symboliques. Ces offrandes représentent la gratitude et l'intention de purification.
- **Célébration** : Le rituel se termine par un moment de célébration, souvent accompagné de chants, de danses ou de partages de nourriture, renforçant les liens de communauté et de fraternité.

4.3 Rituel de la Mandragore

Le Rituel de la Mandragore est une cérémonie spécifique qui honore la mandragore, considérée comme une plante sacrée au sein de l'Ordre. Ce rituel est souvent utilisé pour ouvrir des portes spirituelles et établir une connexion avec des dimensions supérieures.

- **Préparation de l'Espace** : L'espace est préparé avec des racines de mandragore, des bougies et des encens. Les membres créent un autel dédié à la plante sacrée.
- **Invocation de l'Esprit de la Mandragore** : Les membres invoquent l'esprit de la mandragore à travers des chants et des prières.

- **Rituel de Communion** : Les participants tiennent des racines ou des feuilles de mandragore dans leurs mains, en se connectant à l'énergie de la plante.
- **Symbolisme du Cri** : Le célèbre « cri mortel » de la mandragore, symbole puissant de la transition entre les mondes, est intégré au rituel.
- **Gratitude et Offrandes** : À la fin du rituel, les membres expriment leur gratitude envers l'esprit de la mandragore.

4.4 Rituel du Feu Sacré

Ce rituel célèbre le pouvoir purificateur du feu et symbolise la transformation et le renouveau.

- **Cérémonie autour du Feu** : Un grand feu est allumé dans un espace sacré.
- **Brûler les Intentions** : Les membres écrivent leurs peurs ou vœux sur des papiers qu'ils jettent dans le feu.
- **Chants et Danse** : La cérémonie s'accompagne de chants et de danses.
- **Bénédiction** : Chaque membre passe devant le feu pour recevoir une bénédiction.

Les rituels de l'Ordre constituent des pratiques essentielles favorisant la connexion spirituelle, la transformation personnelle et le renforcement des liens communautaires. Ils permettent à chacun d'explorer les mystères de l'univers et d'avancer sur son chemin spirituel.

5 : Les Enseignements Mystiques

Chapitre 5 : Les Enseignements Mystiques de l'Ordre

Les enseignements mystiques de l'Ordre sont une source inestimable de sagesse et d'inspiration, permettant aux membres de s'élever spirituellement et de percer les mystères de l'univers. Ces enseignements couvrent diverses disciplines ésotériques, chacune visant à développer la conscience, affiner les compétences spirituelles et explorer les profondeurs de l'âme. Grâce à un apprentissage structuré et progressif, les membres acquièrent une compréhension approfondie des lois universelles et de leur propre nature intérieure.

5.1 Les Secrets de l'Alchimie

L'alchimie est bien plus qu'une simple science de transformation des métaux : elle est un chemin initiatique vers l'élévation spirituelle. À travers ses symboles et ses opérations, elle illustre la transmutation intérieure de l'individu, cherchant à atteindre la perfection de l'âme.

L'Alchimie Matérielle et Spirituelle

L'alchimie est souvent associée à la quête de la pierre philosophale, capable de transformer les métaux communs en or. Mais au-delà de cet aspect matériel, l'or alchimique représente la lumière divine et la perfection spirituelle. L'initié doit purifier son être, abandonner ses imperfections et cultiver ses vertus pour atteindre cet état de perfection.

L'œuvre alchimique repose sur trois principes fondamentaux :
- **Le soufre**, symbolisant la volonté et la passion.
- **Le mercure**, représentant l'intellect et l'adaptabilité.
- **Le sel**, incarnant la matière et la stabilité.

Ces trois principes doivent être en équilibre pour mener à bien toute transformation intérieure.

Le Grand Œuvre et l'Élixir de Vie

L'objectif ultime de l'alchimie est la réalisation du Grand Œuvre, qui consiste à atteindre la connaissance suprême et l'immortalité spirituelle. L'élixir de vie est la substance ultime que recherche l'alchimiste, non pour prolonger son existence physique, mais pour s'unir à la source divine et transcender les limitations humaines.

L'alchimie enseigne que chaque individu est un laboratoire vivant, dans lequel se déroulent les processus de purification et d'élévation. En suivant les étapes de la dissolution, de la coagulation et de la cristallisation, l'initié atteint l'unité avec le divin.

5.2 Les Arts Divinatoires

Les arts divinatoires sont des outils précieux permettant de décrypter les mystères du destin et d'explorer les forces invisibles qui influencent notre existence. Au sein de l'Ordre, ces pratiques sont utilisées avec respect et discernement.

La Cartomancie et le Tarot

Le tarot est l'un des outils les plus puissants de la divination. Chaque lame représente une force archétypale, un aspect de l'âme humaine et une étape du voyage initiatique. En étudiant les cartes, les membres de l'Ordre peuvent décrypter les messages cachés du subconscient et recevoir des conseils éclairés sur leur cheminement personnel.

L'Astrologie : Les Mouvements des Astres et le Destin

L'astrologie enseigne que l'univers est un vaste réseau d'interconnexions et que les cycles célestes influencent directement la vie terrestre. En étudiant les positions planétaires, l'initié peut mieux comprendre ses forces et ses défis, ainsi que le but de son incarnation.

Chaque signe astrologique, chaque planète et chaque maison ont une signification profonde qui éclaire le chemin de l'âme. L'astrologie permet ainsi de mieux se connaître et d'harmoniser sa vie avec les forces cosmiques.

La Nécromancie : Communiquer avec l'Invisible

Pratiquée avec précaution et respect, la nécromancie permet d'établir un lien avec les esprits des défunts. Elle n'est pas une simple tentative de contacter les morts, mais un moyen de recevoir leur sagesse et de comprendre les leçons du passé. Cette pratique exige un état de pureté intérieure et un profond respect des âmes avec lesquelles l'on entre en contact.

5.3 La Philosophie Hermétique

Au cœur de l'enseignement de l'Ordre se trouvent les principes hermétiques, une sagesse ancienne qui dévoile les lois fondamentales de l'univers. Fondée sur l'aphorisme « Ce qui est en haut est comme ce qui est en bas », la philosophie hermétique révèle l'interconnexion profonde entre le microcosme humain et le macrocosme universel.

Les Sept Principes Hermétiques

1. **Le Mentalisme** : L'univers est mental. Tout ce qui existe est issu de l'esprit divin, et l'homme peut créer sa réalité en contrôlant ses pensées.
2. **La Correspondance** : Ce qui se passe dans les sphères supérieures se reflète dans les sphères inférieures. Comprendre cette relation permet d'accéder à une sagesse profonde.
3. **La Vibration** : Tout est en mouvement. En élevant sa fréquence vibratoire, l'initié peut transcender les limitations matérielles.
4. **La Polarité** : Tout phénomène a deux pôles opposés, et l'équilibre réside dans la maîtrise de ces extrêmes.
5. **Le Rythme** : L'univers suit des cycles réguliers. Apprendre à naviguer sur ces rythmes permet d'éviter les perturbations inutiles.
6. **La Cause et l'Effet** : Rien n'arrive par hasard. Chaque action génère une réaction, et la compréhension de cette loi permet de prendre le contrôle de son destin.
7. **Le Genre** : L'univers repose sur l'équilibre des énergies masculine et féminine. L'initié doit intégrer ces deux principes en lui pour atteindre l'harmonie.

L'Unité de la Vie

La philosophie hermétique enseigne que tout est interconnecté. Chaque pensée, chaque émotion et chaque action résonne à travers l'univers. L'initié comprend que son existence est une partie d'un tout et qu'il est responsable de l'énergie qu'il émet. Ainsi, en agissant avec sagesse et bienveillance, il contribue à l'harmonie du cosmos.

Les enseignements mystiques de l'Ordre offrent un chemin de transformation profonde, alliant alchimie, arts divinatoires et philosophie hermétique. Chaque disciple est invité à explorer ces disciplines, à développer ses propres capacités et à intégrer ces vérités universelles dans sa vie quotidienne. Par cette quête de sagesse et de perfection, il devient un être éveillé, en harmonie avec lui-même et avec l'univers tout entier.

6 : La Vie au Sein de l'Ordre

6.1 Code de Conduite

L'Ordre repose sur une éthique rigoureuse et intemporelle, guidée par des principes universels de vérité, d'harmonie et de service. Ces valeurs ne sont pas simplement des idéaux, mais des fondements vitaux qui orientent la vie de chaque membre. Vivre selon ce Code de Conduite n'est pas une obligation extérieure, mais un chemin intérieur qui révèle la grandeur de l'âme humaine. Chaque acte, chaque parole et chaque pensée doit être en accord avec ces principes supérieurs. Les membres de l'Ordre sont donc appelés à incarner la vérité dans leurs actions et à rechercher l'harmonie dans leurs relations, tout en étant au service des autres, et ce, de manière désintéressée.

Le Code de Conduite impose une discipline spirituelle et morale qui, loin d'être restrictive, est un moyen d'élévation. Chaque transgression, qu'elle soit de nature éthique ou spirituelle, est considérée comme une atteinte à la structure même de l'Ordre et au bien-être de la communauté. Une violation du code, quelle que soit sa gravité, peut entraîner des sanctions sévères, non seulement pour maintenir l'ordre mais aussi pour encourager la croissance personnelle et collective. Celles-ci ne sont pas des punitions, mais des opportunités de rédemption et de purification de l'esprit.

Ainsi, l'Ordre ne cherche pas à imposer une obéissance aveugle, mais à susciter une prise de conscience intérieure. La rigueur de cette discipline sert à établir un équilibre entre l'être et l'agir, créant un espace dans lequel les membres peuvent s'épanouir pleinement tout en respectant la grandeur de l'ensemble. Chaque décision, chaque pensée est donc en résonance avec la quête spirituelle partagée, en harmonie avec l'universel.

6.2 Communauté et Fraternité

La force de l'Ordre réside dans sa capacité à créer un environnement de solidarité, d'entraide et de fraternité. C'est par la communauté que les membres trouvent leur soutien spirituel et leur équilibre émotionnel. L'Ordre valorise la camaraderie et l'assistance mutuelle, fondées sur une compréhension profonde de l'interconnexion de tous les êtres. L'union des membres est essentielle pour créer un tissu social solide, permettant à chacun d'évoluer dans un espace sécurisé où la vulnérabilité est accueillie et soutenue.

Chaque membre est vu non seulement comme un individu, mais aussi comme un maillon essentiel d'une chaîne collective. Les rencontres régulières entre membres, qu'elles soient formelles ou informelles, sont des moments d'échange riches et significatifs. Ces rassemblements permettent d'ouvrir le cœur et l'esprit, de partager des expériences, des défis, mais aussi des victoires spirituelles. Chaque échange est une invitation à grandir ensemble, à transcender les limitations personnelles et à se renforcer dans la quête spirituelle commune.

Les rituels collectifs jouent un rôle fondamental dans cette dynamique de fraternité. Ces moments sacrés renforcent les liens entre les membres et permettent une exploration partagée des mystères et des enseignements de l'Ordre. Participer à ces rites est bien plus qu'un acte symbolique, c'est un chemin d'unité, où l'individualité se fond dans le collectif. La cérémonie devient un espace sacré où chaque membre contribue à l'énergie commune, où l'on s'élève ensemble vers des objectifs spirituels partagés.

Les célébrations des étapes spirituelles de chaque membre sont également des moments clés dans la vie de l'Ordre. Elles permettent non seulement de marquer des progrès personnels, mais aussi de renforcer le sentiment d'appartenance à une fraternité unie. Ces événements rituels ne sont pas seulement des étapes de reconnaissance, mais des occasions pour chaque membre de réaffirmer son engagement envers la voie spirituelle et envers la communauté. Ces célébrations laissent des souvenirs durables, des empreintes dans l'âme des participants qui les portent tout au long de leur parcours.

Soutien Mutuel est l'un des piliers fondamentaux de cette fraternité. À travers des discussions ouvertes et des sessions de partage, les membres offrent un espace pour se soutenir mutuellement dans leur quête de vérité. Dans cet environnement sécurisé, chacun peut exprimer ses préoccupations, ses doutes ou ses frustrations sans crainte de jugement. La bienveillance et l'écoute active sont au cœur de cette pratique. Les membres sont encouragés à offrir leur soutien non seulement dans les moments heureux, mais aussi dans les périodes de difficulté et de remise en question, reconnaissant que ces moments sont aussi des opportunités de croissance.

Rituels collectifs et mentorat se rejoignent dans cette recherche de soutien. Les membres plus avancés, les Maîtres et mentors, jouent un rôle essentiel dans l'accompagnement des novices. Ce lien entre initiés et novices n'est pas seulement un échange de connaissances, mais un véritable acte de transmission de sagesse et de lumière. Le mentorat devient ainsi une voie sacrée, un moyen pour les aînés de guider les jeunes dans leurs défis et leurs doutes, tout en renforçant la force de la communauté par la continuité des savoirs.

6.3 Préservation des Traditions

L'Ordre accorde une importance capitale à la préservation des traditions sacrées, non comme une simple rétrospective historique, mais comme un outil vivant qui irrigue la vie présente. Chaque membre est investi de la responsabilité non seulement de respecter ces traditions, mais aussi de les transmettre aux générations futures. Les enseignements des ancêtres, les archives sacrées, les rituels ancestraux sont autant de trésors spirituels qu'il incombe à chaque membre de maintenir vivants.

Cette transmission est d'autant plus précieuse qu'elle repose sur une vision dynamique de l'héritage spirituel. Il ne s'agit pas de répéter mécaniquement des gestes ou des paroles, mais de comprendre leur signification profonde et de les intégrer pleinement dans la vie quotidienne. La méditation, par exemple, devient ainsi un moyen de s'imprégner des enseignements sacrés, d'y réfléchir et de les incarner dans la réalité du quotidien.

Un autre aspect important de la préservation des traditions est le lien avec la nature. L'Ordre enseigne que la communion avec la nature est un moyen de renouer avec les forces primordiales de l'univers. Les membres sont encouragés à s'immerger dans le monde naturel, à observer les cycles de la vie et à en tirer des leçons spirituelles. La nature, en tant qu'expression vivante de l'harmonie cosmique, devient un miroir dans lequel les membres peuvent voir et comprendre les principes spirituels qui régissent l'univers.

Les rituels en plein air sont une pratique qui relie les membres à la terre, à l'eau, à l'air et au feu, éléments essentiels dans la tradition ésotérique de l'Ordre. Ces moments de communion avec la nature permettent non seulement de renforcer la connexion avec le divin, mais aussi de développer un sens profond du respect pour la planète et ses cycles. Cette sensibilisation à l'écosystème devient un acte spirituel, une démarche qui allie développement personnel et responsabilité collective envers l'environnement.

La pratique des rituels quotidiens est également encouragée, car elle permet de créer un lien constant avec l'essentiel. Que ce soit par la méditation matinale, les prières ou les réflexions sur des enseignements sacrés, ces moments permettent de recentrer l'esprit et de se préparer à affronter les défis de la journée. Ils servent de balises spirituelles dans un monde souvent marqué par le tumulte extérieur, offrant aux membres une ancre dans leur quête spirituelle.

En résumé, l'Ordre constitue bien plus qu'une simple organisation, il est un sanctuaire de sagesse où chaque membre peut puiser, s'épanouir et transmettre. Le respect du Code de Conduite, la fraternité partagée et la préservation des traditions sacrées sont les pierres angulaires qui permettent à l'Ordre de maintenir son intégrité et sa grandeur au fil du temps.

7 : Les connaissances détenues par l'ordre

7.1 La Divination : L'Art Ancien de la Prédiction à travers les Runes et les Cristaux

Depuis les premières lueurs de l'humanité, l'homme a toujours cherché à décrypter les mystères du destin et à comprendre les signes subtils du monde qui l'entoure. Cette quête de la connaissance de l'invisible et de la compréhension de l'avenir n'est pas un phénomène récent. Depuis l'aube des civilisations, des peuples ont puisé dans les mystères de la nature et de l'univers pour en retirer des connaissances ésotériques. La divination, en tant qu'art sacré, représente un lien vivant entre le monde matériel et le royaume des esprits. Elle offre aux individus une voie pour transcender les limites de la réalité tangible et pénétrer dans des dimensions subtiles, souvent impalpables, mais profondément réelles. Parmi les pratiques divinatoires les plus anciennes et les plus vénérées, deux se distinguent particulièrement : la lecture des runes et la cristallomancie, chacune d'entre elles possédant une profondeur symbolique et une richesse spirituelle uniques.

Les Runes : Messages des Dieux et des Ancêtres

Les runes, issues des anciennes civilisations germaniques et scandinaves, sont des symboles imprégnés d'une sagesse profonde. Bien loin d'être de simples lettres, elles incarnent des forces mystiques, des énergies cosmiques, et des messages spirituels envoyés par les divinités et les ancêtres. L'alphabet runique, souvent associé à l'écrit magique, est formé de glyphes qui, bien que rudimentaires dans leur forme, sont d'une puissance symbolique immense. Chaque rune est comme un portail, un signe divin, une vibration qui résonne dans l'âme humaine et dans l'univers tout entier.

Historiquement, les runes étaient gravées dans la pierre, le bois, ou l'os, et étaient souvent utilisées par les prêtres et les sages pour accéder à des connaissances cachées. Les anciens peuples croyaient que les runes étaient des messagers des dieux, des ponts entre les mondes visibles et invisibles. Ces symboles divins étaient non seulement utilisés dans des pratiques divinatoires, mais également dans des rites sacrés, de guérison et de protection.

L'art de la divination par les runes repose sur un système complexe d'interprétation des symboles. Le tirage des runes suit un processus sacré, souvent effectué à l'aide de pierres, de jetons ou de fragments gravés. Le devin ou la dévote qui consulte les runes doit se concentrer profondément et se connecter à son intuition, tout en étant réceptif aux vibrations émanant des symboles tirés. Chaque rune tire sa signification d'un ensemble de mythes, d'histoires et de sagesse ancestrale. Par exemple, la rune Fehu, qui symbolise la richesse et l'abondance, pourrait annoncer une période de prospérité matérielle, tandis que la rune Hagalaz, symbole de destruction et de transformation, préviendrait de périodes de turbulences et d'épreuves nécessaires pour une renaissance.

Les runes ne se contentent pas de prédire l'avenir. Elles incitent à une introspection profonde, poussant l'individu à se questionner sur son propre chemin, à méditer sur les aspects cachés de son existence et à ouvrir son cœur à la guidance divine. La divination par les runes est un chemin d'auto connaissance et d'éveil spirituel, un miroir dans lequel chaque personne peut voir son propre reflet, avec ses ombres et sa lumière.

Les Cristaux : Révélateurs d'Énergies et de Destinées

Les cristaux, tout comme les runes, sont porteurs d'une sagesse ancienne. Leur beauté, leur éclat et leur énergie vibratoire unique ont fasciné l'humanité depuis les temps les plus reculés. Dans de nombreuses cultures antiques, les cristaux étaient considérés comme des réceptacles des forces cosmiques. Ils étaient utilisés pour la guérison, la protection, mais aussi pour la divination. Chaque cristal possède une énergie particulière qui résonne avec les vibrations subtiles de l'univers, et les croyances anciennes suggèrent qu'ils ont la capacité d'entrer en résonance avec l'âme et l'esprit humains. La cristallomancie, l'art divinatoire par les cristaux, permet de capter ces vibrations subtiles pour apporter des révélations profondes et éclairer le futur.

La pratique de la divination par les cristaux est fondée sur l'observation des formations et des motifs qui apparaissent à la surface des pierres. Certaines traditions utilisent la boule de cristal, où les visions ou images qui se forment dans la surface de verre deviennent des signes révélateurs. D'autres pratiques consistent à disposer des cristaux semi-précieux dans des configurations spécifiques et à interpréter les énergies qui en émanent. Cette pratique fait appel à l'intuition et à une profonde réceptivité aux énergies qui circulent à travers les pierres.

Les cristaux sont également choisis en fonction de leurs propriétés spécifiques. Par exemple, l'améthyste, avec sa couleur violette et ses vertus apaisantes, est connue pour favoriser l'intuition, la clarté mentale et la connexion spirituelle. Elle est idéale pour les pratiques divinatoires où l'on cherche à atteindre des réponses subtiles et profondes. Le quartz clair, en revanche, est considéré comme un amplificateur d'énergie, amplifiant les messages perçus et favorisant la clarté dans la lecture des signes. De même, des pierres comme le lapis-lazuli, le turquoise ou la pierre de lune possèdent des propriétés spécifiques qui influencent l'interprétation des visions reçues par le praticien.

L'un des aspects les plus fascinants de la cristallomancie est l'idée que les cristaux ne sont pas simplement des objets matériels, mais des entités spirituelles vivantes, connectées à l'univers tout entier. La divination par les cristaux devient ainsi une forme de communication avec les énergies cosmiques qui régissent la création. Cette pratique invite le chercheur à écouter les murmures de l'univers, à être attentif aux messages subtils qui se manifestent à travers les pierres.

Un Savoir Ancestral au Service de la Connaissance

Au-delà des techniques elles-mêmes, la divination par les runes et les cristaux est un moyen de renouer avec une tradition ancienne, un savoir transmis à travers les âges. Elle permet à l'individu moderne de se reconnecter à une dimension spirituelle souvent oubliée dans le tumulte du quotidien. Ces pratiques ancestrales rappellent que l'avenir n'est pas figé dans la pierre, mais qu'il est façonné par nos choix, nos pensées et notre alignement avec les forces invisibles de l'univers.

La divination ne consiste pas seulement à prédire ce qui va se passer, mais à offrir un miroir de notre propre état intérieur. En consultant les runes ou les cristaux, nous n'explorons pas seulement l'avenir, mais aussi l'état de notre âme, nos désirs profonds, nos peurs et nos aspirations cachées. La divination devient alors un acte de transformation personnelle, un moyen d'atteindre une meilleure compréhension de soi et du monde qui nous entoure.

La pratique des arts divinatoires est, en fin de compte, une invitation à l'introspection. Elle pousse le chercheur à se tourner vers son propre intérieur, à écouter la sagesse du corps et de l'esprit. Les runes et les cristaux, en tant que symboles et réservoirs d'énergie, nous aident à explorer des territoires inexplorés de la conscience humaine. Elles nous rappellent que, dans l'invisible, réside une vérité que l'esprit rationnel ne peut saisir entièrement. En nous reliant à ces forces subtiles, nous sommes invités à ouvrir nos cœurs et à nous abandonner à une guidance plus grande, une guidance qui nous mène à la découverte de notre propre destinée.

Ainsi, la divination par les runes et les cristaux n'est pas simplement une pratique ésotérique, mais un art de vivre, une méthode de sagesse et d'auto-réalisation. Ces pratiques ancestrales, portées par des symboles puissants et des énergies universelles, nous ouvrent les portes du mystère et nous offrent une carte pour naviguer dans le vaste océan de l'existence.

7.2 La Kabbale : La Mystique Juive et la Quête des Mystères de l'Univers et de l'Âme

Depuis des millénaires, la Kabbale suscite l'admiration et l'émerveillement, captivant ceux qui sont attirés par les profondeurs de la sagesse mystique et ésotérique. Bien plus qu'un simple système philosophique ou religieux, elle représente une quête spirituelle ininterrompue, une recherche du sens ultime de l'existence, des mystères de la création, et des lois secrètes qui régissent l'univers. La Kabbale a été transmise de génération en génération, préservée par les sages et les initiés qui en ont révélé les secrets à un cercle restreint, destiné à comprendre l'invisible et à explorer les dimensions profondes de l'âme humaine. Sa portée est immense, traversant les siècles et les cultures, offrant une voie spirituelle qui dépasse les frontières de la religion et qui nous invite à découvrir la vérité sur notre essence et notre place dans le cosmos.

La Kabbale se fonde sur l'idée fondamentale que l'univers tout entier, du plus petit atome à l'immensité des étoiles, est imprégné d'une énergie divine. C'est à travers une étude profonde et la méditation sur les mystères cachés que l'individu peut espérer accéder à une conscience plus grande et se rapprocher de la source originelle, ce que l'on désigne comme le Créateur, ou Ein Sof, l'infini.

L'Arbre de Vie : Cartographie Sacrée de l'Existence

Au cœur de la Kabbale se trouve un symbole fondamental, l'Arbre de Vie (Etz Ha'Chayim), une représentation mystique et symbolique de la création et de l'évolution spirituelle de l'âme humaine. Cet arbre sacré est composé de dix Séphiroth, qui sont des émanations divines à travers lesquelles l'énergie de Dieu se manifeste dans l'univers. Chaque Séphira représente une facette fondamentale de la réalité, qu'il s'agisse des principes cosmiques, des traits de caractère humains ou des qualités spirituelles essentielles.

L'Arbre de Vie est bien plus qu'une simple métaphore ; c'est un chemin initiatique, un moyen de comprendre comment l'âme progresse, évolue et s'élève vers la lumière divine. Il est la carte qui guide l'initié à travers les multiples dimensions de l'existence, le reliant à une réalité supérieure, et le menant à l'unité avec le divin.

Les dix Séphiroth sont disposées selon un modèle en trois colonnes, chacune représentant des aspects complémentaires de l'existence divine et humaine. Voici une description détaillée des principales Séphiroth et de leurs significations profondes :

1. **Kéter (La Couronne)** : La première Séphira, au sommet de l'Arbre de Vie, représente l'étincelle divine originelle, la source de toute création. Kéter est la pureté absolue, l'infini, ce qui précède la manifestation. Elle est l'accès direct au Créateur, la lumière originelle qui englobe tout ce qui existe.
2. **Hokhmah (La Sagesse)** et **Binah (L'Intelligence)** : Ces deux Séphiroth représentent les aspects complé-

mentaires de la création. Hokhmah incarne l'élan créateur, l'intuition pure et l'inspiration divine, tandis que Binah est la structure, la compréhension, et l'intelligence qui donne forme à l'intuition. Ensemble, elles forment le principe de la création, l'union de la sagesse et de l'intellect.

3. **Tipheret (La Beauté)** : La Séphira centrale, souvent vue comme l'équilibre entre les principes de la rigueur et de la miséricorde. Tipheret incarne l'harmonie, la beauté divine, et le centre de l'âme, où l'équilibre entre l'amour et la justice se trouve. C'est à travers Tipheret que l'âme trouve la voie de l'équilibre intérieur.

4. **Malkhout (Le Royaume)** : La dernière Séphira, représentant le monde matériel, la manifestation concrète du divin dans le monde visible. Malkhout est l'incarnation de la divinité dans la matière, ce qui nous relie à l'univers tangible tout en maintenant une connexion avec le divin.

Ces dix Séphiroth ne sont pas simplement des concepts abstraits ; elles sont une invitation à la transformation spirituelle, à l'éveil de la conscience, et à l'élévation de l'âme. L'initié est appelé à méditer sur chacune de ces sphères pour développer une compréhension profonde de soi-même et du cosmos. Par l'étude des relations entre les Séphiroth, l'individu peut apprendre à équilibrer les différentes forces en lui, à harmoniser ses pensées, ses émotions et ses actions, et à se rapprocher ainsi de l'Unité divine.

Une Connaissance Cachée, Transmise aux Initiés

L'enseignement de la Kabbale repose sur l'idée que la connaissance de la divinité, de l'âme et de l'univers est cachée dans les textes sacrés et doit être décodée à travers un travail d'interprétation et de méditation. La Kabbale ne se contente pas de lire les textes à la surface ; elle exige une lecture symbolique et numérologique des écritures. Chaque mot, chaque lettre, chaque chiffre contient un sens caché, une signification profonde, qui se révèle uniquement à ceux qui sont prêts à percevoir au-delà de la surface. Les textes sacrés, comme la Torah ou le Talmud, sont donc interprétés non seulement à travers leur sens littéral, mais aussi à travers leur dimension mystique.

Les deux principaux textes kabbalistiques sont :

- **Le Sefer Yetzirah (Le Livre de la Création)** : Ce texte ancien traite de la création du monde et de la manière dont les lettres hébraïques sont les « briques » fondamentales de l'univers. Il explique comment l'univers a été créé à partir des dix séphiroth et des vingt-deux lettres de l'alphabet hébraïque, symbolisant les forces primordiales qui gouvernent la réalité.
- **Le Zohar (Le Livre de la Splendeur)** : Ce texte majeur de la Kabbale est une œuvre mystique qui explore les profondeurs de l'âme, de l'univers et du divin. Il s'agit d'un commentaire allégorique et mystique de la Torah, dans lequel chaque aspect de la création est relié à la lumière divine. Le Zohar traite des secrets cachés dans les textes sacrés, révélant des vérités profondes sur la nature de Dieu, de l'âme et du cosmos.

Ces enseignements sont transmis uniquement à ceux qui sont prêts à les recevoir et à les comprendre, car ils nécessitent une purification intérieure et un éveil spirituel. La Kabbale enseigne que chaque individu possède une lumière divine intérieure, et que l'étude des mystères de la création permet à cette lumière de briller et de s'épanouir. L'initié, en suivant la voie de la Kabbale, est appelé à transformer son âme, à purifier son esprit et à éveiller la connaissance cachée en lui.

Une Voie de Transformation Spirituelle

La Kabbale ne se limite pas à une étude intellectuelle des mystères divins. Elle est avant tout une **voie** de transformation spirituelle, qui incite l'individu à vivre selon les principes de la lumière divine. À travers des pratiques méditatives, l'initié peut se connecter directement aux sphères divines, contempler les lettres hébraïques, méditer sur les Séphiroth et se consacrer à l'étude des textes sacrés. Ces pratiques permettent de purifier l'âme, d'élever la conscience et de s'aligner avec les forces créatrices qui régissent l'univers.

La Kabbale enseigne que tout est interconnecté dans l'univers. Chaque pensée, chaque parole, chaque acte a une répercussion sur l'ensemble de la création. Par la compréhension de ces lois subtiles, l'individu peut apprendre à vivre en harmonie avec l'univers, transcender les illusions du monde matériel et se rapprocher de la lumière divine. La transformation spirituelle qu'elle propose est celle de l'âme, de l'esprit et de la conscience, visant à transcender la réalité extérieure pour atteindre une union mystique avec le divin.

La Kabbale : Une Sagesse Intemporelle

Plus qu'un simple courant mystique ou religieux, la Kabbale est une sagesse intemporelle qui traverse les âges et les cultures. Elle nous invite à explorer les mystères de la création, à méditer sur la nature de l'âme et à rechercher l'unité avec l'infini divin. À travers l'étude de l'Arbre de Vie, la contemplation des mystères divins, et la transformation intérieure qu'elle propose, la Kabbale ouvre la voie de l'illumination, un chemin de sagesse et de connaissance qui invite à une expérience spirituelle profonde et transformative. Elle nous rappelle que le divin réside en nous, que l'univers tout entier est une œuvre sacrée à décrypter, et que chaque être humain porte en lui la clé des mystères éternels.

7.3 La Guématria : La Numérologie Sacrée au Cœur de la Kabbale

Depuis des millénaires, les sages et mystiques de la tradition kabbalistique scrutent les textes sacrés à la recherche de significations cachées, de messages codés et de vérités profondes dissimulées au sein des lettres et des nombres. La Guématria, science ésotérique et discipline mystique, repose sur l'idée que chaque lettre de l'alphabet hébraïque possède une valeur numérique spécifique, transformant ainsi les mots en équations sacrées et en révélations divines.

Bien plus qu'une simple méthode de numérologie, la Guématria est considérée comme une clé d'interprétation de la Torah et des enseignements mystiques juifs, ouvrant des portes vers une compréhension plus profonde de l'univers et du divin.

Une Langue Sacrée aux Multiples Dimensions

Dans la tradition hébraïque, les lettres ne sont pas de simples symboles phonétiques : elles sont imprégnées d'une essence spirituelle et d'une énergie créatrice. Chaque mot peut être décomposé en valeurs numériques, permettant d'établir des correspondances secrètes entre des passages de la Torah, des concepts abstraits et des réalités spirituelles profondes.

L'alphabet hébraïque comporte 22 lettres, chacune portant une vibration unique et une valeur qui lui est propre :

- **Aleph (א)** = **1**, représentant l'unité divine.
- **Bet (ב)** = **2**, symbole de la dualité et de la création.
- **Yod (י)** = **10**, marque du germe divin et du commencement.

Ainsi, en additionnant les valeurs des lettres d'un mot, on peut le mettre en relation avec d'autres mots ou expressions ayant le même total numérique, dévoilant des liens insoupçonnés entre les enseignements sacrés.

Les Principes Fondamentaux de la Guématria

Les sages de la Kabbale utilisent plusieurs méthodes de calcul pour explorer la signification cachée des mots et des phrases dans les textes sacrés :

1. **Guématria Simple** : Addition des valeurs des lettres d'un mot pour obtenir une somme totale et la comparer à d'autres mots ayant le même nombre.

Exemple : « **Ahava** » (אהבה – amour) = 1 + 5 + 2 + 5 = 13, tout comme « **Echad** » (אחד – unité) = 1 + 8 + 4 = 13. Cela suggère que **l'amour et l'unité sont intrinsèquement liés** dans la vision kabbalistique.

1. **Guématria Supérieure (ou Élaborée)** : Remplacement des lettres par leurs noms complets en hébreu et addition de toutes les valeurs.
2. **Guématria Inversée** : Utilisation d'un système où les lettres sont associées à des valeurs différentes en fonction de leur position dans l'alphabet.
3. **Guématria Mystique** : Certaines écoles kabbalistiques considèrent que les nombres sont des **vecteurs**

d'énergie cosmique, influençant la réalité et reliant le monde matériel aux sphères célestes.

Guématria et Secrets Cachés de la Torah

Les maîtres kabbalistes ont utilisé la Guématria pour révéler des vérités insoupçonnées enfouies dans les Écritures. Par exemple :

- Le nom de Dieu **YHWH** (יהוה) a une valeur numérique de **26**. Cette valeur est retrouvée dans des concepts fondamentaux liés à l'essence divine.
- **La lumière** (אור – **Or**) a une valeur de **207**, tout comme **le mystère** (רז – **Raz**), suggérant que la lumière spirituelle est cachée dans le mystère et ne se révèle qu'à ceux qui la recherchent.
- L'expression « **Mashia'h** » (משיח – Messie) équivaut à **358**, un nombre également attribué au mot « **serpent** » (נחש – **Nahash**), illustrant l'idée kabbalistique que la rédemption et l'épreuve sont deux forces interdépendantes.

Un Outil de Compréhension Universelle

Bien que profondément ancrée dans la tradition juive, la Guématria a inspiré d'autres systèmes numérologiques dans différentes cultures. On retrouve des équivalences dans :

- La numérologie pythagoricienne, où les lettres de l'alphabet latin sont associées à des valeurs numériques.
- La science des carrés magiques et la géométrie sacrée dans l'ésotérisme occidental.

- Les traditions islamiques et chrétiennes qui ont parfois adopté des systèmes similaires pour analyser les textes religieux.

La Guématria : Une Voie de Connaissance et d'Illumination

La Guématria n'est pas qu'un simple jeu de chiffres : elle est un chemin spirituel, une méthode pour méditer sur les enseignements cachés et élever sa conscience. À travers elle, l'univers se dévoile comme une immense trame codée, où chaque lettre, chaque mot, chaque nombre porte en lui une vibration unique et une vérité cachée.

Elle invite ceux qui s'y plongent à voir au-delà des apparences, à rechercher les liens invisibles qui tissent le cosmos et à comprendre que rien n'est laissé au hasard dans le langage divin.

Ainsi, pour le kabbaliste, chaque mot est un mystère à déchiffrer, chaque chiffre une porte vers l'infini, et la Guématria un véritable langage sacré, où les lettres deviennent des clés ouvrant les portes de la sagesse éternelle.

7.4 La Magie : L'Art des Sortilèges et des Incantations pour Invoquer, Manipuler et Transformer

Depuis l'aube de l'humanité, la magie fascine, effraie et intrigue. Présente dans toutes les civilisations, elle est à la fois un savoir ancestral et une pratique ésotérique visant à interagir avec les forces invisibles qui régissent l'univers. À travers des sortilèges, des incantations et des rituels, les adeptes de l'art occulte cherchent à invoquer des entités, manipuler les éléments et influencer le cours des événements, explorant ainsi les mystères du monde spirituel et matériel.

La magie, bien loin d'être une simple illusion, repose sur des traditions millénaires et des lois occultes précises, transmises par les sorciers, mages et chamans de toutes les époques. Elle est un pont entre l'humain et l'invisible, un art exigeant à la croisée de la spiritualité, de la science secrète et de la volonté personnelle.

L'Essence de la Magie : Une Force à Canaliser

La magie puise son pouvoir dans plusieurs sources fondamentales :

- **L'énergie universelle** : Présente partout, elle est la force vitale qui anime tout être et toute chose.
- **Les éléments** : Terre, Eau, Air et Feu, piliers du monde matériel et vecteurs de puissance magique.

- **Les entités spirituelles** : Déités, esprits, anges, démons ou forces naturelles, invoqués pour aider ou guider le praticien.
- **La volonté et l'intention** : Le pouvoir du mage repose sur sa capacité à canaliser sa propre énergie mentale et émotionnelle pour influencer la réalité.

Que ce soit par l'usage de rituels codifiés, la récitation de paroles sacrées ou l'emploi d'objets magiques, l'acte magique est avant tout un acte de transformation, où la pensée devient force agissante.

Les Sortilèges et les Incantations : L'Art de Modeler la Réalité

Les Sortilèges : Écriture et Exécution d'un Acte Magique

Un sortilège est une formule rituelle visant à provoquer un effet précis, que ce soit pour la protection, l'amour, la guérison, la prospérité ou la destruction. Il peut être exécuté de différentes manières :

- Par l'**écriture sacrée** : Inscription de symboles ou de runes chargées d'intentions.
- Par l'**usage d'objets magiques** : Bougies, talismans, herbes, cristaux, pentacles, baguettes.
- Par des **gestes rituels** : Tracer un cercle de protection, dessiner des sigils, invoquer les forces élémentaires.
- Par des **sacrifices symboliques** : Offrandes aux esprits, consommation d'élixirs ou brûlage d'encens spécifique.

Les Incantations : Le Pouvoir des Mots Sacrés

Les incantations, chants ou paroles rituelles sont des outils puissants qui servent à ouvrir un canal entre le monde physique et spirituel. Certaines traditions affirment que le simple fait de prononcer un nom sacré ou une formule secrète peut réveiller des énergies cachées et attirer des forces invisibles.

Les incantations peuvent être :

- **D'origine divine** : Prières ou invocations aux dieux.
- **Chamaniques** : Mantras et chants destinés à harmoniser l'âme avec la nature.
- **Démoniaques** : Formules destinées à convoquer des entités spécifiques.
- **Prophétiques** : Paroles destinées à influencer le futur.

Le son, le rythme et l'intention sont essentiels dans leur efficacité. Certaines traditions recommandent même de chanter les incantations dans une langue sacrée ou dans un état modifié de conscience.

La Magie Élémentaire : Manipuler les Forces de la Nature

L'un des piliers de la magie est l'interaction avec les éléments primordiaux :

Magie du Feu : Passion, destruction, purification. Utilisée pour renforcer la volonté, consumer les obstacles ou appeler la puissance guerrière.

Magie de l'Eau : Intuition, émotions, fluidité. Permet d'influencer les sentiments, la guérison et les visions prophétiques.

Magie de l'Air : Communication, pensée, vitesse. Facilite la clairvoyance, l'inspiration et la transmission de messages occultes.

Magie de la Terre : Stabilité, croissance, ancrage. Utilisée pour attirer l'abondance, la protection et le renforcement de la vitalité.

Les **mages élémentaires** apprennent à maîtriser ces forces par des rituels spécifiques, des invocations et des objets consacrés liés à chaque élément.

Invoquer les Entités : Alliances et Pactes Spirituels

L'invocation est un art subtil qui consiste à établir un lien avec une force spirituelle pour lui demander assistance, sagesse ou pouvoir. Elle peut prendre différentes formes :

- **Invocation divine** : Prière ou appel aux divinités bienveillantes pour recevoir bénédictions et guidance.
- **Conjuration angélique** : Communication avec des anges et archanges pour protection et élévation spirituelle.
- **Évocation démoniaque** : Rite visant à entrer en contact avec des esprits puissants en échange d'une faveur.
- **Travail avec les esprits de la nature** : Appel aux fées, aux élémentaires et aux génies terrestres.

L'invocation peut être accompagnée de cercle de protection, de sceaux magiques, de chants vibratoires et d'offrandes spécifiques.

Toute relation avec une entité doit être basée sur un respect mutuel, et le mage doit toujours s'assurer de maîtriser les énergies qu'il convoque sous peine d'être dépassé par ses propres forces.

L'Influence des Phases Lunaires et des Astres

Les astres influencent directement l'efficacité des rituels magiques. La **lune**, en particulier, est un puissant amplificateur d'énergie :

Nouvelle lune : Idéale pour les débuts, la renaissance et la transformation.

Pleine lune : Amplification du pouvoir magique, ouverture des portails spirituels.

Lune décroissante : Bannissement des énergies négatives, protection et purification.

Les **alignements planétaires**, les **éclipses** et les **solstices** sont également des moments clés pour pratiquer des rituels d'envergure.

La Magie : Un Pouvoir, Une Responsabilité

La magie est une force puissante qui demande discipline, sagesse et respect. Ceux qui la pratiquent doivent comprendre que chaque action magique a des conséquences. C'est pourquoi la loi du triple retour (principe selon lequel toute énergie envoyée revient multipliée) est souvent évoquée dans les traditions ésotériques.

Que ce soit pour explorer les arcanes de l'univers, influencer le destin ou éveiller ses propres pouvoirs, la magie demeure un chemin initiatique qui, bien maîtrisé, peut offrir un accès aux mystères cachés de l'existence.

Ainsi, le mage, armé de sa volonté, de sa connaissance et de son intention, devient un véritable tisseur de réalité, façonnant son destin et celui du monde qui l'entoure.

7.5 L'Astrologie : La Lecture des Astres pour Comprendre les Influences Cosmiques

Depuis la nuit des temps, l'homme lève les yeux vers le ciel, cherchant dans le ballet des étoiles et des planètes des signes, des messages et des présages sur son destin. L'astrologie, cet art millénaire alliant observation astronomique et interprétation symbolique, se veut une clé de compréhension des forces cosmiques influençant la Terre et ses habitants.

Bien plus qu'un simple système de prédiction, l'astrologie est une science sacrée, un miroir du macrocosme reflétant les dynamiques de notre propre existence. Elle nous enseigne que chaque être, chaque événement, chaque mouvement de l'âme est en résonance avec l'ordre céleste.

L'Astrologie : Un Pont Entre Ciel et Terre

À la croisée de la spiritualité, de la psychologie et de la philosophie, l'astrologie repose sur un principe fondamental : **« Ce qui est en haut est comme ce qui est en bas. »** Ce postulat, issu de la tradition hermétique, signifie que l'univers est un immense organisme où tout est interconnecté.

Ainsi, les positions et mouvements des astres, des constellations et des planètes ne sont pas perçus comme de simples phénomènes physiques, mais comme les reflets d'énergies invisibles influençant les cycles terrestres et humains.

Aux Origines de l'Astrologie : Une Science Sacrée

L'astrologie trouve ses racines dans les civilisations les plus anciennes :

Mésopotamie : Les Sumériens et Babyloniens furent les premiers à observer et consigner le mouvement des planètes, établissant ainsi les premiers horoscopes et calendriers astrologiques.

Égypte Antique : Les prêtres égyptiens utilisaient l'astrologie pour gouverner, déterminer les jours propices aux cérémonies sacrées et comprendre les cycles de la vie et de la mort.

Grèce Antique : Platon, Aristote et Ptolémée ont intégré l'astrologie à leur philosophie, liant les astres aux tempéraments humains et aux forces cosmiques.

Monde Arabe et Perse : Les savants musulmans ont perfectionné l'astrologie, développant les premières cartes du ciel et intégrant cette science à la médecine et à l'alchimie.

Les Planètes : Messagères des Dieux

Chaque planète est associée à une énergie spécifique influençant les aspects de notre vie. Voici les sept astres majeurs de la tradition astrologique :

- **Le Soleil** (Roi des astres) : Symbolise l'ego, la vitalité et la force créatrice.
- **La Lune** (Gardienne des émotions) : Représente l'inconscient, les instincts et la sensibilité.
- **Saturne** (Le Sage) : Enseigne la discipline, le temps et les leçons karmiques.
- **Mars** (Le Guerrier) : Insuffle le courage, l'action et la passion.

- **Mercure** (Le Messager) : Régit l'intellect, la communication et le mouvement.
- **Vénus** (La Déesse de l'Amour) : Gouverne l'harmonie, la beauté et les relations.
- **Jupiter** (Le Grand Bénéfique) : Apporte l'expansion, la prospérité et la sagesse.

Chaque planète, selon sa position dans le zodiaque, influence notre destinée et façonne les événements terrestres.

Le Zodiaque : Un Chemin d'Évolution

Le zodiaque est une roue céleste divisée en douze signes, chacun correspondant à une arche de l'expérience humaine.

Signes de Feu (Énergie, passion, action) :
- **Bélier** : L'initiateur, le conquérant.
- **Lion** : Le souverain, le créateur.
- **Sagittaire** : L'explorateur, le philosophe.

Signes d'Eau (Sensibilité, intuition, émotions) :
- **Cancer** : Le protecteur, le nourricier.
- **Scorpion** : L'alchimiste, le mystérieux.
- **Poissons** : Le rêveur, le mystique.

Signes de Terre (Pragmatisme, stabilité, matérialisation) :
- **Taureau** : L'épicurien, le bâtisseur.
- **Vierge** : L'analyste, le guérisseur.
- **Capricorne** : L'architecte, l'ambitieux.

Signes d'Air (Intellect, communication, idées) :
- **Gémeaux** : Le curieux, le communicant.
- **Balance** : L'équilibré, l'esthète.
- **Verseau** : Le visionnaire, le révolutionnaire.

Chaque signe agit comme une clé initiatique, nous enseignant des leçons et des défis sur notre chemin de vie.

Le Thème Astral : Une Carte du Destin

Le **thème astral** est un instantané du ciel au moment précis de notre naissance. Il révèle nos forces, nos faiblesses, nos aspirations et nos défis à travers :

- **L'Ascendant** : Masque social et première impression.
- **Les Maisons astrologiques** : Différents domaines de vie influencés par les astres.
- **Les Aspects planétaires** : Relations entre les planètes et leurs effets sur notre existence.

L'analyse du thème natal permet de mieux comprendre notre mission de vie, nos talents cachés et les cycles de transformation qui nous attendent.

Astrologie et Cycles Cosmiques

L'astrologie ne se limite pas à la personnalité individuelle : elle **prédit aussi les événements collectifs**.

Les éclipses marquent des tournants majeurs et des révélations inattendues.

Les rétrogradations planétaires influencent la réflexion, le karma et les défis à revisiter.

Les transits planétaires façonnent l'évolution des civilisations et des époques.

De la politique aux crises économiques, en passant par les découvertes scientifiques, les grands mouvements planétaires influencent profondément le destin de l'humanité.

L'Astrologie : Une Boussole Spirituelle

Loin d'être un simple outil de divination, l'astrologie est une science vivante qui nous invite à mieux nous connaître et à nous harmoniser avec le rythme de l'univers.

Elle nous rappelle que nous sommes des êtres cosmiques, en perpétuelle évolution, et que notre destin n'est pas figé, mais sculpté par notre conscience et nos choix.

Que l'on s'y plonge par curiosité, par quête spirituelle, ou pour décoder les mystères du destin, l'astrologie demeure une langue sacrée, offrant un éclairage précieux sur notre voyage terrestre et céleste.

8 : Les différents grades

8.1 Les Néophytes : Premiers Pas sur le Chemin de l'Initiation

Dans les cercles ésotériques et initiatiques, le néophyte est celui qui s'engage pour la première fois sur le sentier des mystères, prêt à explorer les arcanes cachés de la magie et de la divination. Tel un apprenti dans un ancien ordre occulte, il franchit la porte d'un monde invisible, armé de sa curiosité, de sa soif de savoir et de son désir de transformation intérieure.

Être néophyte ne signifie pas seulement débuter une pratique, c'est une véritable renaissance, un changement de perception qui marque le début d'un voyage initiatique où chaque expérience, chaque enseignement façonne l'esprit et l'âme.

Le Rôle du Néophyte : Une Quête de Connaissance et de Maîtrise

Un néophyte n'est pas simplement un étudiant passif, il est un chercheur, un explorateur de l'invisible, un aspirant à la sagesse. Son parcours est souvent rythmé par plusieurs étapes fondamentales :

L'Ouverture de Conscience : La première phase consiste à déconstruire les illusions, comprendre que la réalité est façonnée par des forces subtiles et que tout dans l'univers repose sur des lois occultes.

L'Apprentissage des Fondamentaux : Le néophyte s'initie aux principes de base de la magie et de la divination, découvrant les grands systèmes ésotériques tels que l'alchimie, la Kabbale, l'astrologie ou la magie cérémonielle.

La Purification et l'Éveil : Avant d'acquérir un véritable pouvoir, l'initié doit se purifier et harmoniser son esprit avec les énergies cosmiques à travers des rituels, des méditations et des exercices spirituels.

Les Premières Expériences : Pratique de la divination, tracé de cercles magiques, invocation d'entités bienveillantes, manipulation des énergies élémentaires… Le néophyte commence à tisser le lien entre l'ésotérisme théorique et l'expérience pratique.

Les Épreuves et la Maîtrise : Chaque chemin initiatique est jalonné d'obstacles, de tests et de défis spirituels. C'est en affrontant ses propres ombres, en dominant ses doutes et en affinant son intuition que le néophyte pourra prétendre à un degré supérieur de connaissance.

Les Enseignements Fondamentaux du Néophyte

Un apprenti dans les arts occultes se doit de maîtriser les bases essentielles avant d'espérer accéder à des savoirs plus avancés. Voici les piliers de son initiation :

1. Les Lois de l'Univers et les Principes Magiques

Le néophyte doit d'abord comprendre que la magie est une science, et qu'elle repose sur des lois universelles immuables :

- **La loi de correspondance** : « Ce qui est en haut est comme ce qui est en bas. »

- **La loi de cause a effet** : Chaque action magique entraîne des répercussions.
- **La loi des vibrations** : L'énergie est en perpétuel mouvement et peut être influencée.
- **La loi du libre arbitre** : Toute magie doit être pratiquée en accord avec la volonté et l'éthique de l'initié.

2. La Divination : Lire les Signes et les Présages

Le néophyte s'initie à l'art de la divination, un outil essentiel pour interpréter les mystères du destin et affiner son intuition. Parmi les méthodes les plus courantes :

- **Les Runes nordiques** : Langage ancestral pour comprendre les influences cachées.
- **Le Tarot** : Exploration de l'inconscient à travers les 22 arcanes majeurs et leurs symboles profonds.
- **La Cristallomancie** : Utilisation des pierres et des cristaux comme récepteurs d'énergie.
- **L'Astrologie** : Étude de l'influence des astres sur les événements terrestres et personnels.

3. Les Rituels et la Pratique Magique

Pour manipuler l'énergie et créer des effets concrets, le néophyte apprend à réaliser ses premiers rituels :

Allumage de bougies consacrées pour invoquer des forces bienveillantes.

Écriture et récitation d'incantations pour affirmer une intention.

Traçage de cercles de protection pour canaliser et diriger les énergies.

Utilisation d'outils sacrés : baguettes, talismans, grimoires et pentacles.

4. Le Contrôle de l'Esprit et la Méditation

Un mage ne peut commander les forces extérieures s'il n'a pas appris à maîtriser ses propres pensées et émotions. La méditation, la concentration et la visualisation sont donc des disciplines fondamentales dans la formation du néophyte.

Exercices de respiration pour canaliser l'énergie vitale.

Visualisation créatrice pour modeler la réalité selon son intention.

États modifiés de conscience pour percevoir les dimensions subtiles.

Les Défis du Néophyte : Entre Lumière et Ombre

Le chemin du néophyte n'est pas sans obstacle. Il est confronté à ses propres limites, à ses doutes, et parfois même à des illusions qui peuvent le détourner de son apprentissage.

Les pièges les plus courants :

L'impatience : Vouloir brûler les étapes et accéder trop vite aux savoirs avancés.

L'ego spirituel : Se croire supérieur aux autres en raison de ses connaissances.

La peur de l'inconnu : Se laisser submerger par l'intensité des expériences mystiques.

Le manque de discernement : Croire aveuglément en tout sans remettre en question.

C'est en affrontant ces épreuves que le néophyte forgera son esprit, son éthique et sa maîtrise personnels.

De Néophyte à Initié : La Transition Vers un Savoir Profond

Lorsque le néophyte a prouvé sa discipline, sa compréhension et sa capacité à appliquer les enseignements magiques, il peut alors être reconnu comme initié au sein de son ordre ou de sa tradition.

Ce passage se fait souvent à travers une cérémonie d'initiation, marquant la fin de l'apprentissage théorique et le début d'une pratique plus avancée et personnelle.

L'initié accède alors à des savoirs plus ésotériques, comme :
Les rituels de haute magie et d'alchimie spirituelle.
La communication avec les plans supérieurs et les entités cosmiques.
L'exploration des mystères de la Kabbale, de la magie des sigils et des sceaux occultes.
La transmission du savoir à d'autres néophytes, perpétuant ainsi la tradition initiatique.

Conclusion : Le Néophyte, un Voyageur de l'Invisible

Le chemin du néophyte est un rite de passage, une plongée dans un univers où le visible et l'invisible se rejoignent. C'est un voyage initiatique où chaque connaissance acquise est une clé ouvrant une nouvelle porte vers des niveaux plus profonds de sagesse et de maîtrise.

Ainsi, celui qui commence en tant que simple apprenti, animé par la curiosité et l'émerveillement, deviendra un jour un mage accompli, un gardien des mystères, et peut-être même un guide pour les futurs néophytes en quête de lumière.

8.2 Les Initiés : Gardiens des Mystères et Voyageurs de l'Invisible

Après une période d'apprentissage rigoureux, de purification et de mise à l'épreuve, **le novice franchit un seuil sacré** : il devient initié. Ce passage marque **une transformation profonde**, un engagement spirituel où l'aspirant ne se contente plus d'étudier la magie et l'ésotérisme, mais les vit pleinement.

L'initié est celui qui a prouvé sa discipline, sa volonté et sa capacité à assimiler les enseignements fondamentaux. Il n'est plus un simple observateur ou un étudiant des arts occultes : il en devient un praticien, capable de tisser des liens plus profonds avec les forces invisibles et les lois universelles.

Le Passage de Novice a Initié : Une Renaissance Spirituelle

L'accession au statut d'initié ne se fait pas du jour au lendemain. C'est un rite de passage, souvent marqué par une cérémonie d'initiation secrète, durant laquelle le novice est symboliquement « rebâti », **abandonnant son ancienne identité pour renaître sous une nouvelle forme**.

Ce rituel peut inclure :

- **Un serment sacré** : L'initié jure fidélité aux enseignements et s'engage à respecter les règles de l'ordre ou de la tradition.

- **Une épreuve symbolique** : Une mise à l'épreuve pour tester sa force intérieure, sa foi et sa maîtrise des principes appris.
- **L'attribution d'un nom initiatique** : Un nom secret, reflétant sa nature profonde et sa mission spirituelle.
- **Le dévoilement d'un premier mystère** : Une connaissance cachée qui ne peut être révélée qu'à ceux ayant prouvé leur engagement.

Ce rituel d'initiation, parfois entouré de chants, d'encens, d'invocations et de sceaux mystiques, marque le début d'une **nouvelle étape d'apprentissage,** bien plus avancée et exigeante.

Les Nouvelles Responsabilités des Initiés

L'initié n'est plus un simple apprenant passif. Il doit désormais :

Participer aux rituels sacrés

L'initié devient un **acteur actif** des cérémonies magiques, des invocations et des rituels alchimiques. Il apprend à manipuler les énergies subtiles, à créer et diriger des cercles magiques, et à travailler avec des entités spirituelles bienveillantes.

Accéder à des enseignements plus avancés

Désormais, il plonge dans **les mystères plus profonds** :

- **L'étude des grimoires interdits et des textes sacrés.**
- **L'apprentissage de la haute magie cérémonielle et des rituels d'invocation.**
- **La maîtrise des éléments (feu, eau, air, terre) et des forces cosmiques.**

- **L'initiation aux sceaux, aux sigils et aux formules ésotériques.**

Forger son propre chemin spirituel

Contrairement au néophyte qui suit un cadre strict, l'initié commence à développer sa propre connexion avec les forces occultes. Il expérimente, affine ses perceptions et adapte les enseignements à sa propre vision du monde et de l'univers.

Protéger et préserver les secrets

L'initié comprend l'importance de la discrétion et du respect des **mystères**. Il apprend que tout **savoir sacré doit être préservé et transmis avec sagesse**, uniquement à ceux qui sont prêts.

Les Connaissances Avancées des Initiés

L'accès aux mystères supérieurs permet à l'initié d'approfondir :

L'Astrologie Sacrée : Utilisation des transits planétaires et des influences astrales pour orienter le destin.

La Kabbale et l'Arbre de Vie : Exploration des sphères divines et des sentiers initiatiques de l'âme.

La Magie Théurgique : Communication avec les entités célestes et invocation des anges.

La Magie des Sigils et des Sceaux : Création de symboles énergétiques pour manifester des intentions précises.

L'Art de la Projection Astrale : Voyages dans les plans subtils et exploration des réalités invisibles.

Chaque initié progresse à son rythme, guidé par son intuition, ses expériences et ses maîtres spirituels.

Les Défis et Épreuves de l'Initié

Si le novice est confronté aux doutes et aux premières remises en question, l'initié, lui, se heurte à **des épreuves encore plus grandes** :

La Tentation du Pouvoir : Avec l'acquisition de nouveaux savoirs, l'initié doit apprendre à ne pas tomber dans **l'orgueil et la soif de domination**.

L'Épreuve de l'Ombre : À mesure qu'il avance, il rencontre ses propres peurs, doutes et blessures karmiques. Il doit affronter son « ombre » pour purifier son être.

Le Test du Silence : Tous les secrets ne doivent pas être partagés à la légère. L'initié apprend à discerner quand et à qui transmettre une connaissance.

L'Isolation Spirituelle : Certains initiés ressentent une distance avec le monde profane, réalisant que leur chemin est unique et exigeant.

Ces épreuves sont des portes vers une maîtrise plus grande, forgeant des initiés solides, humbles et dignes de la sagesse qu'ils portent.

L'Initié en Marche Vers l'Illumination

Lorsque l'initié aura suffisamment avancé dans son apprentissage, il pourra atteindre un niveau supérieur : celui du Maître, du Mage accompli, du Guide.

Mais avant cela, il doit encore :

Approfondir ses pratiques et renforcer son lien avec le monde spirituel.

Affiner sa maîtrise des forces occultes et des arts magiques.

Développer sa propre philosophie et compréhension des lois universelles.

 Devenir un passeur de savoir, transmettant aux néophytes ce qu'il a appris.

Ainsi, l'initiation n'est pas une fin, mais une porte vers une quête éternelle, où chaque révélation mène à de nouvelles énigmes, et où chaque vérité dévoilée cache un mystère plus grand encore.

L'initié, désormais gardien des arcanes, marche vers la lumière cachée, prêt à percer les secrets les plus profonds de l'univers.

8.3 Les Maîtres : Gardiens du Savoir et Guides des Initiés

Au sommet du parcours initiatique, les Maîtres se dressent en piliers de sagesse et de connaissance. Ce sont eux qui, après de longues années d'étude, de pratique et d'épreuves, ont atteint un niveau de compréhension et de maîtrise qui les distingue des autres membres de l'ordre.

Ils sont les gardiens des traditions, ceux qui préservent les enseignements sacrés et veillent à leur transmission aux générations futures. Mais être Maître n'est pas un simple titre honorifique : c'est un engagement profond envers l'Ordre, la Connaissance et la Voie qu'ils ont embrassée.

L'Ascension Vers le Maîtrise : Une Épreuve de Sagesse et de Dévotion

Devenir Maître ne se résume pas à un apprentissage intellectuel ou à la simple accumulation de pouvoirs occultes. Il s'agit d'une métamorphose spirituelle, un processus où l'individu dépasse son ego pour embrasser une mission plus grande que lui-même.

Ce chemin se construit en plusieurs étapes :

L'Expérience et la Maîtrise : Le Maître a traversé toutes les étapes de l'apprentissage ésotérique, surmonté les épreuves et intégré les mystères cachés. Il a acquis une parfaite maîtrise des rituels, de la magie et des lois universelles.

L'Acceptation du Rôle de Guide : Le Maître ne recherche plus le savoir pour lui-même, mais pour le transmettre. Il devient un phare pour les initiés et les néophytes, leur enseignant avec patience et discernement.

L'Engagement envers la Tradition : Il est le protecteur des enseignements sacrés, veillant à préserver l'intégrité des rituels, des textes et des pratiques de son ordre.

L'Illumination Intérieure : Au-delà des connaissances occultes, le véritable Maître a atteint une profonde compréhension de l'univers, de l'âme humaine et du lien qui unit tout ce qui existe.

Les Responsabilités du Maître : Entre Transmission et Préservation

Le Maître n'est pas seulement un enseignant : il est aussi un **protecteur, un guide spirituel et un gardien des traditions.** Son rôle s'étend sur plusieurs domaines :

1. L'Enseignement des Novices et des Initiés

L'une des plus grandes responsabilités du Maître est la transmission des savoirs sacrés. Il ne se contente pas de donner des cours ou des leçons : il forme, initie, et façonne l'esprit de ceux qui cherchent la lumière.

Il enseigne :

- **Les fondamentaux aux néophytes** : Comprendre les bases de la magie, la méditation, les lois énergétiques et les rituels de protection.

- **Les pratiques avancées aux initiés** : L'invocation des entités spirituelles, l'usage des sceaux et sigils, la théurgie et les secrets de l'astrologie sacrée.
- **L'éthique et la responsabilité** : Car tout pouvoir demande une sagesse égale à sa puissance.

Un Maître doit savoir reconnaître qui est prêt à avancer et qui doit encore évoluer, car certains savoirs ne doivent être transmis qu'au moment opportun.

2. La Préservation des Traditions Sacrées

Dans chaque ordre mystique, il existe des rituels, des écrits et des secrets transmis de génération en génération. Le Maître en est le gardien, veillant à ce qu'ils ne soient ni déformés, ni oubliés.

Il protège :

Les rites initiatiques : Il s'assure que chaque passage de grade respecte les traditions sacrées.

Les textes occultes : Certains grimoires et parchemins contiennent des savoirs dangereux. Il veille à leur conservation et à leur bon usage.

L'intégrité des enseignements : Il empêche la dérive des pratiques et corrige les erreurs des initiés avant qu'elles ne mènent à des conséquences néfastes.

3. L'Exercice de la Sagesse et du Discernement

Le Maître n'est pas seulement un érudit, il est un sage. Son savoir ne sert pas qu'à l'accumulation de connaissances, mais aussi à guider et conseiller ceux qui en ont besoin.

Il est souvent sollicité pour :

Aider un initié en période de doute : Il apporte réconfort, orientation et réponses à ceux qui traversent des crises spirituelles.

Interpréter les signes et présages : Il a souvent un rôle d'astrologue, de devin ou d'interprète des symboles cachés.

Résoudre des conflits au sein de l'Ordre : Son autorité morale fait de lui un médiateur entre les membres de la communauté initiatique.

Veiller à l'équilibre : Il sait quand un élève est prêt, mais aussi quand il doit être freiné pour ne pas brûler les étapes.

4. La Transmission du Flambeau : Former les Futurs Maîtres

Un véritable Maître sait que son rôle ne s'arrête pas à sa propre maîtrise. Il doit préparer ceux qui prendront un jour sa place.

Pour cela, il repère les initiés prometteurs, ceux qui montrent une sagesse, une patience et un engagement profond. Il les forme, les guide et les met à l'épreuve, jusqu'à ce qu'ils soient prêts à porter à leur tour le titre de Maître.

Ainsi, le savoir ne disparaît jamais, mais se perpétue à travers les âges.

Les Défis du Maître : Entre Pouvoir et Responsabilité

Bien que le statut de Maître soit prestigieux, il vient avec son lot de défis et d'épreuves :

Éviter l'orgueil spirituel : Certains Maîtres tombent dans le piège de se croire supérieurs, oubliant que la vraie sagesse réside dans l'humilité.

Protéger les secrets sans étouffer l'évolution : Il doit équilibrer la préservation des traditions avec l'ouverture à de nouvelles connaissances.

Rester un guide et non un tyran : Il ne doit pas imposer sa volonté, mais éveiller l'autonomie spirituelle chez ses élèves.

Gérer la solitude du Maître : Atteindre ce niveau de savoir peut parfois créer une distance avec les autres, car peu peuvent comprendre la profondeur de son expérience.

Le Maître, Un Pilier Entre Ciel et Terre

Le Maître est bien plus qu'un érudit ou un praticien accompli. Il est un phare dans la nuit, un passeur de lumière, un gardien des mystères et un guide pour ceux qui cherchent la voie.

Il porte sur ses épaules le poids du savoir et la responsabilité de la transmission. Il sait qu'il fait partie d'une lignée, qu'il n'est qu'un maillon dans une chaîne millénaire, et que son rôle est de préparer la prochaine génération à marcher à leur tour sur le sentier de la connaissance.

Ainsi, le Maître ne cherche pas la reconnaissance ni le pouvoir, mais l'accomplissement de sa mission sacrée. Et lorsqu'il sent que son temps approche, il lègue son savoir, s'efface avec sagesse, et laisse la place à ceux qui poursuivront l'éternelle quête de la lumière.

8.4 Le Conseil des Sages :

Au sommet de la hiérarchie de l'ordre, se trouve le Conseil des Sages, une assemblée d'individus éminents, constituée des membres les plus anciens, les plus expérimentés et les plus éclairés. Ces sages, véritables piliers de l'organisation, détiennent un savoir ancestral qu'ils ont acquis à travers des décennies de dévouement, de méditation et d'actions empreintes de discernement. Leur autorité repose non seulement sur leur expérience mais aussi sur leur capacité à voir au-delà des événements immédiats, à anticiper les besoins futurs et à comprendre les subtilités des relations humaines et spirituelles qui régissent l'ordre.

Le Conseil des Sages n'est pas une instance de simple gestion administrative. Il incarne le cœur et l'âme de l'ordre, sa sagesse orientant chacune de ses actions et décisions. Ils sont les architectes invisibles de l'avenir de l'organisation, déterminant les grandes lignes directrices qui guideront l'ordre à travers les âges. Dans ses délibérations, le Conseil se réunit souvent dans des lieux empreints de silence et de sérénité, où la réflexion prend le pas sur l'action, et où chaque mot prononcé porte un poids de vérité et de profondeur.

Les décisions qui émanent de ce Conseil sont d'une portée considérable : elles touchent à la direction spirituelle, à la préservation des savoirs ancestraux, à la transmission des enseignements, et parfois à des choix difficiles concernant l'intégrité même de l'ordre. Ils sont les garants de l'équilibre entre tradition et évolution, veillant à ce que les anciens principes restent vivants et pertinents tout en permettant à l'ordre de s'adapter aux exigences du monde qui l'entoure.

Le Conseil ne se contente pas de gérer les affaires internes : il supervise également la résolution des conflits internes, la formation des jeunes générations et l'entretien des liens avec d'autres institutions ou sociétés extérieures. Chaque membre de ce conseil est tenu par un serment de sagesse et de dévouement, portant une responsabilité immense qui dépasse souvent celle des simples dirigeants. Ils sont les phares éclairant la voie, les conseillers discrets mais puissants, dont les choix façonnent non seulement l'avenir de l'ordre, mais également celui des individus qui en font partie. Leur influence, bien que discrète, est profonde et omniprésente.

Ainsi, le Conseil des Sages est bien plus qu'une simple autorité ; il est l'âme vivante de l'ordre, une entité dont la vision dépasse les frontières du présent et qui incarne l'éternité dans chacune de ses actions.

9. Épreuves de Test

L'initiation au sein de l'ordre est une épreuve sacrée, une traversée intérieure où le candidat se voit confronté aux abysses de son propre esprit et de son âme. Ces épreuves, qui façonnent l'essence même du candidat, sont conçues pour tester sa détermination inflexible, sa sagesse profonde, et la pureté de son cœur. Chaque épreuve est bien plus qu'un simple défi physique ou intellectuel : elle est une quête spirituelle, une immersion dans les profondeurs de l'âme, une épreuve des sens et de l'esprit qui forge l'essence du futur membre de l'ordre.

Les tests sont variés et chacun d'eux possède un but unique, visant à confronter le candidat à ses propres faiblesses, ses peurs, et ses doutes les plus intimes. Il devra affronter ses propres ténèbres, briser les chaînes qui l'entravent et démontrer qu'il est digne de faire partie de cette fraternité sacrée. Parfois, il s'agit de voyages dans des lieux isolés, où seuls le silence et la nature implacable de l'environnement offrent des témoins de la persévérance et du courage. D'autres fois, il s'agit de tests de sagesse où le candidat doit résoudre des énigmes anciennes, des dilemmes moraux complexes, ou encore comprendre des vérités cachées qui échappent aux regards non-initiés. Ces défis n'ont pas simplement pour but de tester l'intellect, mais aussi l'esprit de discernement et la capacité à puiser dans l'intuition la plus pure.

Certaines épreuves impliquent des moments de profonde solitude, où le candidat doit affronter ses propres démons intérieurs, repoussant les limites de sa propre résistance mentale et émotionnelle. D'autres encore l'invitent à faire preuve d'humilité et de dévouement envers les autres, testant sa capacité à servir la cause de l'ordre avec un cœur pur et une volonté inflexible. La nature de ces épreuves peut être métaphorique, visant à résonner avec des éléments universels de la condition humaine, mais toujours, elles appellent à la transformation intérieure, à l'éveil d'une sagesse supérieure et à la maîtrise de soi.

Une fois l'initiation accomplie, le membre accède à un savoir ancien, longtemps préservé et transmis uniquement aux plus dignes. Ces connaissances, qui lui étaient jusqu'alors interdites, sont désormais ouvertes devant lui, comme une porte sacrée qui s'ouvre sur des vérités profondes et universelles. Mais cet accès à des pratiques secrètes et des savoirs cachés n'est pas donné à la légère. Il est le fruit d'une véritable élévation spirituelle, le symbole de l'engagement total du candidat envers l'ordre, et de sa capacité à vivre en harmonie avec les principes sacrés qu'il a intégrés au plus profond de lui-même. Les anciens secrets ne se livrent qu'à ceux dont l'âme est prête à les porter, à les comprendre et à les appliquer dans un service désintéressé au monde.

Ainsi, les épreuves d'initiation ne sont pas de simples tests, mais des rites de passage. Elles sont le creuset où le candidat se transforme, un parcours initiatique qui l'amène à se redéfinir, à se transcender, et à s'élever vers un idéal plus grand que lui-même, en totale communion avec les valeurs et les mystères de l'ordre.

1. L'Épreuve de la Vision
Test de la sagesse et de la clairvoyance
Le candidat est confronté à une vision symbolique, un scénario où il doit faire face à un choix crucial, souvent moral. Ce test l'oblige à interpréter des signes, des symboles ou des situations ambiguës. La manière dont il décode ces visions révèle sa capacité à percevoir au-delà des apparences et à faire preuve de discernement. Les épreuves visuelles sont une invitation à voir avec le cœur et non seulement avec les yeux.

2. L'Épreuve du Silence
Test de la maîtrise de soi et de la résistance intérieure
Dans cet exercice, le candidat est isolé dans un environnement austère, souvent dans une chambre sombre ou au cœur d'une nature implacable, où le silence est total. Le but de cette épreuve n'est pas seulement de tester sa capacité à supporter l'isolement, mais aussi d'observer comment il utilise ce silence pour se connecter à son être intérieur. Peut-il écouter sa propre voix, ou sera-t-il submergé par l'agitation de son esprit ? C'est un test de patience, de résistance psychologique et de force intérieure.

3. L'Épreuve de l'Âme Pure
Test de la pureté du cœur
Le candidat est confronté à des situations de tentation ou d'injustice où il devra choisir entre des actions qui testent sa fidélité aux principes de l'ordre ou ses propres désirs égoïstes. Cet

examen exige une grande pureté morale et spirituelle. La capacité du candidat à demeurer intègre face à des dilemmes éthiques complexes révèle l'authenticité de son engagement et sa sincérité à suivre les valeurs sacrées de l'ordre.

4. L'Épreuve de la Légende Vivante
Test de la transmission et de l'héritage
Au cours de cette épreuve, le candidat doit réinterpréter un mythe ou une légende ancienne de l'ordre, mais avec sa propre perspective. Il devra raconter cette histoire de manière à en faire surgir de nouvelles vérités, des enseignements actuels, tout en respectant les principes fondateurs. Ce test évalue sa capacité à assimiler et à réinterpréter les savoirs anciens, à les faire vivre dans le présent et à être un vecteur de transmission pour les générations futures.

5. L'Épreuve des Éléments
Test de l'harmonie avec les forces naturelles
Cette épreuve engage le candidat dans une rencontre avec les quatre éléments : la terre, l'eau, le feu et l'air. À travers des épreuves physiques et spirituelles où chacun de ces éléments est symboliquement mis en jeu, le candidat doit démontrer sa capacité à travailler en harmonie avec les forces naturelles. Ce test évalue son équilibre intérieur et sa relation avec le monde qui l'entoure. Par exemple, une épreuve pourrait consister à traverser un désert aride (terre), à nager dans une rivière tumultueuse (eau), à traverser une flamme contrôlée (feu), ou à méditer en hauteur pour s'élever avec le vent (air).

6. L'Épreuve de l'Esprit du Serviteur

Test de l'humilité et du service
Dans cette épreuve, le candidat est mis dans une position de subordination ou de service, souvent dans un contexte où il devra servir les autres, peut-être des membres plus jeunes ou des novices. Ce test évalue sa capacité à agir sans chercher la reconnaissance, à donner sans attendre en retour, et à servir l'ordre avec un cœur humble. Cela n'implique pas seulement des actes de service mais aussi la disposition d'esprit, la recherche du bien-être d'autrui avant soi-même.

7. L'Épreuve de la Connaissance Cachée
Test de l'intellect et de l'intuition
Ce test repose sur l'assimilation de savoirs profonds et cachés que seuls les membres les plus avancés connaissent. Il s'agit de résoudre des énigmes philosophiques ou spirituelles qui nécessitent autant de réflexion intellectuelle que d'intuition. Parfois, ce savoir est transmis sous forme de symboles, de textes anciens ou de codes mystiques. La capacité du candidat à interpréter ces éléments, à les comprendre et à les appliquer de manière pragmatique est cruciale.

8. L'Épreuve de la Loyauté
Test de l'engagement envers l'ordre
Au cœur de cette épreuve se trouve une mise à l'épreuve de la loyauté du candidat envers l'ordre et ses principes. Il pourrait être confronté à une situation où il est amené à défendre l'ordre contre des forces extérieures ou à faire face à une trahison interne. Sa réaction face à ces défis révèlera sa dévotion et sa fidélité à

l'ordre, et sa capacité à le défendre, même au prix de sacrifices personnels.

9. L'Épreuve du Jugement Final
Test de la capacité à juger avec clairvoyance
Dans cette épreuve, le candidat devra juger une situation complexe où la morale et l'éthique se mêlent à des intérêts divergents. Il devra rendre un jugement impartial, guidé par la sagesse et la compréhension profonde des enjeux. Ce test évalue sa capacité à être juste et équilibré dans ses décisions, sans être influencé par des émotions ou des intérêts personnels, mais uniquement guidé par le bien supérieur et les principes de l'ordre.

10. L'Épreuve du Sacrifice
Test de la renonciation et de l'auto-transcendance
Enfin, cette épreuve ultime confronte le candidat à un choix où il devra sacrifier quelque chose de précieux pour lui : un bien matériel, une relation, ou même une partie de son identité. Ce sacrifice symbolise sa volonté de s'élever au-dessus de l'égo et de se consacrer pleinement à l'ordre. Cette épreuve détermine si le candidat est prêt à abandonner les désirs mondains pour incarner véritablement les idéaux spirituels de l'ordre.

Chaque épreuve, à la fois un défi et une opportunité de croissance personnelle, représente une étape clé dans le cheminement initiatique du candidat. À travers ces tests, il se forge, se transforme, et émerge plus fort, plus sage, et plus pur, prêt à recevoir les secrets et les responsabilités qui lui seront confiés une fois son initiation complète.

10. Le Serment Sacré de l'Initié

« En ce moment solennel, devant l'invisible et l'éternel, je me tiens ici, un humble aspirant aux portes de la sagesse. Par ma propre volonté et avec un cœur pur, je fais serment devant l'Ordre et la Tradition, de consacrer mon être, mon esprit et mon âme à la quête de la Vérité.

Je jure fidélité à l'enseignement sacré qui m'a été transmis, à la sagesse ancienne qui a traversé les âges, et à l'héritage que j'ai l'honneur de porter. Je m'engage à préserver, honorer et transmettre ce savoir avec loyauté et humilité, comme un gardien du feu sacré.

Je promets de respecter les règles et les principes immuables de l'Ordre, de marcher sur la voie tracée par ceux qui m'ont précédé, en toute droiture, et de rester fidèle à la pureté des intentions qui m'ont guidé jusqu'ici. Je m'engage à suivre le chemin de la discipline, de la paix intérieure et de la sagesse, renonçant aux distractions et aux désirs mondains pour me consacrer à l'accomplissement de ma mission spirituelle.

Je jure, devant l'assemblée des sages et des ancêtres, de vivre selon les idéaux de justice, d'harmonie et de vérité. De ne jamais faillir à la vertu, d'écouter ma conscience, de guider mes frères et sœurs sur la voie de l'éveil et d'être un exemple vivant des principes que je m'engage à défendre.

Je fais serment de persévérer dans la quête de l'illumination, d'affronter sans peur les épreuves et les défis qui se présenteront à moi, et de ne jamais me détourner de ma mission, même si cela implique des sacrifices personnels.

Dans le silence de mon âme, je me lie à l'Ordre pour l'éternité, prêt à devenir un instrument au service du Divin, à l'image des sages qui m'ont précédé et des mystères qui m'attendent. »

11. L'Attribution d'un Nom Initiatique

Dans le sanctuaire de l'initiation, un acte sacré se déroule, marquant l'âme de l'initié d'une empreinte mystique et indélébile. À cet instant précis, un nom secret lui est attribué, un nom qui résonne profondément avec sa nature essentielle, un nom qui incarne non seulement son identité spirituelle, mais également la mission transcendante qu'il porte désormais en lui.

Ce nom n'est pas une simple appellation ; il est le miroir de l'âme, un écho des mystères intérieurs que l'initié doit désormais explorer et manifester dans le monde. Il est porteur de symboles anciens et de significations profondes, souvent liées à des archétypes, des forces cosmiques ou des sages d'antan. Chaque syllabe, chaque son, est choisi pour résonner avec la vibration unique de l'âme de l'initié, pour l'inspirer à se reconnecter à ses racines spirituelles et à s'élever au-delà des limites de l'existence ordinaire.

Ce nom initiatique est aussi une clé, un moyen d'accéder à des sphères plus profondes de compréhension et d'action. Il est un appel silencieux à l'accomplissement d'une mission spirituelle spécifique : celle de l'initié de devenir un phare de sagesse, un porteur de lumière dans un monde parfois plongé dans l'ombre. En portant ce nom, l'initié ne se contente pas de se découvrir, il se reconnaît dans une lignée mystique ancienne, il s'identifie à un archétype de l'âme qui a transcendé le temps et l'espace.

Le moment où ce nom est révélé à l'initié est sacré et intime, souvent enveloppé de rites ancestraux. C'est un instant où le voile entre le monde matériel et spirituel se dissipe, où l'initié se sent appelé à une destinée supérieure, et où le nom devient à la fois une bénédiction et un fardeau, un honneur et une responsabilité.

Le nom initiatique est aussi un symbole de transformation : il marque le passage de l'individu ordinaire à l'être supérieur, celui qui a trouvé sa voie, qui connaît la vérité de son existence et qui est prêt à la manifester dans le monde. Dès lors, chaque action, chaque pensée, chaque mouvement est guidé par ce nom, qui devient non seulement un outil de méditation et de réflexion, mais aussi un catalyseur de la mission de vie que l'initié est désormais appelé à accomplir.

Ainsi, ce nom secret est bien plus qu'une simple étiquette. Il est une invocation à l'éveil de la conscience, une promesse de se tenir fidèle à une voie spirituelle transcendante, un engagement à servir une cause plus grande que soi-même. Par ce nom, l'initié entre dans un ordre sacré et universel, un chemin de lumière qui l'élèvera tout au long de son existence, dans la quête de la vérité ultime.

*Composition et mise en page réalisées
avec l'aide de WriteControl*